亲密的关系

QINMI DE GUANXI

张苏逸 著

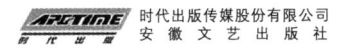

时代出版传媒股份有限公司
安徽文艺出版社

图书在版编目（ＣＩＰ）数据

亲密的关系/张苏逸著.--合肥：安徽文艺出版社,2022.1
ISBN 978-7-5396-7283-0

Ⅰ.①亲… Ⅱ.①张… Ⅲ.①长篇小说－中国－当代 Ⅳ.①I247.5

中国版本图书馆CIP数据核字(2021)第175366号

出 版 人：姚 巍
责任编辑：张星航　　　　　　装帧设计：褚 琦

出版发行：时代出版传媒股份有限公司　www.press-mart.com
　　　　　安徽文艺出版社　　www.awpub.com
地　　址：合肥市翡翠路1118号　邮政编码：230071
营 销 部：(0551)63533889
印　　制：安徽新航向印刷有限公司　(0551)65661327

开本：880×1230　1/32　印张：9.5　字数：200千字
版次：2022年1月第1版
印次：2022年1月第1次印刷
定价：39.80元

（如发现印装质量问题，影响阅读，请与出版社联系调换）

版权所有，侵权必究

一

宫鹿又发神经要离婚。

我赶到医院对面的星巴克,进门看见她穿着白大褂坐在角落里,白大褂里黑色蕾丝内衣若隐若现,好几个男人忍不住瞟她。我坐下,猛灌一大口她提前帮我点好的冰咖啡。

喝完咖啡,我说:你哪像个医生?倒像个穿制服的AV演员。不过老了点,皱纹都出来了。

一听这话,宫鹿把手里烟一掐:跟这种人过日子能不未老先衰吗?

我漫不经心说:不就是长期出差夜不归宿吗?那是业务需要,你要理解你的老公。

宫鹿说:狗屁业务,他玩儿什么花样我全明白,你们男人经历了社会就会喜欢各种女人。

我不屑地说:你们女人经历了社会最后就只会喜欢自己。

宫鹿说:哪天有空,把你那个叫邱丽的律师朋友约出来我们一起吃个饭。

我问:干吗?

宫鹿说:咨询点离婚的事儿。

我一愣:还真来啊,不是都想通了吗?

宫鹿冷笑道:人不回来,钱也自己掖着藏着,我自己挣钱自己带孩子,要他何用?

我问:离了你们孩子跟谁?

宫鹿说:我和他都想要孩子。

我摇摇头说:那都不让步,肯定没法解决,官司也打不下来。

宫鹿坚定不移地说:我不想再被拖着了,我也是三十好几的人了,再拖我就找不到下一个男人了。

我故意扫了一下宫鹿说:你身材保持得还行,再去整形医院做个脸,不愁找不到人。

宫鹿说:我得找小鲜肉,现在对三十以上的男人都没兴趣了。

我说:可以呀,现在都这样,时尚。

宫鹿说:跟我说说呗,你们都怎么说我们这样的婚后怨妇的?

我轻蔑一笑,说:好吃不粘牙。

宫鹿笑了,满意地说:到位!有钱有势的男人给我介绍一个也行。

我摇摇头:还是找小鲜肉吧,有钱人的钱不好挣,他们都太精明啦!

宫鹿说:我看你挣钱就挺容易。

我说:我最近想认真找个女朋友了。

宫鹿切了一声:我信你?

我叹了口气说:毕竟已经三十多了,爸妈开始催我了。

宫鹿也认真地说:以我过来人的经验,千万别随便要孩子,想办法多玩儿几年。

喝完咖啡,宫鹿在我的劝说下打消了找律师的想法,觉得跟老公的事儿可以拖一拖,为了孩子。不过得让老公多给生活费和养孩子的辛苦费。

宫鹿和她老公谢宇与我上同一所高中,直到高中毕业了我才知道宫鹿跟这家伙是一对儿,两人情感伏笔拿捏得很稳,藏得很深。当年追宫鹿的人不少,谢宇家里做工程,当时看来条件最好。毕业那天我对宫鹿说:没想到你原来是个拜金女,无耻。

宫鹿笑了,问我大学报考的哪里,我说:报个屁,我这成绩只能交钱上自考。

宫鹿说:没事,咱们都留本地,以后还能经常见,我学医。

大学里他们分分合合最后还是在一起了,毕业两年后结婚,结婚两年后要了小孩,小孩两岁的时候,他们彻底过上了各自放飞自我的日子。毕业十多年后,身边一大片同学结婚了或者结婚又离婚了,我是为数不多的未婚者,到处标榜自己单身。

宫鹿一针见血地说:何一,你不是找不到合适的,你就是没玩儿够。

二

别人都说我是富二代,我爸妈十年前开了一家火锅店,地段好加上味道不差,生意火得不行。我妈嫌挣得不够,立志做个女强人,跟着朋友瞎投资,承蒙老天"瞎眼"再次眷顾,歪打正着,又赚了几大笔,跑到海南云南四川倒腾了好几套房子等着升值。

这几年火锅店开了两家分店,我管其中一家。父母本来是让我学餐饮管理,好打理火锅店。我转过身就请了一个经理替我全盘管理。那天,比我大十多岁的蔡勇坐在店里跟我谈火锅店的规划。

我说:蔡经理,我就一个要求,别亏。

蔡勇说:怎么就只要不亏呢?得赚啊,你们家底料真不错,我有信心,你请我保证不白请。

我说:我不懂餐饮,我还有个影视公司要操心,店里经营都靠你了,你该捞的地方捞,保持业绩常态就是我的底线。

蔡勇一愣,把酒杯猛地一放说:何一,你这么说我不干了,什么叫该捞的地方捞?我是那样的人吗?

我说:不是这意思,你要是觉得我话难听就听后半句,不亏就行。

蔡勇说：何一，你是老板，我是个粗人，没后路，现在跟我妹妹在市里都还没买房子，出来就想踏踏实实工作。我做了十年的火锅店经理，不敢说别的，每个环节不出差错，开发新菜新味道我也有一些经验，只要不碰上天灾人祸，怎么都能开下去。

我点头说：你这句话实在，比之前那些来应聘的人实在多了。蔡经理，从此后我们就一条心吧，我再敬你一杯。

我当年没考上大学，报了一个技术学校学影视制作，毕业后跟学校的同学小龙合开了一家影视公司。小龙是老实人，摄影、后期都干，我负责写方案，忽悠各种甲方来拍片。

我的老铁邓伟，高中跟我与宫鹿关系都好，大学毕业后家里找熟人把他弄进了一个不错的单位，八年后终于混了个小领导。邓伟也算是我的金主，这两年通过关系给我约了不少公家宣传片。做影视这行，最喜欢玩儿的就是这种片子，领导不懂，公家出费用，运气好一个片报个三五十万不是问题。利润我跟邓伟三七分，公司里光是邓伟介绍的业务基本就能养活小龙一家，小龙让我一定好好珍惜这个金主。

宫鹿跟我见面后的第二周，邓伟把我约到会所里，两个衣着性感的"公主"坐到我俩旁边给我们倒酒。邓伟叼着烟斜靠在会所的皮沙发上，关掉音乐，感慨地说：何一，我累了。

我问：最近工作压力大？

邓伟摇摇头说：上个月我儿子出生了。现在我一儿一女了，责任重啊,不想再来这些风月场所了。

我说:那不可能,狗改不了吃屎的,你想"退隐江湖",没门儿。

邓伟说:我感觉琴琴生了儿子以后身体不太好了,有一天我应酬完回家看到她还在照顾孩子,又给我准备了稀饭,突然觉得特内疚。

我说:你内疚是暂时的,过段时间就习惯了。

邓伟说:我悟出了一个道理,早上的稀饭比深夜的酒好喝,要你钱的女孩比要你陪的女孩会说。

我说:那以后你是想彻底告别夜生活了?

邓伟说:没错。以后业务咱们还是照常做,我继续支持你。

我问:你难道真的会内疚?

邓伟斩钉截铁:是,外面这些都是虚的,经历这几年就够了。

我笑了:上周宫鹿来找我,她想见邱丽,又打算离婚。

邓伟说:谢宇常年不在家,离婚是早晚的事儿。回归家庭才是正道!

我举起酒杯对着邓伟说:好吧,祝你幸福。

邓伟举起酒杯说:祝你早日醒悟。

说实话我压根不信邓伟这一套。邓伟身为中层领导,事业环境乌云密布,浪奔浪涌,怎么可能独善其身?

何况六年前,邓伟在结婚当天就露出了本性。那天我做伴郎,邓伟给琴琴表白时一把鼻涕一把泪,晚上喝酒的时候就变了张面孔。

那年邓伟头发比现在多得多,拉着我满脸酒气红着脸说:何一,你是不是觉得我今天特真诚?

我说:反正挺像人样的,还真没想到你跟琴琴能成。

邓伟说:想通就好,结婚嘛,这辈子总要来一次。跟谁过不是过?

我说:行了吧,今天说这话不合时宜。

邓伟吸口烟,轻松地说:无所谓,看透了才能活得通透。

三

邓伟短暂告别夜生活,过了一个月把我约上,我们开了三个小时车,到了一个叫南沱的县城,说是县里准备拍一部古镇的宣传片,派了一个工作人员接待我俩,大热天穿着衬衣打着领带汗流浃背地带我和邓伟参观南沱古镇。

古镇自山而下,蜿蜒至江边,特色不多,唯独不错的是背靠长江回水处,工作人员在江边泡好了茶让我们在此休息。我们一直等到夕阳余晖洒满江面,滔滔江水忽然变得红光万里,雄浑大气。

邓伟看着眼前的景色说:这个地方一定得好好开发一下,要不可惜了。

工作人员说:是啊,我们就是准备把古镇打造出来好好拉动一下经济,旅游业是县里未来的重点规划,拍这个片非常重要,县政府很重视。

邓伟问:那这个预算怎么弄?

工作人员瞅我一眼,看了看邓伟,笑而不语。

邓伟说:他不是外人,我兄弟,你直说就行。

工作人员说:总推广费用是五百万,这个片不能超过总费用的十分之一。

邓伟说:五十万少了点,怕质量提不上去。

工作人员慌了:这是怎么个意思?

我已经跟邓伟商量好了,这帮人狡猾,一定得涨价,于是接过话去说:五十万拍这一部片也行,但是我没法用电影的效果来满足你,只能比普通宣传片好一点,如果要达到电影画质,并且有好莱坞的那种观感,还得加钱。

工作人员说:那你先出个方案吧。

邓伟说:这个费用里面我还得考虑一个因素啊,你说你这么接待我们,忙前忙后为这个项目操心,我必须得拿出我的诚意,今天在这儿没有外人,我把话给说开了。

工作人员立刻心领神会,点点头说:这样,都是为了做好一件事,你们赶紧把方案给我,我好尽快汇报,如果没有问题,马上签协议拨款。

回去的路上,邓伟叮嘱我快出方案,下次过来提案,这个工作人员做内应,争取一次搞定。我说没问题。

邓伟开着车,看着前方说:这次我要多拿一点儿。

我看了一眼邓伟,好奇地回答:行啊,你说了算。

邓伟说:上周被领导坑了一回,一顿饭加喝酒三万块没了。后来陪另外一个主任打麻将,一晚上又输了两万,平时工资全都上交,钱不够花了。

我恍然大悟说:行,那咱们这次就五五?

邓伟点点头:艰难啊,我处在这个位置上,谁的大腿都要抱,谁的脸色都要看,等这些老家伙一个个退了,我才能有好日子过。

第二周我带着小龙去了南沱县,邓伟没有来,开发部的工作人员对我明显要冷淡很多。

提案的时候,我准备了两套方案:一套是非常传统的老套方案,就跟图配文一样介绍点山山水水;另外一个是我以前编的故事,大概是一个外国男子为了找一个梦里的中国传说来到这里,发现这个古镇不为人知的秘密,在这样一个故事背景下展现古镇的方方面面。大领导毫不犹豫地选择了第二个方案,加上工作人员在旁边不停地添油加醋,很快就敲定了拍摄时间,至于金额,要工作人员跟我们再谈谈。

我让小龙自己去多看看景,我和工作人员心里装着秘密走到江边。

工作人员说:何一兄弟,说句实话,七十万有点不好搞。你们的能力我肯定相信,但是这价格在外面走一圈都没这么高啊。

我说:是有点儿高,但是你们的营销费用,不管砸在哪里肯定都是一个结果,你懂的,不如给我们多争取点儿。

工作人员一笑:你跟邓部长都不简单,我看出来了。

我也一笑:事儿肯定做好,不给你丢脸,但是这个费用还得争取一下。

工作人员说:我争取了,这样吧,六十万,多了我可就真难了。

我盘算了一番,若是花二十五万成本,给五万到工作人员手里,还有三十万,邓伟一半再扣,小龙的费用一除,税一减,落我手里也就不到八万块,不过对于这个片来说已经非常可观了,这是很多影视公司做梦都难拿到的盈利数字。

我说:行,我做主了,就这么办。什么时候签协议?

工作人员说:回去我还是先汇报一下,后天麻烦你再过来一趟,把合同带上。

我说:没问题,辛苦了,那我们先回去了。

工作人员不客气地回答:好,不送。

四

拍片之前,宫鹿说很久没来我火锅店吃火锅了,要来解解馋,我让蔡经理留出一桌。宫鹿来之前,蔡经理主动把账给我过目,说近段时间生意都好,每天都有订位,每天都有排队。我高兴地给他递了根烟,说:蔡经理,找你真找对了,该给你加工资。

蔡经理说:够了够了,工资够的,做这些是我的本分。

过了一会儿宫鹿来了,她还带来一个闺密,叫司文文,以前经常听宫鹿提起。司文文一进门看见我就喊:何一!今天终于见到真人了!

宫鹿说:这是司文文。

我也客气地笑:原来是你呀,久仰久仰。

一桌菜上毕,宫鹿呼啦呼啦吃了一通,然后擦了擦满是油的嘴巴。

我问:今天没带小孩?

宫鹿:他爸接去玩儿了。

我笑说:看,谢宇没那么糟,你们生活挺和谐嘛。

司文文说:她和谐不了,主要是心态摆不正。

宫鹿说:谢宇没你老公那么大方,抓到个不对劲就几万几万地给你卡上充值息事宁人。

司文文说:废话,我给他生了俩小孩,不给我钱怎么能带好小孩?

宫鹿说:别提你家的事儿了,今天说点儿高兴的。何一,我给你介绍个女朋友。

我一愣:什么?给我介绍?

宫鹿说:是啊,你上次不是说想好好找个人吗?真的,这女孩绝对适合过日子,比我们心眼儿正多了,人单纯。

司文文说:我们不能说心眼儿不正吧?都是被男人逼的。

我说:长什么样啊?

宫鹿说着打开手机,我看到屏幕里是一个长相清秀的女孩。

宫鹿说:这是我们科室一个新来的护士,叫俊妃,英俊的俊,妃子的妃,现在跟着我在干,家里条件一般,但是也用不着你去补贴,一句话,绝对的好女孩。

我笑说:那跟了我,就等于被"逼良为娼"了。

蔡经理端过一盘毛肚,不慎手一滑,提前倒在锅里,弄得我们三人一身油点,蔡经理连说不好意思,宫鹿和司文文说没事。我看了一眼蔡经理,他脸上满是疲倦。

我说:蔡经理,早点回去休息吧,不要太拼。

蔡经理说不累,转身走开。

司文文看了看蔡经理的背影问:你使唤一个比你大这么多的人,会觉得不好意思吗?

我说:我这哪里叫使唤?我都不管店,偶尔过来吃顿饭,其他时间都在拍我的广告片。

宫鹿接着说:人怎么样?给句话,喜欢不喜欢?

我问:还是处女吧?

宫鹿和司文文一起给了我一个白眼。

宫鹿说:当我没说吧,你就是头狼。

司文文说:千万别给他糟蹋了。

我笑着说:下个月吧,我弄完手里这个片就见,只要感觉对了,我一定认真谈恋爱。

吃完火锅宫鹿要掏钱付账,我摆摆手让她滚蛋。宫鹿说:那行,你得了皮肤病我也给你免费看。我伸出中指对着宫鹿。司文文与我互加了微信,说以后有空来找我。宫鹿笑着说司文文现在是受到婚姻创伤饥不择食,司文文说狗屁,自己绝对不会对熟人下手。

过了一个星期,我带着四辆车去了南沱古镇。这个片子选出的女演员叫易斯斯,听说跟过电影剧组,垃圾片拍了不少。易斯斯漂亮,妩媚带点风骚,挺符合那种古装女鬼的气质。男主角是个乌克兰美男子,在片子里冒充一个美国人。把照片发给那边领导后,领导觉得都不错就同意了。

拍摄当天,县里各级领导都来视察工作,县城电视台、报社的人也拿着相机过来取素材。我安排了几个大的镜头,让群演都出了镜,说白了就是要阵势大,热闹,摇臂、轨道、航拍全玩儿了一遍,心里早就盘算好了,一共五天拍摄,今天就是做样子,后面三天让小龙背着斯坦尼康快速拍完人物故事镜头,最后一天大部队先回去,留小龙拍点意境空镜头。

折腾了一天以后,易斯斯累得筋疲力尽,乌克兰美男也疲惫不堪。最后一个镜头,在夕阳下我要拍两人在江边接吻的镜头,易斯斯无奈地站在那儿看着美男,吃瓜群众笑着等待俩人嘴巴碰嘴巴。

易斯斯抱着汗水湿透的乌克兰美男,完全没有一点幸福的样子,亲了五次终于勉强过了。灯光师把灯一灭,县领导和群众满足地散场,剧组人员各自拿盒饭,我单独把男女演员和小龙约到旁边的饭馆里点菜吃。乌克兰美男中文不好,累了一天不顾形象狼吞虎咽。易斯斯苦着脸说等下到我房间单独跟我聊点事情,我借机嘴上占便宜说:这么个小片你就要对我投怀送抱,不至于吧?

易斯斯一挑眉说:嗨呀,我真投你接不接?

我坏笑说:等会儿房间里聊吧。

易斯斯说:我先回去洗个澡,等一下来找你。

吃完饭,我回到房间里,不知道易斯斯找我干吗。过了一会儿易斯斯来了,一身吊带长裙,身材凹凸,轮廓尽显,身上不知道擦了香水还是面乳,让人心生欲望。

我叼着烟说:干吗你,还真对我有意思?穿成这样。

易斯斯说:那还谈不上,我就觉得你这人挺好的,不装,给钱也够大方的。我在外面接片子,一天一千块都有人给我拖欠工资。

我开玩笑说:你值得呀,我要是以后能拍电影,第一个就潜规则你。

易斯斯笑:得了,告诉你啊,我要是想走这条路,早就不在这儿了,是我不愿意。

我说:那你找我是干啥呀?

易斯斯说:第一,我想交你这个朋友;第二,能不能别再安排跟这个男的亲密接触的镜头?

我问:为什么?人家挺帅的。

易斯斯说:有味儿,受不了。特别今天下午最后那个镜头,他一出汗,我贴他身上,太难闻了,我都差点吐了,你还让我演出幸福感。

我笑着说:不会了,接下来你们分开拍。

易斯斯跟我聊了一下她自己的身世。她之前在北京待了几年,碰上一个大哥,大哥喜欢她,帮她接了几部戏,后来给她在北京买了套小户型的房子。突然有一天,这个大哥不知道为何不接她电话也不回她消息,就这样失踪了。易斯斯在北京没了靠山,倍感孤独,就回来了。

易斯斯毫不避讳地说出自己的经历,说自己肯定活得不算光彩,但内心是坦荡的,从来没伸手要过什么,都是别人愿意给的。

我说:你也别想这么多,这个社会都只看结果。

易斯斯说:现在我就在微信上卖卖衣服和化妆品,一个月起码挣一万吧,北京那套房子还是我的名字,我过得挺好的。你这片一天两千块不低,但我也不是冲着钱来干的,我就想出来散散心,没想到你选上我了,我还以为我报价高了你不会考虑我呢。

我伸出大拇指说:更佩服你了,不在乎钱干活儿还那么认真卖力,绝对敬业,这职业素养太高了。

易斯斯说:回头拍完戏,我请你喝酒。

我说:没问题。

易斯斯走出房间,我在背后看着易斯斯圆圆的屁股说:今晚真不住这儿了?

易斯斯回眸一笑:今晚不行,看以后给不给你机会。

五

第二天拍摄时我刻意让易斯斯和乌克兰美男保持距离,两个人的镜头都重新划分。剧组化妆师看到乌克兰美男一地口水,我就让化妆师对美男多加照顾。第三天晚上易斯斯穿着单薄的吊带来我房间里,买了两罐啤酒,边喝边跟我说好像化妆师去了那美男的房间。我惊讶地问真的假的。易斯斯说:不信你去房门口听听。我说:我懒得去,无非就是那点事儿,有的中国女孩儿看见外国人就控制不住自己。易斯斯说:还真是,我就完全受不了,有体味不说,身上汗毛也多,看着就烦。聊到快凌晨一点,易斯斯又准备回房间,我说:你每天晚上来我这儿晃悠一圈就走,不是分明想让我难受吗?

易斯斯说:你还想干啥?第二天不工作了?

我说:这状态也没法好好工作啊。

易斯斯说:你看起来不坏,其实还是坏。

我问:你反感?

易斯斯说:不反感,但是现在还没太多好感,所以,我才不给你任何可乘之机。

我摆摆手说:你回去吧。

易斯斯走后,我有点遗憾没抓住机会,因为明天下午拍完就要回城了。

第二天下午顺利结束,我让小龙把几个演员的报酬马上结清。化妆师说想在这里多玩儿一天,听说这里还有一个什么民间博物馆。乌克兰美男也用蹩脚的中文表示自己不回去,想多看看,在乌克兰没有这么美丽的长江。我懒得搭理他们,让易斯斯坐我的车回去。

回到市里,易斯斯说请我喝威士忌,我俩单独找到了一个酒吧。我心里想,今晚就搞定易斯斯,却觉得她始终跟我在玩儿心眼,几次把话挑明了想要她,她都跟我打马虎眼。后来我不耐烦了,问她有什么打算,没打算我就撤了。

易斯斯说:何一,你人真不行,这点耐性都没有。

我说:这几天这么忙,今天又开那么久的车,累啊。

易斯斯说:我知道你累,就看你对我兴趣有多大,如果你是真心喜欢我,我肯定跟你走了。

易斯斯把话说到这里,意思是今晚不会跟我走了。我听得出来,也避免让易斯斯觉得我过分猥琐,主动让服务员过来买单。易斯斯要抢着付,我没让。临走时我对易斯斯说:我叫个代驾走,你就赶紧回去吧,下次有片子还叫你。

易斯斯说:行,有空联系。

我补了一句:哦对了,我在北支路那里开了一家火锅店,地址发给你,过来吃饭的话提前给我打电话。

易斯斯说:哟,你还有家业呀。

我说:小本生意。

我转身走了,易斯斯站在我身后,我不知道易斯斯会不会对我产生兴趣,但是我对易斯斯有了好感,觉得这女孩让人舒服。

小龙补拍了两天镜头,带着化妆师和乌克兰美男一起回市里。小龙偷偷跟我说这两人感觉像是已经恋爱了。

乌克兰美男给化妆师留了公司地址,两人在市里又一起住了一晚。但是又只过了两天,化妆师就打电话给小龙和我,问怎么才能找到这个金发浑蛋,说他玩弄了她,那天晚上又跟自己住了一晚上,第二天早上人就不见了,微信也拉黑了她,跑到他留下的公司地址去,一问,人家说根本没这人。化妆师把那公司寻找遍了,确实没找到人,坐在路边哭起来,边哭边问我们怎么能找到他。我说这人是小龙找的,我不认识。小龙说是自己朋友介绍的。一问他朋友,说现在联系不上,没办法。

小龙不会安慰人,让我想想办法。我说关我屁事,又不是我睡了她。小龙说好歹是个女孩,一个人在城里打拼不容易,你说两句劝劝,就当做善事。我打电话让化妆师来找我,请她吃了顿饭,我自己掏腰包,说多给她补贴五百块钱,让她吃完赶紧回去休息吧。

化妆师哭着说:我不知道为什么他那么浑蛋。

我说:他真不算特别浑蛋,说几句肉麻的话你就当真了,但是人家除了占你那点便宜也没图你什么其他的。

化妆师愤愤地说:什么叫那点便宜?我就那么贱吗?我是那么随便的人?

我问:你们是我们离开当天就住一起的吧?

化妆师点点头。

我说:换我我也不可能当真。

化妆师说:我真的很喜欢他。

我说:喜欢你的人绝对不可能主动大方提出来要跟你过夜。

化妆师说:为什么?

我指了指自己的脸说:我脸皮很厚,但对喜欢的人都是小心翼翼的。面对喜欢的人,再随意的人都会变得行为收敛,生怕暴露本性。

化妆师说:我现在好恨他。

我问:你今年多大?

化妆师说:二十六。

我说:不该那么幼稚啊。得了,这个事儿吸取教训,你想开点儿,休息两天继续工作。

吃完饭,化妆师对我千恩万谢打车走了。我打开微信发了一条给乌克兰美男:人已经走了,不会再纠缠你了。

乌克兰美男用中文回:谢谢导演,你非常好,下次演你的片我希望继续来。

我回了一条信息:下次给我介绍个乌克兰美女作为报答吧。

对方回:好的,一言为定。

我休息这两天,宫鹿和司文文趁着好天气去滨江公园遛小孩,问我有没有时间,我说有。后来才知道两人想让我当司机,她们其实不是想去公园,而是想去缙云山上放风。我心想这俩人怎么结婚后那么会算计,跟我也开始耍小聪明。

到了缙云山上,三个孩子在一片草坪上玩耍,宫鹿和司文文两人脱去了外衣,露出凹凸有致的身材,几个路过的男人都在偷瞄。我说:那几个男的一定在意淫你俩。司文文说:你们男人都一个德行,吃着家里的看着外面的。

我说:别冤枉我,我家里还没有呢,只能看外面的。

宫鹿说:你有了以后也一样。哎呀,今天我忘了,应该把俊妃叫来。

司文文说:你还真打算介绍给他?不怕他坑了人家女孩?

宫鹿说:我觉得这女孩能吸引他,真的就是特单纯干净的那种女孩,估计何一都没见过这样的。

我说:没见过的多了,应该体会一下。

司文文说:你听到他说的这些话没有?明摆着骨子里的渣男。

宫鹿说:我也有点害怕了,万一何一你伤了别人,人家不得恨死我?

司文文说:知道吗?我要是重来一次,我还是会选择现在的婚姻。

宫鹿说:我可不会。

司文文说:至少物质上我绝对没有压力,有时候在物质面前,感情真的是次要的东西。

宫鹿说:我可不这么觉得,感情是我最看重的。世界上最可怕的不是孤独终老,而是跟让自己孤独的人终老。谢宇就给了我这种孤独感。

我说:孩子愿意你们离吗?

宫鹿说:孩子当然不愿意,可我最近觉得,真想为孩子好,就应该离。

司文文不赞成:我其中一方面也是考虑到孩子,毕竟我有俩小孩,我不想孩子们分开。

宫鹿说:反正我觉得有孩子的家庭,没有感情也应该趁早放手,不能以孩子为借口做伤害他们幼小心灵的事儿,孩子全部会看在眼里记在心里。

我问俩人:是不是生活里你们现在只有孩子了?

两人一起回答:不是。

司文文补充了一句:我不会以孩子为中心,我生他的目的不是传宗接代也不是养儿防老,所以我不求孩子完美,不用替我争脸,他自己健康快乐就好。

宫鹿说:不过,我倒是越来越喜欢小孩了,跟孩子在一起,至少你永远不会担心被骗。

司文文跟宫鹿说,最近打算找老公要一笔资金,投一个幼儿早教学校,现在孩子的钱好赚得不得了,要是做好了就再开一家分店,目前看来风险比较小,投资不太大。

除了这个,司文文还准备在四川某个景区投资两套房子,加起来不到一百万,据说升值空间很大。宫鹿说有人可以"压榨"真是个好事情,自己早不想做皮肤科医生了,想好好找个依靠的人,只要能对自己好,对孩子好,日子苦一点没关系。她对钱还真没有太多的要求,够用就行。

司文文和宫鹿虽然处在不满意的婚姻里,却保持着两种不同的状态。女人说起自己的不满言语愤懑犀利无比,金句不断,两人的三个孩子在草坪上打闹欢笑追逐,与妈妈们的情绪截然相反。

下午五点,两个妈妈想起该买菜做饭,收起了阴谋诡计,唤来孩儿,打道回府。临分开的时候,宫鹿提醒我下周抽个时间,她把那个叫俊妃的女孩约出来,万一真能相中,也是一件好事。

我回到家里正准备洗澡,想着明天该去公司守着小龙剪辑片子,这时,微信里易斯斯发来了信息,说到了我的火锅店,味道不错。我匆匆洗好澡出门赶到店里,看到易斯斯独自坐在桌前烫着菜,我走上去坐下。易斯斯看到我诧异地问:你怎么来了?

我说:你来了我能不来吗?不事先打个招呼,我要是来不了怎么办?

易斯斯说:别自作多情啊,我只是想吃个火锅,又不是想你。

我问:喝点儿?

易斯斯说:来大姨妈了,喝不了。

我说:这次拍片换一个人肯定没你那么不正常,当然正常的人我喜欢不起来。

易斯斯抬头看着我,露出一丝媚笑说:你喜欢我?

我又解释:我就是觉得你这人不做作,没有距离感,让我对你有一点好感。

易斯斯立马收起笑容说:那没意思。

我说:哪里没意思?

易斯斯说:又不是那种喜欢,当朋友的那种好感多没劲,我最不缺的就是朋友。

我说：你看，是你不对了吧，你都不肯跟我说你的真实想法，还想从我这儿听到好听的话。

易斯斯说：那行，我这么跟你说吧，我对你第一眼就有好感，今晚就谈恋爱，住一块儿行吗？

我瞪大眼睛：哟，你终于说实话了，我就觉得你对我肯定有想法。

易斯斯说：是，但是别以为我很随便。我告诉你，你今天要是没来，让我自己吃完火锅，我肯定马上拉黑你，来了算你有心。

我说：所以嘛，我就知道你肯定不是冲着火锅来的。

易斯斯说：你回答我一个问题，我现在很认真地跟你说。

我问：什么？

易斯斯说：跟不跟我试试？如果谈恋爱，就得认真，别在意我的过去，也别考虑未来，但是现在要认真，在外面就不能乱来，甭管住哪个家，每天得乖乖回来。

易斯斯的态度严肃无比，好像瞬间变了一个人，一下把我打蒙。我支吾了半天，看着易斯斯说：你今天来就是为了说这个？

易斯斯说：本来只是来吃火锅，你来了以后突然想说了，当然，也不突然，我不想单身了，想认真谈个恋爱，一个人过够了，不想这么过了。

我望着易斯斯真诚的眼睛，目光里藏着期待和深情，仿佛就等我点头答应,我却来了个急刹车,也用同样严肃的口气说:我得认真想想。

六

片子进展很顺利,工作人员陪同大领导审阅了一番,大领导故作高深地提了一些意见,我们有意拖着时间改了三天,片子就这么过了。款一到,邓伟让我赶紧把钱打给那工作人员,工作人员拿到钱顿时变了脸,发信息没好气地说,别人跟他合作都是先把钱给他,我们非要拖到最后,难道是怕他不帮忙?我懒得计较,回了一个请领导见谅。

邓伟说昨天在外面给我接了一个业务,据说城边县那里今年开办了一个土豆节,还从来没做过宣传,邓伟跟那边宣传部熟悉,让我过去一趟,说这种事情好好搞一搞,他们地方领导脸上有光。我说城边县开车过去要五个小时,这一趟可不得了。

邓伟说:怕什么?价格先谈拢再说。

我说:行,压低成本就行,不过土豆节是个什么鬼?

邓伟说:当地盛产土豆,别的啥也没有,想不出什么噱头了。

回到火锅店里,人山人海,看到火锅店生意兴隆,我有种说不出的轻松。宫鹿打来电话问我在哪里,我说在火锅店,宫鹿说要过来吃饭,我说店里没位置了,换个地儿请她吃。

到了观音桥商业街,宫鹿换了一身运动装,带着一个穿连衣裙的女孩翩翩走来。宫鹿直接说:这就是何一,之前跟你说过的。

我对女孩摆摆手:你好。

宫鹿说:她就是俊妃。

我傻眼了,看着一头长发面庞清秀皮肤白皙的俊妃,愣了几秒,对宫鹿说:你干吗不提前告诉我要带美女来?我好准备一下。

宫鹿说:你还准备什么?我们都快饿死了。

俊妃一笑,我问俊妃:你想吃什么?

俊妃温柔回应:都可以,我不挑。

我开玩笑说:本来就想请宫鹿吃碗面,你来了升个级,咱们去吃泰国菜吧。

俊妃还是温柔回应:好的,谢谢。

三人来到餐厅坐下,我让俊妃点菜,俊妃推托不点,宫鹿豪迈地点了几个菜,让服务员赶紧上。宫鹿接着跟我详细介绍此女,俊妃姓蔡,全名蔡俊妃,贵阳人,在皮肤科里做她的助理,除此之外就是各种好。我主动把俊妃的微信加上,跟俊妃说以后有事可以找我。

宫鹿说:没事就不能找你了?

我说:能啊,当然能。

宫鹿说:你要多关心别人,人家在这里无依无靠。

我说:行,我一定多多关照。

俊妃抿嘴一笑,十分乖巧。一顿饭下来,俊妃吃得不多,话也不多,更多时候我跟宫鹿聊天她都认真看着我。我感觉出这女孩一定之前被宫鹿洗过脑,奔着相亲来的,不然看人怎么那么含情脉脉?吃完饭,宫鹿干脆让我开车先跟她一起送俊妃,再送她回来取车。我说干吗那么麻烦,宫鹿眼一瞪说:废什么话,还有事跟你说。

把俊妃送回去后,我跟宫鹿回到商业街停车场,宫鹿严肃地跟我说:俊妃真是个好女孩,别辜负了人家。如果你喜欢,就好好对待;如果不喜欢,就把人家当妹妹,千万别暧昧人家,要不然我内心会不安的。

我说:你有什么不安的?这个事儿顺其自然就行了,干吗弄得像要嫁女儿一样?

宫鹿说:我是觉得你应该还有一丝没有泯灭的良心,想给你个机会。你再看看你身边,都是些什么人,有一个适合结婚的吗?

我说:行,那我好好珍惜你给的机会。

宫鹿转身上车,我补充了一句:什么时候来我家一趟?

宫鹿问:干吗?

我说:小事儿,帮我换个被罩床单,我干这个不在行。

宫鹿说:白痴!

邓伟那边很快有了结果,确认了城边县的宣传片预算,总费用十五万,要求不高,只需要介绍一下这几年来的发展情况、经济增长情况和土豆节的实景拍摄。

这种片子成本只需要三万元,几个人就能搞定,算上路费,再多给些劳务费也就四万块。我跟那边的负责人沟通时突发奇想,说干脆换种形式,让一个时尚的女孩走街串巷,发掘城边县不为人知的一面,挖掘一个外人不知道的民风淳朴的县城风貌,当然,该出镜讲话的领导一个也不少。对方回复的意见是非常好,有想法有创意。其实我是有自己的私心,想没事跟易斯斯再一起去玩儿一趟,不然都是男人开那么远的路多没劲。

我把易斯斯叫到火锅店,一边吃火锅一边把事儿一说,易斯斯一口答应了,得知我是专门为她而制订的方案,笑嘻嘻地跟我碰杯。谈到报酬,易斯斯说:你那么有心,给两三千块意思意思得了。易斯斯走后,蔡经理过来夸我会撩妹。我说:明明是她想撩我,难道你没看出来?

蔡经理说:何一,我要是你我就好好对一个人,找一个最适合自己的好好过日子。

我问:那这个人怎样?

蔡经理说:挺好,能看出来她喜欢你。

我借着酒意说:喜欢我的人多了。

蔡经理说:看着挺开放,但感觉她骨子里并不是个随便的女孩。

我说:现在女孩都是假正经。

蔡经理说:要不你试试吧,这女孩漂亮,性格好,条件也好。

我说:只能试试看,不能太认真。

我走之前把家里钥匙给宫鹿,让她帮我换床单,许诺回来请她吃大餐。宫鹿骂骂咧咧地把我的钥匙拿走。因为这次拍摄山高路远坑深,邓伟说只拿两万就行,剩下让我跟小龙分。出发时我完全没有工作的状态,跟易斯斯反而像是情侣出游。坐后排的化妆师是新找的,叫双霜,好奇地问我和易斯斯什么关系。

易斯斯说:双霜,你觉得他像我什么人?

双霜说:你们是不是假装是工作关系,其实是男女朋友?

我说:哎哟,你怎么会这么想?

双霜说:我听出来了,你们说话的语气,暧昧。

易斯斯说:是吗?谁暧昧?

双霜说:你。

易斯斯说:那你搞错了,我跟你说,是他一直在追我,我还没答应他呢。

双霜从后视镜里看向我,我笑而不答。

来到城边县已经下午五点了,三车人疲惫不堪,只有我和易斯斯精神充足。这边县里派来接待的人叫明洋,跟我年纪差不多,办事挺利索,我对他印象不错。

明洋把我们安排到了宾馆,我们才知道住宿的钱明洋已经替我们付了。虽然这里的宾馆环境一般,但是明洋的真诚让我和小龙挺感动。晚上吃饭是县里安排的,地方菜让大家食欲大开。明洋还拿来了当地产的白酒,说今晚就彻底放松一下,明天就辛苦了。易斯斯也喝了一些白酒。

回到房间里,我跟易斯斯先回各自房间洗澡,然后易斯斯顺理成章来到我房间要脚本,这一来,就没走,直接躺我床上睡了。我也躺下来,从身后抱住易斯斯,易斯斯翻身扑进我怀里,我发现她连内衣都没有穿,我们紧紧粘在一起,我彻底感受到易斯斯的身材,绝对非一般女人能比。

易斯斯喘着气说:还好,没有让我闺密来。

我问:你闺密是谁?

易斯斯说:我本来接了活儿,没时间跟你来,你说专门为我改脚本,我就让晓枫去顶替我那个活动了。

我说:你闺密挺仗义。

易斯斯说:人家可多人追了。

我翻身把易斯斯压在身下,抽丝剥茧,正欲入侵,易斯斯开口问:你到底考虑得怎么样?

我说:什么怎么样?

易斯斯说:我们的事儿,你以为我跟你闹着玩?

我说:你干吗那么急?这事儿不是要顺其自然吗?

易斯斯一把推开我,冷笑一声说:我们现在这情况自然吗?

我说:当然了。

易斯斯一下子坐起来,冷冷地说:我以为你是假猥琐,原来你是真下流。

易斯斯慢慢起身出门,我说了一句:这你都能忍住,我真佩服你。

易斯斯说:女人真的需要感情,跟你们男的不一样。

差一步就得到易斯斯了,这种意犹未尽的感受让我整夜都没睡好,第二天带着黑眼圈开始看景。易斯斯照样精神充足,跟什么事儿也没有一样和我正常交流。明洋问我是不是没休息好,我搪塞说挺好的。

明洋带我们去了一条百岁老街,说之所以叫这个名,是因为这条街的老人很多都活过了一百岁,所以这条街政府一直都没让翻新,只是多栽种了一些树,多安装了一些长椅,保持了原样。

明洋带着我们走过百岁老街,大家仿佛都被岁月沉淀的气氛感染,每个人都安静下来。几位老人在自己家门口椅子上安详地坐着,一脸满足地看着我们这些外来人。我问明洋:这些老人都多大年纪了?

明洋说:最小的都八十以上了,有的一百出头。还有个老太太,九十岁了能自己择菜,有时候还要下地里走走。

走过老街后面,有一个庙宇,里面有一尊观音像,几名本地居民随意进来拜拜,又徜徉而出。墙上有一幅画,画的是一个古人和一个和尚,我看出来是苏东坡和佛印,问明洋:这是苏黄吧?

明洋说:是呀,你一看就看出来了!有学问!

我看着图笑了,说:我想起一个故事。

明洋说:什么呀?

我说:有一次苏东坡来庙里看望这和尚佛印,见人们手持念珠拜观音,苏东坡发现观音手上也有一串念珠,苏东坡就问佛印,世人皆拜观音,那观音又拜谁?佛印简单回答三字,拜自己。苏东坡就问,为何拜自己?佛印一笑说,因为观音比世上的人都懂得,求人不如求己。

我说完,明洋用力地点了点头,说:这个故事好。何导,没想到你那么有文化,一幅画还能看出那么多门道。

我说:都是以前瞎听来的。

一旁的剧组人员听我讲完,也感慨地点头。易斯斯静静地凝视着我,我一转头,她的眼神立刻看向别处。

明洋又带我们看了几处地方,都脏乱不堪,最后把我们带到一处田地里,告诉我们这里就是土豆节的举办地。大家看来看去没看出任何特色,于是问土豆节要怎么拍。明洋说:这只是我们的一个想法,还没落实呢。

我想了想对明洋说:别拍土豆了,你们那条街才是风水宝地,光拍一条百岁街就够了,健康长寿比什么都要有吸引力,你们领导怎么就偏偏盯上土豆了?

明洋笑起来:就是呀,我也觉得奇怪,当时说要举办土豆节,我都很惊讶,土豆过什么节日?

看完景后,明洋执意要请我吃饭,说把自己老婆也叫来了。明洋老婆是从西安嫁过来的,家里条件不错,就是因为在大学里喜欢明洋,不顾家里反对,竟然跟父母撕破脸来到这个小县城,直到现在她父母还觉得是明洋骗走了自己女儿。

晚上我让大家先回宾馆,单独跟明洋和他老婆吃饭,但我说前提是我请客,明洋死活不同意。吃饭时,明洋老婆来了,言谈举止都非常得体,丝毫看不出小县城的拘谨,有种大家闺秀的感觉。

明洋老婆说小时候想过演电影,现在生活在这儿演电影是不可能了,不过这个宣传片自己还是希望能出个镜,留个纪念。我说:当然好,把你写进去就行了。明洋老婆开心地笑起来。明洋说:这个穷地方估计何一老师你以后也不会来了,这次拍完片走之前要跟你好好喝一个。

吃完饭回到宾馆,易斯斯问我回来没,我说在改稿子,易斯斯来找我,坐在我旁边一声不吭,我对着电脑敲击键盘,忽然转头看着她。

易斯斯问:怎么啦?

我说:你坐这儿看着我干啥?

易斯斯说:之前觉得你是个不学无术的骗子,今天发现,你其实还是有点才华的。

我说:才华谈不上,兴趣爱好而已。

易斯斯说:你知道你让人讨厌的地方是哪里吗?

我摇摇头。

易斯斯说:虽然你油嘴滑舌,但不让人烦,而且你正经起来我居然对你还有好感。

我一笑说:那是你好色,满大街女孩没见谁对我有好感。

易斯斯慢慢把脸伸过来,抚摸我的脸,同时眼神犀利地说:何一,我想要你,恨不得现在就把你撕碎,但是我是真不想跟你这么随便发生什么,因为我更想要真正的感情。

我点点头,知道易斯斯动了真心,于是说:我真的会认真考虑,那你也得给我时间吧,恋爱一谈,从此世间俗事再与我无关了。

易斯斯笑着说:有文化的流氓,真贱!

七

片子三天就拍完了,易斯斯发挥自然,表演恰到好处。明洋老婆在观音像前真诚跪拜,回看镜头时把她自己都感动得眼眶泛红。临走前,明洋送了我一壶酒,说这个酒能解忧,自己每当遇到什么事儿,喝醉了,睡一晚就好。

回到市里,小龙回去整理拍摄素材,我抽空回了一趟家,跟未没碰面的爸妈见一面。我妈做了一桌菜,还没吃两口就劈头盖脸问我到底什么时候结婚,说我完全不考虑他们的感受。我据理力争,说晚婚不叫不正常,逼婚才是不正常。父母气不打一处来,放下筷子就让我滚蛋,说不结婚以后就别回来。

我找宫鹿拿了钥匙,没有直接回去,乌克兰美男前两天就发信息给我要请我喝酒,说是报答我上次帮他解决难题。

我们约在一个酒吧见面,乌克兰美男带了一个美国女孩,美国女孩对我笑,用蹩脚的中文自我介绍,说自己美国名字叫潘,中文名叫王静怡。

我以为潘是乌克兰美男专门介绍给我的,心想等会儿怎么伺候这个美国妞,可是快喝到散场潘也没有要跟我走的意思,我只好主动问潘对我印象如何,潘说我很有趣,让她不觉得拘束。我问潘今天晚上想不想让我送她回家,潘笑嘻嘻地说这次就不让我送了,以后有机会再说。我一听知道没戏了,立即发信息骂乌克兰美男不是人,他偷偷回了一条说潘是他好朋友,让我不要多想。我懒得再跟他啰唆,说我累了要早点回家。

深夜回到家里,我发现床单被罩全部换成新的了,第二天睡醒发信息给宫鹿说要请她吃饭,宫鹿淡定地说跟她没关系,是俊妃帮我换的。我听了有些震惊,骂宫鹿为什么要让俊妃给我换,非亲非故的,我怎么好意思。

宫鹿说:人家对你印象好,悄悄对我说如果以后跟了你,肯定踏踏实实跟你过日子,人家还把你家都打扫了一遍,我拦都拦不住。

我说:你是不是疯了?我又没说要跟她怎么样。

宫鹿说:何一你就知足吧,遇见这么一个好女孩还不珍惜,你会后悔的。

第二天,我让宫鹿带着俊妃来家里吃饭,为表达诚意,我亲自做了几个菜。吃饭的时候,俊妃不好意思夹菜,我主动给俊妃夹菜,俊妃一脸幸福。宫鹿问我片子拍得顺利不,我说挺好的,宫鹿问我那天回家吃饭跟父母聊了什么,我口无遮拦说逼婚呗。俊妃脸色一变,好像这事儿跟她有关,低下头去。我赶紧顾左右而言他。

宫鹿笑说:你看吧,我说你该早点结婚吧。

我无奈地说:人在这个世上有很多身份,最容易做的就是儿子,轻而易举你就成了别人的儿子,但是最难做的也是儿子,因为你太难活成父母想要的样子。

宫鹿摇摇头说:最难的是配偶,是夫妻。

我说:我还没走到那一步,也不知道走到那一步会变成什么样子。

宫鹿说:反正别像我这样就行,除了跟孩子在一起,其他时候就像陌生人。

我点点头说:很早我就听过一首诗,"至远至近东西,至深至浅清溪,至高至明日月,至亲至疏夫妻。"

俊妃抬头问我什么意思,我笑了,说:意思就是夫妻关系不如陌生人,跟你姐宫鹿一样。

俊妃说:宫鹿姐以后肯定不会这样,她那么优秀。

我说:跟优秀无关,这是命。

吃完饭宫鹿先走了,俊妃抢着洗碗,我拦都拦不住。忙活完后我送俊妃回医院宿舍,在车上俊妃欲言又止,我大概猜到她想说什么,下车的时候,俊妃嘴巴一嘟,有点不高兴,我问怎么了,俊妃有点委屈地说:你一句话都不说,我觉得好尴尬。

我说:我在等你说呀。

俊妃说:你要我说什么嘛,我是个女生,我不知道说什么。

我说:俊妃,你是不是喜欢我?

俊妃一下子红了脸,不置可否。

我接着问:你真的想跟我在一起?

俊妃说:你这样问我我回答不了。

我看着俊妃可爱的表情,摸了摸她的头,俊妃更害羞。我忍不住了,把俊妃揽进怀里,很想亲她,俊妃躲过,看着我说:你不要这样,我不好意思。

我说:那说明你还不够喜欢我。

从这天开始,每周到了休息时间俊妃总会给我煲汤送到家里来,俊妃跟宫鹿说已经跟我在一起了,感觉好幸福,每天想到我就觉得非常快乐。

我不安地问宫鹿:她不会已经把我当男朋友了吧?

宫鹿直接开骂:×你妈,别人都这样了,你难道是闹着玩儿的?

我一下子被弄得六神无主,一方面俊妃这女孩是认定我了,另一方面我还没选中她,或者说根本没想过结婚的事儿。但是现在这种被捧在手里的感觉,让我浑身难受。

邓伟的领导这天晚上牌瘾又犯了,约他和另外几个小部长炸金花,邓伟的儿子生病,哭着要爸爸,女儿也闹个不停。老婆琴琴在家里发火,邓伟走不开,手里拿过几次金花没敢跟领导杠,主动抬牌,眼看巨款变小钞,现金很快被打没了,他给我打个电话让我送点现金去。

我听出来他是想让我入局抵挡,心想就当回报奉献吧,于是取出一万现金当作今晚的炮灰,开车赶到茶楼,借了五千给邓伟,邓伟对我瞎捧一番,说我家大业大,目前在做导演。我跟邓伟领导寒暄了几句,他让我小赌怡情加入进来玩玩。我上来就一顿闭眼闷牌乱抬操作,很快输出去两千块,刚好都输到领导手里,领导赞许地对邓伟说:邓伟,你这朋友一看为人就直爽。

接下来邓伟屡屡趴牌,我如同助兴一样闷牌跟走,五六个人完全弄不懂我的节奏。差不多到了十二点,邓伟赢一手小牌后发牌,竟然将三个同数发我手里,我精神一振,瞪大眼睛,心想难道邓伟是出老千?恐怕他还没有修炼到这种程度,那就是天意了。

现在每个人都思想迷离进入赌博最高境界,每个人都以为自己到了巅峰,我目前能做的一是将一手好牌含恨压下,另外一种可能就是绝地反击。

我选择了后者,邓伟的牌又不怎么地,早早趴下,邓伟两个同事也犹豫一番弃了牌,还剩下大领导跟另外两个人都十分有底气地跟着,丝毫不退,一点不怯,走了十来圈,一个忍不住先单挑另一个人的牌,瞬间败下阵来,剩下领导和我还有一人三足鼎立,再走了四五圈,那小卒彻底没了底气,要跟我单挑,一看我的牌,叹气丢牌,大领导与我正面交锋,笑而不语地一张一张钞票往中间扔,我也一张一张往里跟。邓伟神情严肃地盯着战局,桌面早已大钞堆满、小钞遍布,我琢磨着里面的钞票再加兜里就装不下了,主动说:领导,要不我就先开你吧。

领导说:这就沉不住气啦?我还想跟导演多玩会儿。

我说:我牌不小,但是容易栽在更大的牌手里。

领导说:我牌不大,但这一局应该还是能做个王。

我笑:那,抬吧。

说完我轻松甩出牌,领导一看,顿时脸色一变,把牌轻轻往中间一丢,说了句:好牌,我输了。

满满一桌钞票,我一人尽收,抓钱都抓了半天,领导的气势一泻千里,微笑着说今晚就到这里,大家都累了,早点休息。众人在领导指示中散去。

完事后邓伟把我拉到车里,愤恨地说:你是猪啊?! 干吗不把牌丢了?

我说:这种牌要是丢了,被发现也太假了吧?

邓伟说:我是想这次输痛快了,让他以后别来找我,你这一搅我以后怎么抬头?

我说:都是天意,躲不开啊,我玩几年也没抓到过这种牌。

邓伟说:去你的吧,这下我凉了!

我说:不至于,我拿一万出来,你还给领导,就说我不懂事。

邓伟说:废话,他怎么可能要?

我说:赶紧回家吧,本来是来帮你,结果还赚几千块。

邓伟没好气地让我下车,我把钱塞给邓伟,邓伟问什么意思。

我说:琴琴回去又得说你了,你就说领导找你有事推不掉,这是赢的钱,现金如数奉上,绝对免除一顿杀威棒。

邓伟冷静下来,看到一沓钞票,接过后说:兄弟谢了。

邓伟走后,我沿着滨江路悠闲地开车回家,看到微信上俊妃给我发了十来条信息,我懒得回复,开到车库,哼着小曲乘电梯上楼,刚走到门口,猛然发现一白衣女子,我一惊,一看是俊妃,这时已是深夜两点,我瞪大眼问俊妃:你在这里干吗?

俊妃眼中含着泪光说:我发了那么多信息你不回,来找你你又不在家,我不知道你在哪儿,怕你有什么事儿。

我叹气说:我能有什么事儿,我就是正常应酬,你这大半夜站这儿也太吓人了。

俊妃更委屈地说:你说要我对你好,那我等你回来怎么了,看见你我才安心。

说着俊妃哭了,转身要走,我赶紧拉住她,把她带进门去。进门之后,我俩都有些尴尬,接下来该干吗,我先憋出一句:要不要你先洗漱?

俊妃说自己是洗完澡才来找我的,我说那我先洗澡。

俊妃问:晚上怎么住?

我答非所问:你要是困了,就先睡吧。

俊妃问:我知道,可我睡哪里呀?

我想起来只有主卧铺了床,次卧床上什么也没有。

我说:不然,咱们就都睡卧室吧。

俊妃低下头,我问:不太好吗?

俊妃摇摇头,我走进浴室,洗完澡出来看到俊妃已经躺下,被子显出她的身体轮廓,我从另一侧上床,俊妃主动关掉灯,黑暗中我们都没出声,俊妃呼吸急促,一听就知道在刻意控制紧张,我问:睡不着吗?

俊妃轻轻嗯了一声,我主动拉了一下俊妃,俊妃把头依靠在我肩膀上,手顺势抱住我,我们脸贴着脸,俊妃轻轻地说了一句:你不用克制自己。

八

昏昏沉沉地起床,闻到一股香气。我惊讶地看着桌上,摆满了精致的早饭,俊妃催我去卫生间洗漱,我刷牙洗脸出来,仍带着意外的表情坐下来。

俊妃说:你别那么看着我,以后只要我有时间就给你做。

我说:我冰箱里有这些东西,我怎么不知道?

俊妃说:当然没有,你冰箱里的东西都放坏了,我给你全扔了。这些是我刚才下楼去超市买的。

我问:你睡好了吗?

俊妃笑着点点头,俨然一副小媳妇模样。

我捂着头深吸一口气。

俊妃问:怎么了,你头疼啊?

我说:不是,俊妃,昨晚你怎么那么晚跑来,我生活没规律,经常很晚回来。

俊妃说:没事,以后我就等你回来,你再晚回来也给你准备一碗粥。

我说:俊妃,这个,是这样,你不是我的保姆,我们是平等的。

俊妃说:是我自愿的。

我问:你怎么会喜欢上我?

俊妃说:我觉得你人品靠得住。

我说:万一有天你发现我靠不住怎么办?

俊妃说:不可能,我不会看走眼的,宫鹿姐也说你靠谱。

我低头说:她说话可真是不负责。

俊妃说:何一,我知道我配不上你,但是我喜欢你,所以,你就踏踏实实跟我在一起吧。我肯定能当好你的女朋友,不让你后悔。

我说:我因为工作,经常不回来,所以我没法让你一直住这里。

俊妃说:那我就在家给你打扫卫生。

我不再说话,低头啃面包,俊妃吃了两口突然说:何一,你是不是不喜欢我?

我说:没有,我觉得你挺好的。

俊妃说:你跟我说实话吧,我不是那种人,你要是不喜欢我,我不会缠着你的。

我说:昨晚我是不是伤害你了?

俊妃说:没有。

我抬头看着俊妃,她的一双大眼睛直直地注视着我,让我心生怜爱。

我情不自禁地说:俊妃,我们在一起吧。

我约宫鹿出来,把宫鹿狠狠批了一顿,我说我这下被罩住了。

宫鹿却警告我千万别伤害俊妃,人家对我一片真心,我绝不能辜负她。我跟宫鹿说这就是她给我下的套,宫鹿说我放屁,没有她我这辈子都找不到这么好的女朋友。

易斯斯跟我分开后两周没联系,突然一天晚上到我的火锅店来了,还带了她的闺密,然后把我叫了过去。

易斯斯看到我给了我一个白眼说:何一,你真沉得住气啊。

我说:啥意思?

易斯斯说:回来以后你就玩消失是吗?你不是说考虑好了要给我回答吗?

我看着易斯斯身边的女人,染着浅色黄发,前面梳着空气刘海,眼神柔和,五官精致,我对她一笑,易斯斯说:这是我闺密,曾晓枫。

我礼貌地说:你好。

曾晓枫说:你也好,不过你还是先跟斯斯解释解释吧。

我愣了一下说:这有什么好解释的?

易斯斯说:没什么好解释的?也就是说,你在逗我呢?

我说:不是,真是事出有因,这段时间片子出了点儿问题,还有,我碰上一些事情,心情挺乱的。

易斯斯对曾晓枫说:听到没,跟我说的一样吧,男人就是不肯说实话。

曾晓枫捂嘴笑着说:你们俩好搞笑。

我说:当你闺密的面儿你说这些干吗,人家第一次来我这儿吃饭。

曾晓枫说:没事儿,斯斯跟我说过你好多次了。

易斯斯说:现在给答案吧?

我说:我还没想好呢。

易斯斯放下筷子说:行,你不想,那我再也不会来了。

说完易斯斯起身离开,曾晓枫拉了两下没拉住,易斯斯走了,我和曾晓枫尴尬地看着对方。

曾晓枫说:你好过分呀,易斯斯在家里等了你两个星期,人家都做好准备要跟你在一起了。

我说:我这两周真有事啊,并且我还没做好准备呢。

曾晓枫说:你这就是不想负责。

我瞪眼说:负责?我什么都没干啊!

曾晓枫说:你们明明就睡了一张床。

我说:那我们什么也没发生呢。

曾晓枫想了想:好吧,反正伤害她了,上次做活动她让我帮她顶,就是为了去跟你拍片儿,我本来不想去,她又在自己的报酬里拿了一千给我,让我一定帮忙。

我说:是我不对,但是我现在真有难言之隐。

曾晓枫说:算啦,我不管啦,你们自己解决吧。

曾晓枫吃了几口菜,蹦跳着离开了,我看了看易斯斯的微信,打出一条"对不起"发给她,结果发现已经不是对方好友。这时蔡经理过来说:你看吧,我说人家是真喜欢你吧。

我说:莫名其妙,我已经有女朋友了。

蔡经理说:谁啊?

我说:哎,是一个护士。

蔡经理一愣说:什么?护士?什么时候?

我说:就前两天,生米煮成熟饭了。

这几天城边县的片子交了,明洋给我发微信说看了片子,觉得非常好,说他老婆在里面真是太好看了,还说要是我今生再光临城边,一定好好招待我。邓伟把钱一分,又被领导叫去打了一次牌,这次邓伟没手软,有了上次我的鼓励,开始赌桌翻盘,领导不习惯邓伟的转变,之后打牌反而不怎么叫他。这个片子做完,暂时没有其他片子接,小龙就自己去接了点儿剪辑业务,一个片儿也有两三万,养家糊口。

过几天,一个搞设计的朋友举办了一次自己的室内艺术展,朋友叫曹高峰,以前跟我是同行,后来他觉得自己不可能在影视创作上有作为,于是改行选择了设计,没想到他天赋异禀,没两年就有了自己的工作室。

在展览室里,我看着曹高峰的艺术作品,啧啧称赞,曹高峰看见我,赶紧过来,问我最近如何,我随便应付几句。无意间,我看到展览室门口走进两个模特,正是易斯斯和曾晓枫,我赶紧跟曹高峰说话,想避开两人以免尴尬,待两个女人走过后,又称赞了几句曹高峰是人才里的天才,这才转身急匆匆走出门,结果刚走到门口就听见曾晓枫在后面叫我:何一你站住。

我转头看向曾晓枫:哟,晓枫,你怎么在这儿?

曾晓枫说:少来,你刚才就看见我们了。

我说:啊,我没看见你们啊。

曾晓枫说:屁,你故意跟那个设计师说话,想躲开我们。

我一愣,说:你怎么看出来的?

曾晓枫说:那能逃得过我眼睛吗?

我说:你叫我干啥?

曾晓枫说:刚才易斯斯看到你,心情一下子就不好了,在那里生气,可难受了,你就不过去安慰下?

我说:她把我删除好友了,到现在都没加回来,我怎么安慰呀?

曾晓枫说:那不就等你主动道歉吗?

我说:晓枫,这样,你加我微信,我跟你说个事,你再转达给她。

我跟曾晓枫留了联系方式,匆匆离开,免得撞见易斯斯。晚上回到家,俊妃来了,买了一大堆菜,说要给我做一顿大餐,我看着俊妃在厨房里忙活半天,捯饬出一桌菜来,吃完后俊妃拿出一个饭盒,装了一些明天带去医院,剩下的让我明天热了吃。

晚上俊妃理所当然不走了,我们俩又睡到一起,俊妃在我快睡着的时候问我,有没有想过要孩子,我说没想过。俊妃问那第一次没有安全套,万一怀孕了怎么办?我说那能怎么办?俊妃说那肯定得生下来。俊妃的斩钉截铁把我吓得立刻清醒,我说了一大堆现在不能要孩子的理由,比如现在都是事业上升期,现在都要把精力放在工作上,放在孝顺父母上。俊妃说自己工作就这样了,无所谓上升不上升了,反正跟我过就安心当老婆。我魂不守舍地半夜才睡着,祈祷千万别给我整出意外。

第二天我单独约了曾晓枫吃饭,带曾晓枫去江边吃鱼。曾晓枫说有什么话不能两句说明白,非要搞那么大排场。等鱼一上来,曾晓枫不多嘴了,大口大口吃起来说好吃得不得了。我等曾晓枫吃舒服了,把最近发生的事儿一说,曾晓枫机灵的脑子转了一下,总结说:明白了,你还没考虑好跟不跟易斯斯在一起,那个俊妃就已经先进你家门了。

我说:事情是这样,但性质不是那么个性质,俊妃是真心想跟我过日子。

曾晓枫说:你这是什么话,易斯斯也是真心的。

我说:我知道,但我是真的没想好,结果另一边的事儿发展得太快了,我确实没有反应过来,你就说吧,换成你你能反应过来吗?

曾晓枫说:好像有点道理。我不明白这种感觉,从小到大都是别人追我,我没动过什么真感情。

我说:感觉你在感情上也是个女汉子啊。

曾晓枫说:我也就嘴上一说,其实内心里我比谁都简单,就嘴强硬一点儿。

我说:我感觉出来了,你嘴巴从小应该就毒。

曾晓枫说:看在你今天这顿好吃的鱼的分儿上,我不跟你计较,我明白了,既然你对易斯斯没有感觉,我跟她解释解释就完了。

我补充一句说:我现在是有苦说不出啊。

曾晓枫说:我不知道对一个人朝思暮想是什么感受。

我说:我挺不舒服的。

曾晓枫问我:你到底喜欢不喜欢这个俊妃?

我说:我自己都不知道,就被人安排了,说实话我现在都不知道我自己的想法。

曾晓枫说:好,明白了。易斯斯她也是,既然那么喜欢你,跟你去拍片的时候主动点,早点生米煮成熟饭多好。

九

邓伟儿子满百天,宴请大家吃饭,叫了不少同学,要我和宫鹿一起去,我还带上了俊妃,俊妃非常高兴地说这是第一次作为我的女朋友参加我的朋友圈宴会,一定要好好表现。

在饭桌上,我和宫鹿应付寒暄着老同学,大家都在隐晦含蓄地表达自己混得不行,又相互递着名片留着联系方式说机遇无限有空一起发财。

说话间,钻出一个满脸皱纹的男人,笑着跟大家套近乎,大家想了半天才想起他是以前一个"二百五",叫周祖,一看他的土豪样子,众人心生鄙夷,周祖说自己现在开公司,有空多聚聚,一起合作合作。大家看到周祖的名片,意外发现他经营的这家货运公司还挺有名,一个同学多嘴问他怎么做到的,周祖谦虚地说都是运气,本来自己没多少钱,卖了老家房子准备投点小生意,结果认识了一个大哥,是金融界人士,瞄准了三只不被看好的新股,六年下来挣了不少,又在一个货运公司入股,没想到这公司大股东竟然又通过自己的关系和资源挖掉了别的墙脚,一下子做大了。大家纷纷称赞周祖了不起,我一眼扫去,称赞里满是羡慕嫉妒恨,都在想你这种人怎么配有这种命。

我记得当年在学校里,邓伟曾率领几个同学在宿舍里关门群殴周祖,理由就是看不惯周祖,干脆揍一顿替大家解气。大家对邓伟的做法拍手称快,周祖被揍后没多久就退学了,他本来成绩就不好,退学时老师都没有多挽留,退学后人就不知道去了哪里。

百日宴开始,邓伟跟老婆琴琴祝福感谢大家一番后,让大家吃好喝好,邓伟单独来跟大家喝酒,喝到我们这一桌,我看见周祖眼神里透露寒光看着邓伟,仿佛下一秒就要拔出匕首刺过去,邓伟却完全没留意周祖的神情,喝完之后客气了几句又转向别桌。

我起身走出餐厅到走廊另一头的卫生间,周祖忽然出现在我身后,我一惊,一回头周祖对我笑。

我说:你今天怎么来了,我以为再也见不到你了。

周祖说:你们以为我当年被打退学后,就自杀了吧?

我笑着说:当年大家都是小孩,邓伟肯定也很后悔。

周祖说:我可没从他脸上看到后悔,以他这性格,说不定拿这当谈资好多年。

我跟周祖没有直接走回餐厅,而是去了商场一处僻静角落交谈。

周祖拿出了一沓钱说:麻烦你一下,帮我把这个给邓伟。

我说:干吗?

周祖说:就说我感谢他当年把我提前逼出学校,我才有今天。今天我看到他老婆漂亮还有两个孩子,为他高兴。

我说:怎么听着像你要报复他一样,你要是有诚意就自己跟他说吧。

周祖阴冷地笑着摇摇头:我一句话都不会跟他说。

我问:你现在有小孩了吗?

周祖说:小孩有,跟她妈了,我离了。

我说:这样啊。

周祖说:离婚的原因就是我想单身,对我这种人来说,有钱,也要自由,受不得别人管。

我笑着点点头,尴尬地接不下去。

周祖看着我说:何一,知道为什么我要单独跟你聊吗?

我说:因为我跟邓伟关系好,你想让我提醒邓伟你还记着这个仇。

周祖摇摇头,平淡地说:我听说,当年他们筹划打我的时候,你劝过两句,虽然没劝住,就凭这个,你要是有什么事儿,我都会帮你。

我说:我还真没什么事儿要你帮,就是希望你别在记恨过去了,没必要,人生谁没受过委屈,你现在混得比我们都强。

周祖把名片塞我身上,又把钱也塞我口袋里,冷笑一声转身离开了。宫鹿带着俊妃从餐厅里跑出来找我,宫鹿说我上厕所后,看着周祖盯着我就出去了,半天不回来以为出什么事了。她见我没事说可以走了,我说:我跟邓伟打个招呼。

来到餐厅里,我把邓伟拉到一边,把钱给邓伟,将周祖的事情一说,邓伟诧异地说:原来他也来了,我都没发现他。

我说:不然发个信息道个歉吧,人家还记恨你,这么多年了。

邓伟说:狗屁,老子打的就是他,还发信息道歉,这个钱你拿去还给他,老子瞧不上。

我揣着周祖的钞票,跟宫鹿离开,宫鹿说今天你就别去还钱了,改天去,反正周祖的情绪也表达了。我无奈地想两个人的陈年恩怨干吗要我在中间掺和,改天过去找周祖,他要是不愿意收这钱,我就自己拿了。

回去路上,宫鹿说司文文现在认识了一个地产公司大老板的儿子,两人挺聊得来,对方离异,带小孩,家里两个保姆伺候,对司文文像是着了魔一样,喜欢得不得了,每天约司文文吃饭,司文文还不给面子。我说那是司文文不相信男人了,宫鹿说才不是,人家也动心,毕竟这男的不仅长得帅,事业也好,现在公司做营销部经理,未来企业就是他的,谁不动心。我一听赶紧说那跟司文文叮嘱叮嘱,以后他们楼盘的广告片儿什么的全往我这儿送啊,肥水不流外人田,宫鹿说这个当然没问题,这些楼盘要做宣传片,现在不就司文文一句话的事儿。

宫鹿回去后,我跟俊妃回到家,一进门我就瘫倒在沙发上玩手机,俊妃问起我今天的事情,我把邓伟和周祖的事儿大概一讲,俊妃说邓伟很过分,周祖是个好人。我说这个有什么好不好的,都是过去的事,放不下是自己的问题。俊妃说当然不是,那些心智未成熟时期的阴影真的会伴随一生的,很可怕。我问她现在心智成熟了吗,俊妃笑呵呵地说我要伤害了她,她也会一生有阴影。我没理会俊妃,俊妃边打扫屋子,边在那边自言自语说:小时候真傻,居然天天盼着长大。

两天后我打电话给周祖,说想见个面,周祖以为我要找他帮忙,大方地让我有事直说,我说就是想见见他叙叙旧,周祖说等这两天忙完就跟我约。

我又找司文文吃了顿饭,本来约的是晚饭,可司文文说她晚上有约了,只能约消夜,我就在烧烤摊前面等司文文,司文文来了,一看就喝了酒,我猜肯定是去跟那地产公子约会了,司文文坐下说吃不了了,倒是可以跟我喝点儿,于是我开了两瓶啤酒给司文文倒上。

司文文说:有话直说。

我说:让你的小男朋友介绍点业务给我。

司文文说:打住,什么小男朋友,我有老公的好吗?

我说:行,管他什么关系。

司文文笑了笑:这个事儿,我还真不好说,毕竟人家对我有情,我对人家无意,不能因为这事儿让他假公济私吧。

我说:你言重了,就是一句话的事儿,今年地产推广很多都转视频方向,反正他也需要这些,这个不算你欠人情了。

司文文说:那行吧,我跟他见面要是方便就提一下,但我跟他只是朋友,我没资格要求人家。喝酒吧。

我跟司文文碰杯,两人一饮而尽。司文文手机响起,我提醒司文文,司文文说不接。

司文文说:宫鹿介绍那女孩挺好的,听说现在跟你住一块儿了。

我说:可我根本没做好准备,这事儿就那么成了,特不习惯。

司文文说:狗屁吧,不给你们点压力,结婚这事儿男人这辈子也准备不好,等准备好了结婚也准备开始往外跑了。

我说:没那回事,这个女孩对我一无所知,就一顿饭下来,她就直接跟我伺候上了,我现在回家就有种鹊巢鸠占的感觉。

司文文说:人家给你做饭洗衣服擦地,你知足吧,这种女孩儿现在绝种了,反正我身边没有。

我说:为什么你们觉得结婚都要冲着合适去,而不是冲着感情去?没一个问我有没有感情,爱不爱她。

司文文说:亲爱的,人再有钱,感情都是奢侈品,因为人心就不是长感情的地方,回忆才是。

我眯眼看着司文文:你就活得没感情是吧?

司文文说:我现在活得连回忆都没有了。

我隐约记得宫鹿跟我提过,司文文跟老公是在一次国外旅行时认识的,两人认识就开始恋爱,谈了三年多结婚了,现在司文文带俩小孩,老公把家和外面分得很开。外面世界要看尽繁华,家里永远要把根留下。司文文的压抑就这么产生了,我与春风皆过客,你携秋水揽星河,发现自己越来越像个婚姻的笑话,只是老公的生活旁观者。

后来发生了一件事儿,一个不知天高地厚的小女孩向司文文挑起战争,直接打电话给司文文要逼宫,还劝司文文主动离婚,司文文忍无可忍终于爆发,老公见自己玩得太过,马上跟小女孩断了往来,顺便往司文文卡里转了二十万,说没事可以带孩子去国外散散心,老在家里关着不好。此后,每一次问题出现,司文文的卡里都能得到一笔不菲的安慰金。

司文文某天中午一下子想通了,那天中午天气炎热,司文文带着孩子在路边喝粥,突然店里一个妇女大声骂起来,嚷嚷自己点的瘦肉粥,却没有放一点瘦肉。老板解释说,温度太高,把肉末都给煮化了。中年妇女听不进去,越说越激动,竟然哇哇大哭起来。老板赶紧安慰,准备送一份新的肉粥给她,谁知那妇女制止了老板,红肿着眼睛说了一句话:不用了,我不是为这碗粥难过,我难过的是我已经快中年了,还在过着为一碗粥而计较的生活。

司文文说:看着身边那些还在为温饱而奔波,为孩子而到处求人的家庭,我已经好太多了。何况,每一次自己的愤怒都是能换来结果的。

我点点头。

司文文一笑,举起酒杯说:人活着,就是个心态。很多事想通了就好,我现在心里已经没有怨恨了。

我也举起酒杯说:人这辈子不会只过成一种样子,司姐,咱们走着看。

我跟司文文喝了三瓶酒后,司文文有点晕,我扶着司文文走到停车位上,司文文把住我的肩膀,深吸口气说:何一,女人大多数都是想安心过日子的,最后日子过成行尸走肉,都是因为男人,你自己真要想清楚了。

我点点头,正要跟司文文分开,忽然感觉到一个身影飞速靠近我,紧接着一股强大的力量击中我的腰部,我还未及反应就倒在地上,一个胖子怒气冲冲看着我。

司文文惊住,冲胖子大叫一声:你他×干什么?!

十

我算是一个假文化人,几乎所有的力气都用在脑子上,平时不常锻炼,心软嘴贱,平生打架数次,这一次最窝囊。我被司文文老公一脚踢倒,起身时见这胖子对我怒目而视,我咬牙走上前,司文文伸手推我,不让我冲动。

司文文对老公说:你什么意思?!

那胖子直勾勾看着我问:你们一晚干了些什么?

我不知司文文见我之前做了什么,也不知这胖子已经把我当成了什么人,恨不得上去厮打,但司文文在场,只得努力克制。

我说:你自己问她。

司文文也压住怒气说:他是我和宫鹿的朋友,你打人家干什么!

胖子说:我他×管是谁的朋友,你跟宫鹿在一起能有什么好事,说,晚上你们俩去哪里了?

司文文吼叫:我去哪里你管得着吗?早干什么去了?!现在来担心我了。

胖子说:少废话,就说去哪里了吧,你们俩一晚都在一起吧?

司文文说:放屁,晚上我去谈合作,谈完才来见的他。

胖子说:见完以后呢,打算开房去?

司文文一巴掌打向了胖子,胖子突然暴怒,转向我吼道:敢勾引老子老婆,弄死你!

胖子向我扑来,司文文一把抓住老公,两人没站稳摔倒,司文文冲我大喊:你快走!

我说:我跟你又没什么我为什么要走了!

胖子站起来一把抓住我说:他×的你是想死。

司文文冲过来推开胖子说:你是不是疯了?我跟你解释了,他是我和宫鹿的朋友,找我办事的。我忙完才来见他。你成天在外面那些破事我不点破你,你倒怀疑起我来!是不是人?!

胖子说:老子干什么了?!没给你钱吗?!委屈过你吗?!你现在的生活都是我给你的!你还好意思在这儿跟我讲道理?!没我你能潇洒?还能到处逍遥晚上不回家?你什么都不是!

司文文被老公撑得哑口无言,只剩下颤抖,手指着胖子已经不听使唤。我替司文文生出一股悲伤,纵然外人看来百般风情万般个性,经济没能完整独立,关键时候老公一声吼叫也无可奈何。

司文文老公转向我冷笑一声说:今天我不来,你们俩一定在一块儿住了。

我也冷笑一声说:我懒得解释,你自己问她。

司文文老公说:小子,管你是哪儿的,咱们约一场吧。

我说:你黑社会啊?还约架,刚才没还手是给她面子。

司文文老公说:我要你他×给面子,你在哪儿我都能捏死你。

我说:我现在就站这儿,你有本事捏死我看看。

司文文老公走上前又推我一把,我捏紧拳头考虑不再照顾司文文的面子,司文文走过来跟她老公说:你不要过分了,他真是来找我帮忙的。

司文文又转头对我说:何一,对不起,你找我帮忙结果弄成这样,我们家里这些破事,连累你了。

我说:我没事儿,踢一脚不至于,司文文,这次我是看着你面子才没动手的。

司文文老公说:动啊,不动不是男人。

司文文大喊一声:够了!

我转身走了,远远听见司文文和老公俩人还在吵架。

我回到家,心情不好,俊妃看见我一身脏兮兮的样子问我怎么了,我说摔了一跤,俊妃赶紧帮我宽衣说以后不能喝酒喝那么晚了,我洗了个澡后躺下,俊妃把我衣服丢进洗衣机,过来搂着我说我不回来她就睡不着,问我以后能不能早点回家。

我忍不住问:你为什么那么喜欢我?

俊妃回答:我跟你说过吗?见到你就喜欢,现在越来越喜欢你了。

我说:万一我不喜欢你呢?

俊妃说:不喜欢我你怎么可能接受我对你的好?

我说:可是,万一我是个不负责任玩弄感情的渣男呢?

俊妃说:你不会的。

我说:为什么?

俊妃说:我知道,你心里也疼我。

我转身准备睡了,俊妃突然在身后抱着我说:何一,我还是怕你会离开我,我不知道你到底喜欢不喜欢我。

我喃喃地说:喜欢,喜欢。

俊妃说:那我们早点结婚好不好?

我睁开眼说:我们才在一起多久啊?

俊妃说:只要愿意过下去,就可以结婚了。

我说:这个,往后再看吧。

第二天醒来俊妃已经上班去了,我好奇她哪儿有那么好的精力,等我到半夜,第二天还能按时起床上班,桌上照样有牛奶面包和一个煎蛋。司文文给我打电话来问我睡醒没,身上疼不疼,我说没事,司文文又不好意思地道歉,然后说我那件事她一定会帮忙,豁出老脸也得帮。

果然,下午司文文就打来电话,说那边刚好需要拍广告片,让我过去谈谈,于是我开车来到东升宫的临江大楼盘,司文文把我带到会议室,说让我参加他们的营销会议,今天要提出本季度营销方案,我在会议室坐下,不一会儿,地产公子带着营销团队走进来,我一看,没想到曹高峰也在里面,曹高峰看到我也颇感意外。我们俩打个招呼,地产公子问:你们认识?

曹高峰对我一阵吹捧,说我导演过很多广告宣传片,绝对不是那些普普通通的小影视公司所能比的。地产公子递过名片说:幸会幸会,司文文给我推荐的人肯定不会错,一定有实力。

我一看名片,上面写着杜剑,才想起来这家伙的老爸是杜界集团的董事长,以前经常以关心民生上电视,顺便推销一下房子。杜剑客套几句就开始听大家讲季度方案,还是地产老一套的东西说了一大通,从路边站台到电梯轿厢以及超市广告,并无出彩之处。众人讨论一番后,杜剑问我在广告上有何见解,我大概说了一下对广告片的想法,并不想一味介绍住宅配套与户型,而是希望从生态入手,从孩子成长上介入,用日常生活状态的形式提供视觉效果。我的说法被杜剑下属否定,曹高峰却认为这是绝佳的切入点,争论一番后,杜剑说:何导,你能不能出个具体方案,下周我们单独谈谈。

我跟司文文走出公司,杜剑发了条信息给司文文:我觉得何导的想法很好。

司文文说:看吧,没问题了。

我说:报价的时候把你考虑进去。

司文文说:别啊,千万别,我真是太对不起你了。

我说:我昨天那一脚是替这杜剑挨的,让他别还价吧。

司文文说:不能这么说,我跟杜剑就是朋友,真的不知道他昨天抽什么风了,怎么会突然找我,平时我在家里睡到半夜他才回来,我有时候出去应酬到深夜他也没有一个电话和信息。

我说:我怎么不相信你呢,你们就是纯粹的朋友?

司文文说:就是朋友,他确实喜欢我,但是我们没做越界的事儿。

我说:你是怕一发不可收拾?

司文文说:不是,现在我已经活在只有名义的婚姻里,但是毕竟没有离的打算。一旦我动了感情,我是怕我对这个家的最后一点期待都没了。

司文文走后,曹高峰出来跟我碰了一面,我问曹高峰你不是在做艺术吗,怎么跑来做营销了?曹高峰说艺术顶个屁用,哪里养活得了家庭,还不是得找个团队跟着拿工资,一个月做个设计至少能挣个一万多块。我说这个杜剑有能力吗,曹高峰说你还真不能小看这些富二代,人家见多识广,不是光靠着家里的。

晚上我接俊妃下班,要带俊妃吃火锅,俊妃说不想吃火锅,想跟我就在路边吃个凉面。我们俩坐在路边吃着凉面喝着稀饭,俊妃说今天好累,顾客好多,说宫鹿下午对一个男病人发脾气,这个男的一看就是到处鬼混乱来得了皮肤病,非说是自己睡觉被子焐出来的,宫鹿最烦这种人,让他赶紧治疗,说他就是没有洁身自好,这个男的老婆在外面听见了,问男的到底怎么了,结果那男的还把老婆狠狠骂了一顿。

我说:那到底是男的有问题还是老婆有问题啊?

俊妃说:那老婆我感觉好可怜,一看就是正经人,老公一看就不怎么样,肯定老婆是无辜的,关键是男的犯了错还骂老婆,真不是人。

我说:那我要是这样对你,你会怎么样?

俊妃说:哼,你就瞎说。

我说:我觉得我以后就可能会家暴。

俊妃说:那行啊,你打死我了就没有人那么疼你了,你会内疚死的。

吃完饭,俊妃说今天要回自己租的房子去,明天一早要接班,就不去我家住了。我把俊妃送回去,自己开车回家,一个电话打来,是易斯斯的声音,她在电话那头冷冷地问:何一,你说的都是真的吗?

我问:什么是不是真的?

易斯斯说:曾晓枫跟我说的,是不是真的?

我说:是的。

易斯斯说:好,我知道了。

说完挂了电话,我打给曾晓枫问:你跟她怎么说的?

曾晓枫说:实话实说呀,说你没控制住,就先跟你女朋友生米煮成熟饭了。我说完后斯斯说你是浑蛋,说那天在宾馆里你们差点就那什么了!

我懊恼地说:曾晓枫你是不是脑子有问题?我是想让你说得委婉一点,告诉她我也是莫名其妙就跟别人在一起了,我心里其实是有她位置的,我也很无辜。

曾晓枫说:谁信哪?这么说她更难受,不如说直接一点。

我挂了电话,把车停在路边抽烟,心想易斯斯不会想不开吧,应该不至于。过会儿曾晓枫又给我回过电话来,说易斯斯给她打了电话,让我别再跟她联系。我说放心,我不会联系她。曾晓枫说你们俩真是,本来没啥,偏偏弄成这样。

我问:晓枫,你上次跟我说,你从来没特别喜欢过一个人对吗?

曾晓枫说:对呀。

我说:那你真就还没有长大。

十一

曾晓枫像是易斯斯的丫鬟,又像是被我安插在易斯斯身边的间谍,总是无缘无故跟我汇报易斯斯的精神情况,说易斯斯时有哀伤,精神欠佳,把我弄得听也不是不听也不是。

闲聊之余我问起曾晓枫的个人情况,她说自己单身,之所以跟易斯斯关系好,是因为两人前些年参加一次活动,做现场模特,结果是一场骗局,对方经理把两人带到外地才告知她们晚上还得陪酒唱歌,两人誓死不从,钱也不要了赶夜车回家,路上两人边哭边相互安慰。

曾晓枫说自己特别爱哭,不能遇到伤心的事,但是看到易斯斯目前这样子,倒觉得是她自己的问题,本来应该想爱就爱,该放就放,偏偏要摆出一副落魄模样实在没必要。

在跟杜剑提方案前,周祖约我去他公司见面。我来到周祖的办公室。见巨大的写字台上放着几沓文件,一个烟灰缸里满是烟蒂。墙上放着一个关公塑像,关公旁边还放了一个诸葛亮的画像,摆在一起极为不搭。

我走进门来,周祖咧嘴一笑,让我坐下。

我问:你放了关羽还挂个诸葛亮的画,好奇怪。

周祖说:这你就不懂了,关羽是江湖忠义代表,诸葛亮发明了木牛流马,都是我们货运行业的祖师爷,得供上。

我点点头说:还真有道理。

周祖往后一靠说:讲,有什么事儿,不用客气。

我把钱拿出来往桌上一放:邓伟说他受之有愧,让我如数奉还。

周祖说:×的,怎么了,心里有鬼不敢收是吧?

我说:不是有鬼。是有愧,我觉得吧,既然他有愧,你也表达了自己的愤怒,这事就算了。

周祖笑了笑,看看表,说:何一,你陪我走一趟。

我问:去哪儿?

周祖说:回从前一趟。

我坐在周祖宽敞的奔驰车里,一路上周祖没有说话,一直开到了我们高中学校门口。正值周末,学校无人,保安拦住我们问干啥,周祖说回来看看母校,保安看到门口停的奔驰车,再看周祖一副老板派头,才同意让我们进去。

在操场上,周祖看了看教学楼和宿舍,指了指男生宿舍一扇窗户说:就是那儿,当时我住那一间,我就是在那里被打的。

我看了一眼,空荡荡的楼房里,一扇窗户没关,窗帘拂动,一阵清新的气息迎面扑来。我忽然感受到了周祖的痛苦,在那个最单纯的时候,因为受到欺辱,被逼离开校园。我心里也暗骂邓伟不是东西。此时此刻,站在学校的操场上,南北东西皆新楼新舍,但脑子里还是那年旧影。我突然想起那天俊妃说的一句话:小时候真傻,天天盼着长大。

周祖说:当时我喜欢的女生,是班上的刘晓旭。

我回忆起刘晓旭的样子,点点头:她是挺漂亮。

周祖说:我就琢磨着能不能写封信啥的,后来发现她也跟同学们一起笑话我,说我难看,说我二百五。这些我都忍了,最让我受不了的,是我无缘无故被打后,鼻青脸肿回到教室,她竟然幸灾乐祸,还跟邓伟那畜生一起叫好。

我低头不语。

周祖说:人在单纯的时候,最容易被铺上生活的底色。离开学校后我在社会上摸爬滚打,见谁都有防备心,开始学会算计,反正为了混口饭吃,什么事儿我都能做。

我抬起头看着周祖认真地说:周祖,你其实是个好人。

周祖说:那是以前。我早就明白了,杀人放火金腰带,修桥补路无尸骸。祸害活千年,好人命不长。

我说:现在你真的挺厉害,再做一件事就完美了。

周祖问:什么事?

我说:你要放平心态面对过去。

周祖说:你知道我为什么离婚吗?就是因为,我把我过去的事儿讲给她听,她非但没有半句安慰的话,反而看着我以前的照片说,换成她她也会欺负我。

我看着周祖无力解释:你老婆就是开玩笑,不是真心话。

周祖说:哼,如果当年她也坐在教室里,一定会这么对待我。所以,我觉得女人就这样,我没那个命遇到好女人,就认命,现在,你知道我过的是什么样的生活了吧。

我点点头:把女人当成附属品。

周祖说:差不多就是这个意思。

我说:唉,可惜,要知道有今天,那次我无论如何也要阻拦下来。

周祖笑说:一切都不可惜。去老聚园面馆吃个面吧。

学校外的聚园面馆开了二十多年,味道极好,要一碗面,再盛上一碗黄豆熬成的高汤,清香舒爽。我们坐在这家面馆十年没变的老桌上喝汤吃面,周祖不再讲自己的过去,也不谈现在的生活,只是静静品尝着面汤,面无表情不知在想什么。

吃完饭我们回周祖公司取车,我上车准备离开,周祖突然说:哦对了,后来我碰到过一次刘晓旭,在我条件好起来以后。

我说:她还好吗?

周祖露出淫邪的笑容说:味道确实还好。

我吃了一惊:×的,你对同学也下得去手。

周祖说:她非常主动。

我冷笑一声。

周祖接着说:她老公是我客户,跟我私交还不错,我帮了她老公不少忙。本来我没想那些,但她老公偏偏有一种怪癖,喜欢分享"珍贵的东西"给自己的男性朋友,以获得心理上的满足。

我瞪大眼睛说:你开玩笑吧?

周祖说:真的,一开始我都不信,直到那哥们儿双手奉上,可真诚了。哎,就那一次以后我再也没跟他们联系。现在人的癖好,你摸不清的。

我说:我的确不明白。

周祖说:何一,我还是那句话,有事你来找我,我一定帮你。邓伟这人,你看着吧,他会有报应的。

跟周祖分开后,我走过一条街巷,街巷背后是临街餐馆的后厨和垃圾场,我从背街穿过,看见一条斗牛犬被一个光头胖子捆绑在铁架子上动弹不了,那斗牛犬不知所措,光头胖子手伸向狗臀部下方,斗牛犬紧张得低声哀号。瞬间,胖子猛地捏碎扯掉斗牛犬的睾丸,顿时狗吠声大作,一阵撕裂般的惨叫穿透整条背街,几人探头张望。那斗牛犬的身体完全扭曲,似乎要将头挣脱开身体,努力咬向光头胖子。

我瞪大眼睛看着胖子,胖子满手是血,笑嘻嘻地对我说:去医院弄太贵,一条狗阉割一下要花好几千呢!我想起周祖今天告诉我的事,又看着还在惨叫不止的狗,觉得很多人应该遭此刑罚,比如,我从未见过的刘晓旭的老公。

我回到家躺在沙发上闭目养神,心里忐忑不安。俊妃下班回来给我炖汤,我让俊妃不要忙活,坐我身边就好。俊妃问我哪里不舒服,我看着俊妃一脸天真的样子,估计她根本不知道世上会有那么多的龌龊。

我说:我没哪里不舒服,只是心累。

俊妃说：你看你要操心那么多事情，还要应酬，当然累了。

我说：不然这样，我不工作你挣钱养我怎样？

俊妃说：如果我有能力我肯定愿意养着你，只是现在我没能力，只能尽量不靠你。

我说：万一有天你发现我也靠不住呢？

俊妃说：你怎么老说这些话，总说自己不好，就算有天靠不了你了，那时候我也应该能存够钱养你了。

我问俊妃为什么不愿意去我的火锅店吃饭，她说她不爱吃辣，也不想让我觉得她是冲着我的条件去的，所以对我的火锅店不感兴趣，即便去吃也会自己花钱，绝不会因为跟我的关系而去白吃白喝。

我在沙发上不知不觉睡着了，俊妃把屋子收拾干净后，让我洗过澡去床上睡，睡觉前我收到一条信息，易斯斯发来的，信息简单明了：我去找别的男人了，负心汉。

世界上两件事最难，一是把自己的思想装进别人脑袋，二是把别人的钱装进自己口袋。前者成功了的叫老师，后者成功了的叫老板。两者一起成功叫老公。易斯斯没能跟我在一起，不过我跟曾晓枫倒是越来越熟悉了。

曾晓枫在银行工作，兼职做模特，后来跟我见面也基本不提易斯斯的事，曾晓枫说易斯斯找了个男的，聊得挺火热。我问曾晓枫为什么不找男朋友，她还是那句话，没有遇到感觉非他不嫁的那个人。

我请曾晓枫在火锅店吃了两次饭,连蔡经理都说这女孩不错,感觉比之前那个还好,鼓励我把曾晓枫追到手,我说蔡经理我现在有个女朋友了。蔡经理说那怎么没看你带来,我开玩笑说还没成熟,现在是试用期。蔡经理笑笑说曾晓枫真是不错的女孩,很招人喜欢。我问蔡经理是不是喜欢曾晓枫,蔡经理说当然不是,只是觉得她跟我更配。

晚上我查完账,蔡经理说现在发现我们火锅店里跟另外两家店菜品渠道不一样,建议都归为一家管理,否则出了问题三家店都受影响。我问蔡经理怎么知道另外两家店的情况,蔡经理说在批发市场上走一圈一打听就知道了。

我听了蔡经理的话,跟我爸妈谈后,决定都在蔡经理进货那家走量,刚好爸妈最近对那两家火锅店的总采购成本不满意,于是就顺理成章让蔡经理接手,我妈提醒我多跟蔡经理跑跑,什么东西都得把把关,我嘴上答应着,但是对他完全放心,整条街看过去,也就我们这家店天天排队。

一天晚上睡觉,俊妃跟我提了一个要求,说跟我在一起俩月了,想趁周末出去旅游一下,就在周边也行。俊妃的提议让我想起了城边县,那个贫穷的地方,那个简单的老街,那个送我酒的明洋,但是接近五个小时的路程实在不适合周末前往,我说咱们再看吧,要不等个小长假去远一点的地方,俊妃说行,不管去哪里,跟我第一次旅行一定是个圆满的经历。俊妃还在喋喋不休的时候,我困极了,又一次觉得女人的唠叨特别助眠。

十二

我花了一整天做了一份方案,让小龙包装成PPT。待一切准备就绪,我来到东升宫楼盘找杜剑,杜剑让我先到另一个小办公室等着,等那边会开完,杜剑过来跟我聊,我把方案大概一说,杜剑觉得还行,又让下面一个营销经理也过来听,我又重新讲了一遍,那经理也说不错,杜剑让经理直接跟我对接,就按照这个方案来做,费用十二万左右,并跟经理说以后还有其他的影视方案,都可以交给我做。

经理出去后,杜剑假装不经意问我,跟司文文什么关系。我说是很好的朋友,杜剑大概是得知了我被误伤的事,主动说那天司文文是在跟他吃饭,吃饭的时候她老公打电话一直不接,吃过饭后司文文就去见我了。

我说:我跟司文文的闺密是铁磁,所以得给她面子,要是还手,以后见司文文就尴尬了。

杜剑说:就是,还好你没动手,唉。

我从那一声叹息,听出来杜剑心里在想你怎么不还手,直接把她老公弄死算了。

我问:杜总,你跟司文文怎么认识的?

杜剑说:她准备投资一个早教机构,刚好我妹妹也准备投,那天我陪我妹妹谈投资的时候就跟她遇见了,跟她还挺聊得来,就成了朋友。

我说:所以,你们现在应该都互相挺有好感的吧?

杜剑说:差不多吧,反正就这么点儿事儿,看她了。

我说:司文文的事儿我也不清楚,但她介绍我来跟你合作,我肯定把事儿给你做好。

杜剑说:我相信你,那个设计师曹高峰不是也一直推荐你吗?那天还跟我们说,叫你来拍准没错,果然你一说思路我就觉得你跟别人想法不一样。

差不多定好了拍摄时间,杜剑把我送到车库,跟我说以后可以出来一起喝喝酒,大家都是朋友,除了工作来往平时也可以多聚聚。

我说:杜总,我先把事儿做好了再说。另外我多说一句啊,你别介意。

杜剑说:你说,我不会介意。

我说:虽然我不知道你跟司文文到底是什么状态,但是就凭她老公那晚上的行为,我觉得司文文跟你在一起更合适。

杜剑一笑说:我跟她说明白了,只要她愿意,我这边随时接纳她。

我上车离开后,过了一会儿司文文给我打来电话,问我跟杜剑瞎说了什么,我只好如实说了,司文文气恼地让我以后别多嘴,说这个事儿她现在没有一点头绪。我说这需要什么头绪,两边都能养得起你,一边对你没感情一边对你有感情,换成宫鹿早就掉转方向了。

司文文叹气说:何一,婚姻真不像你想的那么简单。

楼盘的片子我让曾晓枫来主演,其实就是简单摆几个镜头,演一个男青年的老婆和一个小孩的妈妈,坐在草坪上互动一下。曾晓枫说这个太轻松了,比自己去活动现场站台好多了。其实曾晓枫不知道我还找了另外一个模特,要演绎别的剧情,还要在草堆里摸爬滚打,把那模特累得够呛,说下次得多给钱。

收工后我请曾晓枫吃火锅,曾晓枫说我们家火锅店跟别人的不一样,越吃越好吃。我说你以后来吃直接找经理打折。蔡经理看到曾晓枫来,多送了一份菜和一瓶清酒。我问蔡经理这是什么福利,蔡经理说是自己研究的,吃火锅配这种低度清酒,非常舒服,曾晓枫说想尝尝。我以为曾晓枫不喝酒,曾晓枫说以前跟易斯斯也经常去酒吧喝酒。

吃饱喝足后,我叫了个代驾送曾晓枫回家,曾晓枫说不用,干吗那么麻烦,自己打车走。蔡经理走出来说曾晓枫实在跟我越看越般配,我好奇为什么每次曾晓枫来蔡经理表现都不太正常,我想他一定是喜欢曾晓枫,又送菜送酒,可能是想借我去表达,蔡经理一口否认,说是觉得跟我合适,自己都四十岁出头的人了,老家媳妇孩子都安稳,不会有其他花花肠子。

我叫了个代驾回家,到家门口代驾下车,我自己挪车进车库,小心翼翼找到一个停车位,刚下车,后面跟上来一辆沃尔沃,把我车挡住,下来一个人向我走来,我一看,竟然是那个胖子,司文文的老公!司文文老公走过来,眼睛直直地盯着我。

我心里一紧,看着他问:你在跟踪我?

司文文老公笑着说:是的,一直跟着,在你家火锅店等了好久才看你出来。

我冷冷地问:你想干什么?

司文文老公说:认识一下吧,你叫何一我知道,我叫李景亮。

我跟李景亮走到外面,来到小区里一个僻静角落,我不屑地看着他。

李景亮说:兄弟,不要那么看着我,我那天晚上确实很冲动。

我说:我那天真的是给司文文面子,你老婆难道没跟别的男的晚上谈过工作?

李景亮说:这些都不重要,我是想跟你确定一件事。

我问:什么事?

李景亮说:我跟司文文现在其实处于形式婚姻状态,我们俩对对方的生活都了解甚少,我对他身边的朋友更一无所知。今天来,第一给你道歉,第二,希望能从你这了解一下她。

我说:那我就跟你好好解释一下,我跟她什么关系。

李景亮摆摆手说:你们俩的关系我知道,那晚回去她对我大发雷霆,我就知道肯定是我冲动了,如果真有什么事,她不会是那样的表现。

我说:那你想找我了解她什么?

李景亮说:她身边,应该会有异性喜欢她吧?

我说:我不知道,你可以去问问宫鹿,她们俩关系好你应该清楚。

李景亮说:我会傻到问宫鹿吗,她会告诉我吗?我来找你,就是希望你给我个比较明确的答案。

我说:我又怎么会知道?平时除了工作我跟她没联系。

李景亮又说:我觉得,你了解的肯定比我多。

我哼了一声说:兄弟,我们俩什么关系,那天你踢我那两脚我已经不跟你计较了,你现在过来让我给你去打小报告,你怎么想的?

李景亮伸出一根手指头:十万。

我愣住,问:什么?

李景亮说:我只需要,你给我一个确切可靠的消息,我给你十万。

我凝视着李景亮深吸口气:天哪,你真大方!

李景亮说:你知道,我要这条消息意味着什么,这是一次生活和家庭的博弈,我需要这个证据。

我察觉出这个事儿可能给司文文带来的结果,迅速组织了语言,说:李景亮,我不知道司文文的事儿,但是,我做个假如,如果司文文有什么事儿刚好又是你想知道的,你觉得,我作为一个男人,该不该介入别人的家庭矛盾,换成你你会吗?

李景亮说:你应该不是个太差钱的人,可能十万对你来说不算什么,但是我要的就是几个字,这一切都与你无关,因为我相信你。

我摇摇头:说笑了,你凭什么相信我?

李景亮对我说:我只要一条线索,某某,工作职位,确实发生过。这几个字,只要真实的,十万。你提供给我,我马上把现金奉上,没有任何银行记录,剩下的,我去找证据就好。

我摇摇头说:你真是让我大开眼界,你们是夫妻,居然可以过成这样,我好歹算是司文文的朋友,你不怕我告诉司文文吗?

李景亮说:你们没有好到那个分儿上,没有那么亲密。

我反问:你怎么又这么确定?

李景亮说:那天你找司文文无非就是让她搭个桥介绍个业务,如果你们的关系真的像你跟宫鹿这样,那就一句话的事儿,你何必还请她吃消夜?

我说:你确实精明。

李景亮说:对我这种人来说,宁愿在财富里勾心斗角,也不愿在贫穷里悠然自得。

我笑了,李景亮也笑,不知道他知不知道我到底为何而笑。李景亮拿出名片塞给我,拍拍我的肩膀说:今天很冒昧打扰你,如果你确实不愿意,那就当我们没见过,如果你愿意说那几个字,我也会守口如瓶。

李景亮说完转身离开,我在楼下站了很久,抬头看向楼上,家里灯光敞亮。我乘电梯上楼,进屋后俊妃端来了雪梨汤,说给我醒酒。我说我没喝多,俊妃说那也可以润肺,你在外面一定也抽烟了。我洗漱完后躺床上,俊妃钻进被窝里贴在我身上,我看着天花板发呆,俊妃问我怎么了,我说:我觉得人心好可怕。

俊妃说:那有什么可怕的,只要你永远正直,没有把柄被别人抓着,你就不怕。

我说:你说话还挺有道理。

俊妃说:我哥从小就跟我这么说的。

我问:你哥是个哲学家吗?

俊妃说:不,他就是个打工的。

我又问:假如我轻而易举就能挣到一大笔钱,但是要我出卖一个好朋友,这件事好朋友永远也不会知道,你说我能做吗?

俊妃说:多少钱呀?

我说:一百万。

俊妃说:天哪,那不会犯法吗?

我说:不会,但是会出卖一个特别好的朋友,可能会让她之后的生活都很悲惨。

俊妃说:一百万,太吓人了,我不知道,但是如果出卖宫鹿姐那肯定不行。

我说:也就是说,除了宫鹿以外,你觉得都可以?

俊妃说:我一直觉得钱是不能买到正直的,但是正直是可以有价格的,就看你给你的正直定价多少了。

我说:这句话你从哪里听来的?

俊妃说:我哥以前跟我说的。

我说:你哥真是个哲学家。

俊妃说:不,他就是个打工的。

十三

剩下两天我抓紧时间拍完了片子,然后让小龙赶紧把素材全部选出来,马不停蹄地剪辑,不到三天就出了成片,曾晓枫上镜还挺好看。紧接着拿到杜剑那里审片,大家觉得整体还可以,也提了些意见。本来曾晓枫拿到报酬说请我吃个饭,我因为最近有个急事需要处理,就说还是改天吧,曾晓枫说我装腔作势,以后再也不会主动请我吃饭。

经过几天的考虑,我决定玩一个游戏,我不会把李景亮来找我的事告诉宫鹿司文文,但是我要把这个事儿告诉杜剑,因为李景亮给出的筹码挺有意思,杜剑既然如此钟情于司文文,那会做出什么反应,或者给我开出什么筹码?当一个女人成为两个男人的目标,那这两个男人一定会发挥出最大的能力去控制局面,我对自己说,与钱无关,我可以分文不取,仅仅满足好奇。

我来到杜剑办公室,说有个事儿要商量,杜剑客气地说:放心,你改完后我会安排尽快付款,不会拖的。

我笑着说道:杜总你真是,你觉得我会因为催款专门回来找你?

杜剑说:那还能有什么别的事吗?

我说:是一件跟工作无关的事儿,这个事儿我也不知道怎么办,甚至不知道该不该跟你说。

杜剑一下子认真起来,知道我要说的事跟司文文有关:你说,我听着。

我说:杜总,我先多问一句,你确定你爱司文文?

杜剑淡淡地说:确定。

我说:好,既然这样,我就如实说了。本来呢这个事我应该告诉司文文,但是我觉得不该让女人来承担压力,不如告诉你吧,至少你肯定不会害她。

杜剑心急:你快说吧,到底什么事?

我将李景亮来找我的事全盘托出,把价码虚报成十五万,再将这件事可能给司文文带来的后果告诉了杜剑。杜剑皱眉听我说完,这时一个员工敲门进来汇报工作,杜剑没好气地说今天没时间,员工赶紧出去了。杜剑思考良久,抬头看着我。

杜剑问:所以,那家伙给你十五万,想来挖我的信息?

我说:确切地说,应该不是挖你的信息,而是想抓住司文文的把柄,好占优势。

杜剑说:你应该知道他跟我是同行,虽然他操的盘没我这么大,但是说起来在圈子里熟人也多,对我名声可不好。

我说:据我所知,你跟司文文清清白白,你只不过对她有点爱慕。

杜剑说:是的,我想跟司文文在一起,当然是在她单身之后,现在我可以等,但是不可以被人知道,特别在这种情况下,他想抓司文文的把柄,说不定还会造谣,即便我等到他们离婚,也很可能落得一个插足别人婚姻的谣言,你知道,我的身份和我的事业是容不得这种事的,我不想以后花时间来澄清这些东西。

我说:事情就是这样,感谢你给我这个拍片的机会,我还是那句话,我做好我的事,我不想出卖司文文,也不想让她知道后有压力,所以才来告诉你。

我说完准备离开,杜剑叫住了我,我回头看着杜剑。

杜剑沉思,向我伸出了两根指头:二十万。

我一愣,问:什么意思?

杜剑说:我拿二十万,你帮我做两件事。第一,感谢你把我当朋友。第二,把这件事告诉司文文。

我一愣,问:告诉司文文?

杜剑说:是的。

我说:你就忍心让她不高兴?

杜剑说:不高兴？这不是不高兴的问题,而是让她彻底认清现在身边的那个人有多卑鄙,这样就能让她加速自由,还能提早做好准备。

我说:你有没有想过,司文文知道了可能会放弃离婚?

杜剑说:没有一个女人会忍受到这一步的,只要你说出去,这就是催化剂。

我说:您真肯为司文文花钱。

杜剑说:我相信命,遇到了,就得去试试。那边用钱来诱惑你,我只能给你开出更高的价码。

杜剑要了我的账号,给我账上先转了十万,说等这事儿搞定了给我另外十万。我没想到这钱能来得那么轻松,另外,要说杜剑跟司文文一点事儿没有我也不信,正大光明的关系何必怕成这样,司文文虽然极力掩饰,但是杜剑这边很明显了。

我找到宫鹿,问她现在到底几个人喜欢司文文,宫鹿想了想说,还有个小男孩,二十岁出头,老跟她表白,说什么要努力挣钱养她,这些小男孩真的胃口奇怪,喜欢大姐姐。我问小男孩是做什么的,宫鹿说就是一个富家子弟,也不知道干什么工作,但是司文文根本看不上他。

我走在大街上,思考片刻,拿出李景亮的名片,打开短信发送:鲜肉,二十岁出头,无业,家里有钱,其余不详,以上。我心想孙子,我就这么玩死你,你慢慢查去吧。过了一会儿,李景亮回了信息:辛苦了,账号给我。

我一惊,心想,这钱来得太容易了。回了一条:信息不详,受之有愧。

李景亮又回:有心难得,日后或还需要兄弟帮助,速速发来。

我心想这孙子是真的豁出去了,你送到嘴边给我我还能不要?于是发过去账号,十万很快到账。平生三十余年,从未如此轻松赚钱,都拜司文文所赐,看来这世上福祸相依,想起李景亮那晚一脚踢来,本以为是耻辱,没想到是上天疼爱,踹出了财运。十万到账后,我对李景亮的恨意全无,觉得这人还挺可爱,打钱如此爽快,就是再踢我几脚我也不记恨他。

接下来重点是如何跟司文文解释,毕竟司文文才是我朋友,虽然已经被我出卖两次,但是我良心尚存,不会让司文文被两个男人算计。

第二天我给司文文打电话,约司文文见面,但要司文文打车来找我,因为司文文车里可能已经被李景亮安装了跟踪设备。司文文如约而至,与我会合在一家咖啡厅,这家咖啡厅绝对正经,这里全是谈生意的人,没有一个闲人,聚集者可能半数是骗子,我几次来谈事,都听见旁边对话,很多傻到没边儿的骗人话术:本项目千万资金都已就位,就差您这二十万启动。

司文文喝着咖啡,听我讲述,我只将李景亮找我之事说明,并未提及杜剑一字。

司文文开始很惊讶,后来面色平静地对我说:你就说有一个小鲜肉一直追我,是个富二代,让他慢慢调查去吧。

我打开手机,把信息给司文文看,司文文瞪大眼睛:你怎么知道的?

我说:宫鹿说的,但是确定你对这小子没半点兴趣,肯定没有什么隐情,我才发过去,给他开个空头支票,让他先占个上风,这样你反而心里更有底。

司文文伸出大拇指说:好样的何一,我喜欢你。

我说:还有件事儿,我得让你知道。

司文文说:什么?

我说:他给了我十万,这钱是现在还你,还是应该怎么处理?

司文文大惊:就因为一条信息,给了你十万?

我点点头。

司文文愤怒了:我操他×的,竟然现在就把准备工作做那么充分,这么不计代价收集证据,好,那我知道该怎么做了!

我说:我不慎卷入你家务事,这钱你来定,到底怎么办?

司文文说:你今天的消息比这十万重要多了,留着吧,如果我能占得先机,我给你再包个大红包。

我听完,恨不得约上李景亮和杜剑一起到场,看一场好戏。想起杜剑,我又忍不住问司文文:你跟杜剑到底有可能吗,我觉得他对你是真心的。

司文文说:我们这个年纪,经历了人情冷暖,目前为止是不相信男人了,不管遇见谁,心里已经没有爱不爱这一说,来的都是客。

卡里突然多了二十万,我深知不义之财不可久留,心里盘算着如何将其有意义地花掉。于是先到金店瞎逛了一圈,花了一万块买了一个纯金吊坠,回家送给俊妃。俊妃喜出望外,问我为什么突然送她那么贵的东西,我说你伺候了我那么久,不该给点奖励?俊妃戴在胸前,吊坠刚好垂于酥胸之间,肌肤与首饰相得益彰,顿时光彩照人。晚上俊妃把我紧紧抱住,我问俊妃怎么了,俊妃说非常感动,觉得终于体会到我的上心,说结婚后一定好好对我,让我天天开心。我心里一慌,扪心自问,从俊妃那晚上莫名其妙走进这个家门,我从未有过跟她结婚的念头,觉得女人如过眼云烟,婚姻与我无关,就算父母百般催促我也不为所动。

没过两日,杜剑又把我叫到他办公室,说想拍一下售楼部整体环境,随便弄个小片儿,我知道杜剑是想找我询问新的情况,这种片子拍摄剪辑当天就能完成,就象征性收了几千块钱,让小龙来拍,我一分不要。顺便叫曾晓枫从银行请半天假过来做模特,在售楼部的花园里走几步,摆摆造型,一千块顺利到手,曾晓枫说跟我干活可比上班容易多了,我说要不你就当我秘书得了,曾晓枫抿抿嘴说才不给我当秘书,我问为什么,曾晓枫说我不是好人。

果不其然,杜剑问我跟司文文说的情况,听得出他害怕我将他与我的勾当也说出去,我心想我有那么傻吗,你这还有十万在等我,圣人也不会把你卖了。

我告诉杜剑,我把李景亮给我钱的事全部讲给司文文听了,并且还告诉杜剑,一个富二代也在卖力地讨好司文文,但是司文文不为所动,估计李景亮已经着手调查那个富二代去了。杜剑松了口气,说:我就知道,司文文不可能随便看上谁,她不是一般的女人,是一匹烈马。

我叹口气说:是,我觉得她可能谁都看不上。

杜剑一愣,问:谁都看不上?

我点点头说:一匹被伤透心的烈马,从此桀骜不驯,再难觅新主。

十四

故事发生在别人身上那是故事,发生在自己身上,就是命运。所有人觉得我命运极好,家里有产业供我浪荡不羁,从天而降的女友也是世上难寻的顾家女人,然而在自己的生活里,别人的目光不及之处,根本感知不到别人有诸多无奈。

我不爱俊妃,或者说不够爱俊妃,但习惯了俊妃对我的悉心照顾,作为报答,我带俊妃去外地旅游。俊妃一路上自始至终满面春风快乐无比,我却一直在心里问自己到底能不能珍惜这个女人。发现自己好像已经没有了情感,如此这样,那就算真的结婚,岂不是跟身边这些妖魔一样,为形式而生活。

在山崖与谷底,俊妃始终没停下拍照,每张照片必和我合照,直到见我不耐烦了,才意犹未尽自己玩耍,暂时把我丢在一边。在悬崖边上的留影处,我看着俊妃的灿烂笑靥,心里却格外沉重,我如何忍心伤害她,不如她滑倒坠入深谷,我可以摆脱幸福,永远不做个善良的人。

回去路上我心事重重,俊妃在车上甜蜜入梦。

俊妃跟我父母见面实属意外。那日在超市里,俊妃挽着我手臂,我们推车装入生活用品,我父母难得一起进个超市,我妈眼光犀利,一眼认出我背影,飞速上前一把拉住我,把俊妃吓个够呛,连声鞠躬问好,我妈看到俊妃眉清目秀,模样温婉可人,遂笑逐颜开,对我说:何一你不老实啊,掖着藏着的。

晚上回家我妈打来电话,问什么时候开始的,我大概解释了一下。第二天我爸妈说要过来看我,让我把俊妃叫上。第二天,二老一进门看到家中整洁清新,厨房内也一尘不染,我妈像是被吓住,说:你啊你啊,找了个这么好的女人不跟我说,我还想给你张罗着相亲呢。

我说:得了,八字没一撇,才认识不久。

我妈说:狗屁!什么叫八字没一撇,就她了!

我爸沉默寡言,在我妈环视屋子的时候把我拉到一边抽烟,问我:女孩什么条件?

我说:她是贵州人,来这边工作,职业是护士,家里条件一般。

我爸说:那事已经做了?

我冷眼看向我爸说:这是你该问的吗?

我爸说:还是得注意,做好措施,万一是冲着你钱来的,那婚后肯定不一个样儿。

我说:我不傻,也没多少钱能给人骗。

晚饭气氛一片祥和,可我妈跟俊妃交代了自己的家底,把什么时候适合结婚,什么时候要孩子,孩子该怎么养,都盘算得清清楚楚。我在一旁不断提醒我妈不要扯远,可我妈完全控制不住话匣,说那结婚生子也就一眨眼的事儿。眼看制止不住,我岔开话题说起火锅店的事,俊妃在一旁给我爸妈夹菜,沉默不言。吃完饭,我开车送二老回家,俊妃在家里收拾,到了家门口,我妈说:如果你敢乱来,我就把她留下,你给我滚蛋。

回到家后,俊妃拿出五千块给我,说是我妈给的,让俊妃合理安排,家里有需要添置的东西就买。我知道我妈给这钱的意思,就是见面认可准媳妇后的第一笔礼金,无奈地说,她给你你就拿着吧,家里什么都不用买,你买你喜欢的东西就好。

最近火锅店里生意兴隆,邓伟过来找我,说好久没吃火锅,我开了两瓶啤酒,发现邓伟瘦了很多。邓伟说他最近日子不好过,跟另一个部长争位置,上面领导有意提拔那孙子,但是自己能力明显强于他,所以领导找借口事事都暗中打压自己。

我说不如挑明了,直接送礼。邓伟说我太不懂,这种事哪是一次送礼那么简单,我却说最近看明白了,人间所有事情还真就是钱那么简单,有钱就能解决世界上大部分事情,剩下少部分事情就用更多的钱解决。邓伟说关键是现在自己手里没钱,老婆琴琴的小公司最近出了点危机,把钱都投进去了,这段时间两个孩子又小毛病不断,看病花了不少钱,别人眼中自己是个单位领导,前途无量,其实真的窘迫。我让邓伟赶紧找活儿干,还是五五开。邓伟说现在领导盯得紧,不能乱动,只能通过以前的关系在远的地方找找。我说,可以,越远越好,正好我想出去散心。

邓伟得知我和俊妃的事,劝说我赶紧把婚结了,他说跟谁结婚都差不多,等到孩子出生加各种琐事堆积,你跟仙女睡一块儿也一样。

我说:这就是我不敢结婚的原因。

邓伟说:你怕没有感觉?

我说:我怕那种摆脱不了的生活琐事,我受不了那样的生活。

邓伟叹口气拍拍我说:认命吧,独生子女不能没出息,不能玩物丧志,不能不结婚。

邓伟吃完就回家了,走的时候忧心忡忡,跟所有被生活拖累的人一个表情。

过了几天,我突然接到一个电话,对方说是邓部长让他联系我的,他们需要做一个宣传片。我问他是哪里,对方说是贵州,想请我过去看看,他们想拍一个宣传片到国际旅游节上播放。我一查这地方,开车要七个小时,一问预算三十万,顿时感觉有利可图。

为了暂时逃离俊妃给我带来的情感恐惧,我立马答应下来,带着小龙坐着动车先到贵阳,再转了一趟绿皮车和汽车,筋疲力尽才到达目的地。

当地仿佛世外桃源,山清水秀,炊烟袅袅。对方负责人说这里是出了名的原生态村落,随着抖音兴起变成网红村,很多贵州人都慕名而来,住上一两日再回,现在想把这地方推广到全国。

晚上,我跟小龙住在山间民宿里,月出惊山鸟,风拂溪涧中。民宿外的坝子上竹椅藤萝,鲜花簇簇,我暂时抛下烦恼,跟小龙对饮起了白酒。当地自酿土家白酒,醇厚芬芳,配上一盘野菜味道美极了。民宿老板得知我们是来拍摄取景,免了一切吃住费用,让我们到时候多拍拍他的店就行。

第二天民宿老板带我们上山,路过一个道观,进入道观里面看见一片破败,无人看管,但是自然草木却自然生长,蜜蜂蝴蝶各自尽兴。

老板介绍说,这里曾经被一个外来的大老板看中,那老板痴迷道教,修建道观当作自己事业背后的精神寄托,还养了个道士在此布道,每月按时发工资。没想到不出两年,那道士凡心未了,网恋认识一个姑娘,直接回头下山,重新杀回红尘,找不到影踪,老板气得不行,生意也连连受挫,从此再也不来这里。

道观外面的小路也十分幽静,路上一石凳上坐了一个半瞎的师傅,老板说这人是半仙,算命极准,在这条山路上坐了二十年,只收一百块,多了不要,儿子女儿都住高楼大厦,他却安居于此。

小龙走过去报了生辰八字,师傅在纸上写写画画,又让小龙丢了六次铜钱,最后得出结论:说小龙四岁起运,育有一子,子为父母带财,但父克子身,长期在家儿子多伤风感冒,劝小龙再生二胎。小龙连连惊叹说真是这样,生了孩子之后工作顺利多了,但是自己在家带孩子,孩子就不停生病。小龙又问自己未来怎样,师傅说八十之前无大病,家庭和睦,一生就一次婚姻,不能大富大贵,但也能丰衣足食。

小龙心满意足,让我也算一下,我心慌不敢,说自己感觉不好,还是糊涂一点好。师傅笑笑说:世间福祸所倚,没有绝对的好坏,你不愿意算我也不劝你。

还没有离开贵州我就把方案拟好,为了曾晓枫,强行植入一个女主角,我把她设定为是在这里长大的女孩,去了都市后看尽沧桑,发现家乡的草木风情才是幸福真谛。对方负责人说这样会不会太假,不可能有人舍弃大城市来这个地方。我说,当然不可能,所以要塑造一个这样的角色,不能舍弃大城市来这里生活,那抽时间来这里寻找自我总可以吧?负责人想想也对,说就按照这个拍,我和小龙当天就买票回去做准备。

俊妃听说我要去贵州拍摄,兴奋地说太好了,贵州那些大山是真漂亮,一定要好好拍,并且这个地方离自己家也不远,两个半小时就能到,要是时间富裕还可以去她家那边转转。我说我哪儿有那么多精力,拍完就累死了。

曾晓枫接到我的消息,也挺想去看看,几天又能挣好几千,比工资多太多,让我帮忙把时间定在周中出发,这样连着周末只需要请假三天就可以。邓伟说这次他手头紧得拿八万,那边负责人还得给两万,剩下二十万除去税后把成本算进去,我和小龙一人也就五万块。化妆师依然是上次去城边县的双霜,上车坐后排就问怎么不是上次拍片那个姐姐,我说这个姐姐是上次姐姐的朋友,上次那姐姐你估计再也见不到了。双霜问为什么,我说她谈恋爱去了。双霜惊讶地问:那姐姐不是跟你谈恋爱吗?

我说:我配不上她。

双霜看了看曾晓枫说:那这个姐姐也可以,一样漂亮。

大家一路跋涉到了目的地,累得不行,这边负责人招待晚饭,我们狼吞虎咽一扫而光。负责人被我们的吃相吓到,连声说你们辛苦了。

晚上小龙跟其他人准备调试机器,我和晓枫坐在竹椅上漫不经心地聊天,曾晓枫望着幽幽群山,说这样的生活其实就是自己最喜欢的。

我问:那把你丢这儿,永远不回去,你能行?

曾晓枫说:可以呀,只要带上我的狗就行。

我问:你养狗了?

曾晓枫说:是呀,一只特别大特别蠢特别可爱的狗。

我说:你跟易斯斯比起来,有点不一样。

曾晓枫问:哪里不一样?

我说:你有点不食人间烟火。

曾晓枫说:我就是害怕生活太认真。太认真就会被伤害。

我说:有人的地方就会有伤害。

曾晓枫说:所以呀,如果人生顺利,我就会选这种地方,养一只狗,过一生。

我说:那如果不顺利呢?

曾晓枫说:那就结婚生子呗。

晚上大家都睡得很熟,早上起来每个人精神抖擞。民宿老板为我们准备了粥和土鸡蛋,配上点自家腌的咸菜,大家吃得十分舒服。

拍摄期间,曾晓枫跟一个当地的农家小女孩配合得非常默契,小女孩开始还很怕生,但曾晓枫天生的亲和力让小女孩很快就喜欢上了她,跟她亲热得不行,看上去还真像一人的童年时代与青年时代,特别是拍到小女孩与曾晓枫站立在乡间小路互相凝望的镜头时,懵懂无知的小女孩儿看着深情款款的曾晓枫,竟然流下眼泪来,曾晓枫被女孩儿的真情感动,也流下了眼泪。大家都被两人的真情感染,那负责人在一旁感动地说:何导,这个镜头好,这个故事好,一定能看哭别人。

晚上休息我问曾晓枫为什么哭,曾晓枫说拍摄前跟小女孩聊天,小女孩说让曾晓枫带自己去大城市看看,说特别想知道外面的世界是什么样子。曾晓枫答应了她,但是知道自己可能实现不了承诺,以后她还得靠自己走出去。就在与她对望那一刻,没控制住自己。

第二天拍摄到道观附近,经过小龙的介绍,大家纷纷去算上一卦,那算命的师傅将每个人的身世都合计一番,让大家惊喜连连。只有曾晓枫没有去算,我问曾晓枫为何不去,曾晓枫说自己不愿知道人生的结果,要是算得准,不论结果好坏都没意思,要是不准也会增加心理负担。

拍摄工作结束后,负责人请我们吃了一顿土家菜全宴。我说回去尽量早点把片子做完发过来,负责人说不用着急,有这两个女主角的镜头,一定差不了。

回去的路上,曾晓枫还在惦记着那个小姑娘,曾晓枫说塞了五百块给那个女孩儿,她怎么都不要,曾晓枫说你不要我就不带你去看外面的世界了,小女孩才把钱收下,说要把这个钱留到你来接我,我们一起在路上花。说着说着,曾晓枫就哭了起来。为了缓解曾晓枫的情绪,我问她现在易斯斯怎么样,曾晓枫说易斯斯现在在热恋中,不常跟自己见面,但是好像那男的不很靠谱,听说好像离过婚,现在一个人住。

我说:离婚了就不靠谱吗?

曾晓枫说:不是,好像他跟斯斯说,在一起就图开心,别的什么都不用想。

我说:那斯斯就答应了?

曾晓枫说:好像是吧。那男的跟她说,她很像自己中学时候的暗恋对象。这一套说辞早就过时了吧。

我说:只要说的是时候,这些话再俗套都不会过时,总会有人信。

十五

生活的节奏是人无论如何也无法把控的,有时候让人觉得自己早已被世界抛弃,有时候又觉得全世界都在捧着你,追着你给你好处。

邓伟的钱刚一分完,杜剑又来找到我,把另外一个楼盘的商业广告片交给我做。我知道杜剑的目的,还是想问我结果,现在杜剑跟司文文之间隔着一道暧昧的沟,两人相互不知道对方,也绝对不能说破,我问杜剑为什么那么喜欢司文文,杜剑说这就是一种感觉,说不清道不明。

但目前我知道的,司文文与李景亮处在相互警觉的状态,处处小心,反而不可能出什么大乱子。杜剑说也是,僵持就僵持吧,人都需要感情,在算计里生活总有一天一个人会先受不了的,这种情况下,感情已经不是感情了。婚姻就像饭菜一样,不好吃是一回事,如果变质了又是一回事,不好吃也可以将就,变质了就必须倒掉。

我不知道我对俊妃的感情算是什么性质,逐渐养成女主人心理的俊妃对家里一切都要亲手把控,让整个家里都焕然一新,我却觉得我离自己的生活方式越来越远。

那日,俊妃在没经过我允许下换掉了所有的床单,把两间卧室都铺上了她喜欢的颜色。我问为何要把次卧的也铺上,她回答说我妈给她打了电话,以后经常会来看我们,所以多铺上一间,让我妈来了可以住两天。我觉得我们全家人已经进入了新的生活节奏,只有我还在这节奏之外徘徊。

我抽一天时间回到爸妈家里,跟他们吃饭,说自己完全没想过今年结婚,但是家里的气氛让我有点接受不了。我妈立即抬出了千百种道理,恨不得今晚就把我送进洞房。嘴里念叨成家立业,没有家何来事业,说这个女孩要是再被我弄丢,那这辈子的福报就算是用尽了,让我好自为之。每一个字仿佛都在印证我的未来,稍有不慎人生就跌入深谷,唯一的妙计良方就是好好把俊妃给攥在手里。

我垂头丧气从家里出来,无处发泄,只好去找宫鹿,宫鹿把孩子哄睡了以后才下楼来见我。

我说:你知道不知道,现在我觉得有种深陷泥潭的感觉。

宫鹿说:不是我说你,你真的有点犯贱,你就那么看不上俊妃?

我说:哪里是看不上,我是配不上。她一心想结婚生子,可我不想,但是还没结婚就已经让我每天过上了婚后生活,我真的不开心。

宫鹿跟我说:当年我跟谢宇结婚的时候,也是有很多憧憬的,可是婚后不知道为什么,两个人的感情都无力了,懒得关心对方,懒得过问对方,后来变成了懒得理对方,最后成了几天不回家也懒得去想对方。婚姻就是这么完的,只要感情在,都不是问题,现在感情不在了,我唯一考虑的是孩子,至于离不离的,我没特别强烈的想法。

我说:你跟司文文一样。

宫鹿说:不一样,司文文不再渴求感情,而我想要。

我把司文文老公的事儿一说,宫鹿大为意外,骂我不是人,竟然通过这个事儿还在中间捞钱,我心想要是把杜剑给钱的事也说了,估计宫鹿要打我。

回到家里,我情绪没有得到缓解,想起我妈的态度,我就更加不想理会俊妃,一进门俊妃让我先去洗手,准备给我试新买的睡衣,我没好气地说累了,径直去洗澡,洗好澡直接躺床上睡觉。俊妃问我怎么了,我说这个地方越来越不像我的家了,俊妃没听出我话里的意思,说,当然啊,有了我以后,这就是我们的家,当然要变个样子。

俊妃跟我说她做了个决定,不答应也得答应,过年得去贵州,跟她回去见父母。我说这个得到时候再看,过年不一定能抽出空来。俊妃不高兴,说我没有一点诚意,日子都过上了,连这点心都没有。

我死活不肯答应,俊妃委屈地哭了,说我在玩弄她的感情,说我追她的时候那么急切,现在就不想负责任了。俊妃一哭,我心软了,赶紧道歉。等哄好了以后仔细一想,发现她简直胡说,我什么时候追过俊妃,那晚我归来之后明明是她守株待兔将我拿下。女人在情绪上来的时候真是不讲道理,看来不管多么贤惠懂事的女人在这种时候都一个样子。

杜剑最近跟我走得很近,这种大企业家里的公子,本来不该跟我这样的人打成一片,却因为一个女人的事,渐渐把我视为知己。我约杜剑忙完来火锅店,做东请他跟他的下属吃饭,答谢大家对我工作的支持,酒足饭饱后杜剑赶走其他人,说要跟我单聊,接着把我带到一个私密会所。

杜剑说:何一,我在商海浮沉几年,虽然仗着家里有基础,但要是自己没点能力也走不到今天。

我点头说是,杜总你肯定是人才,认识这么些日子,早就感觉出来了,目光格局都不一般。杜剑说,你就别拍马屁了,经这个事儿一折腾我觉得你人还不错,做事也稳当,咱们以后相处不必客套。说话间,杜剑接到一个电话,挂电话后跟我说一个朋友要来一起坐坐,一起聊聊。我说你们的江湖我也不懂,不然我就先回去,杜剑说那多没劲,多个人气氛好。

半小时后,会所包房门被推开,我目瞪口呆,看见穿着白衬衣的周祖进来,由一个美女挽着,竟然是易斯斯。周祖和易斯斯见到我也很意外,易斯斯看到我,哼了一声,周祖却热情地叫:哎哟,我俩兄弟都在这儿呢!

杜剑说:你认识他?

周祖说:怎么不认识?我跟何一是高中同学。

杜剑说:看不出来呀,何一,真是有缘分,你跟周总也认识。

我说:我们失联多年,最近才见面。

周祖要了一瓶洋酒,三人分饮,易斯斯也给我敬酒,说自己随意,让我干了。周祖不满地说:你会不会说话,怎么能让人家干了。

易斯斯说:我就是要让他干了,瞧他不顺眼。

周祖不解地问:怎么,你们有过节?

杜剑好奇地看着我和易斯斯。

易斯斯说:没有,就是以前拍广告,他经常照顾我,所以想跟他多喝点。

我说:我酒量不好,咱们还是慢慢喝吧。

易斯斯说:行呀,那今天我不喝醉你别走。

我笑着点头,周祖和杜剑面面相觑,不知易斯斯怎么了。易斯斯跟我喝个不停,只想把我灌醉,杜剑跟周祖吹着海阔天空的牛,没有一句是正事,我趁着上厕所之际,偷偷发了定位给曾晓枫,让她来把易斯斯拖走。曾晓枫来了,走进门后周祖和杜剑都误会了,周祖眼睛一亮说:哟,这个不错。

易斯斯看到曾晓枫来很是吃惊,曾晓枫看了一眼周祖,对易斯斯说:走,你现在跟我走。

易斯斯说:你干吗?你怎么知道我在这里?

说完易斯斯看向我,我轻轻喝一口酒,抬头看着曾晓枫。

周祖说:这是什么情况啊?

易斯斯说:我闺密。

周祖说:那巧了,你闺密在这上班?坐下一起喝点。

曾晓枫没理会周祖,转头说:易斯斯,你走不走?

易斯斯说:行吧,那你们先喝,我陪我闺密聊会儿。

说完曾晓枫拉着易斯斯离开了包房,周祖皱着眉说:怎么回事,怎么钻出来一个人就把我女朋友带走了?

杜剑说:她是你女朋友?

周祖说:是啊,刚谈没多久。哎,何一,那女孩是谁啊?

我说:是她闺密,一直在找她,估计俩人得多聊会儿。

周祖说:我这还要不要面子了?要走是吧,行,那个经理,找个人来陪陪我。

第二天醒来已是中午,都忘了昨晚的酒喝到几点,反正回家时已经快天亮。周祖说最近也想弄下房地产,炒个小盘,我心想,周祖确实不知道天高地厚,就你那身家倒腾个货运公司够了,玩房地产不够败的。

微信里俊妃提醒我把桌上的雪梨牛奶喝掉,不然胃难受,曾晓枫给我发来信息让我起床去咖啡店见面。来到咖啡店,曾晓枫坐下就问那男的到底是谁,我把周祖的情悦一说,曾晓枫骂易斯斯怎么能跟这种人在一起。

我说:人家两情相悦。

曾晓枫说:不行,你必须去跟他说,让他马上离开斯斯,不要害斯斯,他一看就是仗着有钱到处玩弄别人的人。

我说:关键是易斯斯自己也愿意啊。

曾晓枫说:我问了斯斯,她是愿意,因为她不相信别人了,那天在酒吧喝酒,这个男的给她买了单,易斯斯要还钱给他他不要,两人就这么认识了。

我说:易斯斯比我想象的随便啊。

曾晓枫说:放屁,她哪里随便,这男的说喜欢她,像她高中的初恋,说以后找易斯斯只喝酒,不干其他的。

我说:什么初恋,他高中初恋我知道是谁,完全不一样,半点都不像。

曾晓枫说:斯斯迟早会毁在他身上,你既然跟他是同学,就去求他吧,让他放过斯斯,积点德。

我说:行,我去跟他谈谈。

曾晓枫说:他真的跟你是同学?我看你们一点不像同龄人,他太显老了。

我说:可是人家有钱啊,现在长相什么的对一个男的来说不太重要。

曾晓枫说:有钱怎么了,这种有钱人我看不上,我才不会那么没底线。

送走了曾晓枫,我想了半天,觉得还是应该找周祖聊聊,第一,周祖这人不会真心对谁好。第二,易斯斯好歹跟我差点成一对,如果我不制止,以后易斯斯会更恨我。想起周祖一脸皱褶,易斯斯年轻貌美,两人媾和,鸳鸯被里成双夜,一树残枝压海棠,那场面实在让人心里反胃。

第二天,我请周祖喝咖啡,周祖边打着哈欠边问我找他有什么事。

我开门见山地说:易斯斯是我朋友,你以后别碰她了。

周祖一愣:谁是易斯斯?

我说:你也太乱了,就是昨天你带来的女孩。

周祖说:哎,别污蔑我,她告诉我的不是这个名字。

我说:甭管什么名字了,就一句话,你离开她好不好?

周祖说:怎么,你喜欢她?

我说:她是喜欢我,但是我没答应她。

周祖说:你不要的也不许我要?

我说:你只是一时兴趣,万朵花里挑一朵,哪朵都一样。

周祖说:不,我就看上这一朵了。

我说:看在同学情分上,我就让你帮我这个忙,别去找她了。

周祖说:我以同学情分发誓,我跟她还没发生什么,并且我是真喜欢她。

我诧异地看着周祖,周祖对我点点头。

我说:那你无非也就是跟她玩儿,过瘾后给钱了事。

周祖说:这次我不想花钱,我用情,只要她能爱上我,我就跟她结婚。

我说:那不可能,你就是觉得她新鲜。

周祖说:要是图新鲜,我昨晚何不只身来,再多找两个佳丽陪我?

我说:你后面不是找了吗?

周祖说:那是为了气氛,你看我动手动脚了吗?

我说:周祖,你真变了。

周祖说:我人生一直都在变。

我无奈地说:如果你还有一丝善良,就别碰她。

周祖冷笑一声:装什么圣人,何一,我就不信你一世清白,我坏也坏得坦荡,心里有想法说明白,从不忽悠人,玩儿就是玩儿,喜欢就是喜欢,不像很多人表面正直,内心猥琐,拖良家妇女下水,劝风尘女子从良。我敢说,邓伟就这货色。

我看着周祖那张脸,充满着轻蔑,无法跟其争论,只能简单回一句说:邓伟哪有你牛,他现在跟你比起来屁都算不上。

十六

我主动去找易斯斯,在易斯斯家楼下的面馆里,中午刚起床的易斯斯只顾吃面,似乎对我的劝说不感兴趣,我好言好语说了半天,易斯斯:行了知道了,还有别的事儿吗?

我说:就这一件事儿,希望你能听我的。

易斯斯说:当初就是听你的,结果等不来一个消息。周祖人丑未必心坏,比你真诚多了,你还好意思来劝我,跟人家学学吧。

我说:易斯斯,我知道你恨我,我确实伤害了你,可你不能作践自己啊?

易斯斯赶紧说:打住,谁作践自己了,何一你是不是以为你特有魅力,我没跟你在一起就想不开?

我摇摇头不说话。

易斯斯冷笑一声说:是,我有几天是觉得你是特别的人,我喜欢你。但后来你的种种行为都让我觉得你跟那些玩儿小心思的男人没什么两样,可是我还是愿意给你机会和时间,再后来呢,发现你并不值得,这个周祖是你同学,看起来像个恶棍吧,可是人比你坦荡太多了。

我已经分不清易斯斯说的是气话还是真话,我意识到现在我再多说一句就是个可笑的人。我起身就走,易斯斯追出面馆,把我叫住说:何一,你等等。

我看着易斯斯,她一脸无所谓的样子,笑着,对我说:你真的让我伤心过,特别伤心,就是听曾晓枫说你已经有女朋友的时候。但是悲伤不能凝固,得融化,这个周祖就让我融化了,你还别不信,我跟他在一起,可能比跟你在一起要稳定。

我点点头,转身离开,心想着你就这么任性吧易斯斯,我该劝的都劝了,从此我也没有心理负担了。我给曾晓枫发去一个消息,说易斯斯已经无可救药了,曾晓枫说她也没办法,人想通了怎么都劝不住。

晚上我想自己喝点酒,就来到火锅店,却看到俊妃正在帮其他服务员一起收拾桌子,我奇怪地问俊妃怎么会来,俊妃说就是突然想来看看。我让俊妃坐我旁边,俊妃给我倒酒,我让蔡经理过来一起喝酒,跟蔡经理介绍:这是我女朋友。

蔡经理点点头,我看着蔡经理问:最近是不是太累了?

蔡经理说:何一,你每天都那么忙,哪儿有时间对你女朋友好啊?

我笑着说:她对我好就行。

蔡经理说:你先吃吧,我回去休息了,这两天事儿太多。

蔡经理走后,我看着不动筷子的俊妃问:为什么你不吃火锅?

俊妃说:我从小就在镇上的火锅馆旁边长大,这味道我闻够了。

我说:那可不好,万一以后我妈要让你来管店呢?

俊妃说:那不一样,吃火锅和做生意是两码事。

我说:做生意你还得练练。

俊妃说:我觉得蔡经理特别负责。

我点点头:是,我特别信任他。

俊妃说:你千万别把他身体累垮了,我看他今天都快扛不住了,他要是累垮了你就得自己来操劳了。

回到家我照常瘫在沙发上玩手机,俊妃让我快去洗澡,边说边把我拉起来。我洗澡时司文文打来好几个电话,等我洗澡出来打回去,那边电话又挂掉。俊妃进去洗澡,我刚躺下把手机充上电,司文文电话又打回来。

司文文说:何一,我跟你说个事儿。

我听出来司文文的急迫,问:怎么了?

司文文说:现在情况对我不妙,杜剑跟我今天谈事被李景亮发现了。

我说:你们清清白白,被发现了又怎么样?

司文文说:电话里一句两句解释不清,反正我需要你做个证。

我说:做什么证?

司文文说:如果有必要,就说我跟杜剑每次碰面都有你在场,并且我们只谈工作,我在你们的合作里拿提成。

我说:他会来问我这个?

司文文说:事关家产利益,上次你告诉他那个小鲜肉的事儿,他真去查了个底朝天。我故意跟那小鲜肉吃个饭,结果不出所料,当时就发现有人偷拍我们,反正我跟他屁事没有,所以他现在还没有证据来污蔑我,但是他现在是相信你的。

我说:懂了,不过,如果他再来找我,估计又要给我钱了。

司文文说:这点我还是信你,打死你也不会坑我,如果我能顺利渡过这摊烂事,我好好报答你。

我发自内心地说:司文文,我当然不会坑你,但是,你活得那么警觉,连私家侦探都能被你反侦察出来,你不累吗?

司文文说了一句跟李景亮说过的差不多的话：生活已经至此，我宁愿在财富里勾心斗角，也不愿意在贫穷里自得其乐。

司文文老公，这个诡计多端的胖子李景亮果然来找我吃饭。我从宫鹿那里得知，李景亮身家接近六千万，其中有一家本地知名的置业公司，公司本来运营就不错，加上父亲还有一个小厂，司文文跟李景亮结婚的时候感情正浓，李景亮作为一个涉世未深的富二代很多东西完全没考虑进去，当年公司规模也小，为了博爱人一笑，公司写进了司文文的名字，现在婚姻即将分崩离析，唯一能让自己占优势的就是抓有把柄，谁手握证据谁就算胜出，两人每天同处一室，两个孩子膝下承欢，屋顶却硝烟弥漫。

我问宫鹿：我该如何是好？宫鹿说：那还用问，誓死保护司文文，要是有半点闪失我弄死你。

李景亮在一处私房菜馆等我，我到了以后李景亮跟我握手，说多亏了我，才让他得以拿到司文文的证据，但是，李景亮皱皱眉说，证据不够，希望我能再帮他一次。

我嘲笑般看着李景亮说：兄弟，你还真把我当间谍了，我也是误打误撞碰上才提供你一个信息，你以为司文文跟我无话不谈，我俩每天都赖在一起吗？

李景亮说：何一，你这人靠得住，我信任你。上次你给我的信息，虽然准确，但是那小子和司文文确实没啥关系，小男孩，屁事不懂想追她，司文文是见过世面的，完全看不上那小子。

我说:那行,我把这钱还给你,反正我还没来得及用。

李景亮摆摆手:什么话,我需要你还我这十万块吗?我是想跟你说,如果你能帮我再挖到一点线索,事成后我再给你十万。

我点燃一根烟:李景亮,你心里真的觉得我那么缺钱?司文文跟我是朋友,我出卖了她一次,还想让我出卖她第二次?

李景亮说:朋友?你们生活八竿子打不到一起,天天喝茶吃饭这算什么朋友,她这人你不了解,我劝你也躲她远一点,什么人她都能算计,要是有天算计到你头上你根本不知道。

我心里暗笑李景亮,如此痛恨自己老婆,在背后嚼她舌根,女人阴险起来固然可恶,男人卑劣起来简直让人恶心。

我说:我现在是真不知道她任何事儿了,你要我怎么帮你?

李景亮说:不见得吧,最近这段时间,她给你引荐过一个人对吗?一个地产公司的领导,我听说还是那个公司未来的掌门人。

我故作惊讶:你怎么知道这个事儿?

李景亮说:他们公司的影视广告全部交给你,司文文在中间分成对吧?

我又假装恢复镇定说:是的,不过是工作往来,有利益分成再正常不过,你是不是太敏感了?

李景亮说:我直觉错不了,因为我捕捉到一点信息,这个人非常可疑,但只有你可以帮我,你是离他们最近的人。

我说:你想多了,我只负责拍片,跟那领导也没什么交流。

李景亮说:你知道吗?司文文为什么要拿你这点提成?她缺这点钱吗?她肯定是要掩人耳目,她跟那男的在一起吃了好几次饭,他们俩又没什么直接工作可谈。通过你去接洽,顺理成章多见几次面,就显得很自然了。

我故意点点头说:原来如此!看来我也只是个幌子啊。

李景亮说:现在你知道了吧,你其实是个工具人。

我摇摇头说:我怎么是工具人?实实在在通过司文文接到活儿,轻轻松松拿到钱,我心里是感谢她的,至于他俩有没有事儿,跟我也无关啊。

李景亮说:现在跟你有关了,你收了我的钱,就得替我把事情弄清楚。

我说:我收了你的钱,上次已经帮你拿到了信息,这次我没义务帮你,钱也可以还给你。

李景亮说:兄弟,这么玩儿就没意思了,我信得过你,给你钱也不含糊,对你我是诚心诚意。

我说:为了你,我这辈子第一次出卖人格,还想让我卖第二次?

李景亮一笑说:你卖的不是人格,是消息,这些消息会随着钱到账后,灰飞烟灭无影无踪。

我说:这样吧,李景亮,你不是有钱吗?如果这事儿对你那么重要,那这价码得由我来提。

李景亮说:你准备要多少?

我说:咱们也不走弯路,你也省得再买无用消息,如果我有确切的证据,直接来找你,到时候我开价,你掂量着给不给。如果我拿不到,找你也没用,你就自己另想办法。

李景亮听完我说的话,看我眼神犀利话语坚定,露出了笑脸。

李景亮说:看来我低估你了,也对,你也是聪明人,这样我反而更安心。

我说:如果真像你说的,你们两口子把我当成幌子和碟子,那我也没什么好客气的,就让你们都付出点代价吧。

李景亮举起酒杯说:这些事儿,你拍片都拍不出来吧。来,喝一个。

我跟李景亮碰杯,一饮而尽。

十七

我现在才知道,人可以同时说谎话和真话。李景亮跟我本是生活里毫不相干的人,竟然也相互吐露真情,诉说自己的无奈,相互又都觉得对方那点儿破事不足挂齿,自己的烦恼才是人生难题。

这个世界并不是非黑即白的,因为有了人性的存在才多姿多彩。我酒后回家,望着一城的璀璨繁华,在初出茅庐的那个青涩年代,我们何曾想到有天内心能变得这样沧桑,如此阴险狡诈?但是人生冥冥中早有定数,命定不可改变,除非用心态与善良让运气多增,积累福报。若真是如此,尘世中的芸芸众生,机关算尽劳碌奔波又是为何?

李景亮回忆当年跟司文文相遇的情景,见这个略有脾气的女生对自己爱理不睬,一下子就对她神魂颠倒,虽然身边有众多女生追求,但他对司文文情有独钟。没想到婚后仅仅一年,两人就琐事纷争,貌合神离,青春柔肠和爱情梦想在现实生活里如此脆弱,被拖把笤帚打得稀烂。

李景亮说:当年没想到,尝试做的小事业今天都风生水起;也没想到,当年不顾一切追求的感情今天一地鸡毛。

我睡在空荡荡的房间里,俊妃明天一早要换班去医院宿舍住了。司文文、宫鹿、李景亮和杜剑等一张张面孔在我脑海里来来去去,似乎都对我有话讲,又似乎对我难以启齿,一下子飘然而去。等我睡醒后,只看见微信上俊妃发来一条信息:懒猪,起床没?冰箱里有酸奶。

我冲个澡后人清醒了,斜靠在沙发上喝完酸奶,发了半天呆,才给司文文和杜剑同时发去了一条信息:昨晚他找我喝酒。

很快司文文和杜剑同时给我回信息,意思都差不多:是否有时间,见面聊?

我现在已经抱定了戏里看戏的态度,你说这纷争与我何干?

却偏偏把我放在风暴中心,那我就谁也不得罪,谁也不偏袒,只是以保护司文文为主。

我白天先到东升宫项目见杜剑,杜剑关上门给我点烟问啥情况。我把昨晚李景亮跟我交流的事一说,杜剑一脸愁眉说:这王八蛋,怎么那么下作?真是人间极品。

杜剑骂完后问我怎么回答他的,我把我的答复一说,杜剑一拍大腿说:何一你真是聪明,这话既没有得罪他,又给自己保留了回旋余地,没看出来你除了会拍片还那么有智慧。

我说:关键是现在人家把我也看成知己,我该怎么办?

杜剑说:狗屁,那种人你有必要当回事吗?

我说:当然没当回事,但是他对我那么真诚,差点打动我。

杜剑说:你肯定不会跟他为伍,等司文文把这事儿顺利解决,我跟司文文怎么着也能把他给你的这点儿钱包上红包。

我说:我现在彻底相信你对司文文的感情是真的了。

杜剑说:为什么?

我说:但凡一个男人对一个女的没有真感情,是绝对不会让自己置身于这种烂事里面。

杜剑说:我不愿意,我烦透了,不过司文文值得我浪费这个时间。

杜剑还是担心我会控制不住出卖他,跟我又提了一次,说这个事儿我一定要站在朋友一边,而他和司文文都绝不会亏待朋友。我说:杜总你放心,我不是吃里爬外的人,这点钱还买不到我的正直。当然,他要是大方到把一半家产分给我,那另当别论。

晚上约了个日料店,司文文带着宫鹿一起来见我。我吃了两份三文鱼,满足地摸摸肚子,又把事情经过简单明了地复述了一遍。司文文听完气急败坏地对宫鹿说:看到没?这是什么东西?!你见过那么下贱的人没?说人渣都是轻的!

宫鹿问我:你怎么回答的?

我把我的回答又说了一遍,宫鹿和司文文都觉得我聪明至极,这个回答十分巧妙,留下了回旋的余地。

宫鹿说:我看这样吧,何一,你就别在这里面掺和了,本来就跟你没关系,你直接让李景亮别再联系你。

司文文说:不行,何一还不能离开,现在要是何一走了,他还得找别人来对付我,何一好歹是站在我这边的。

宫鹿想了想有道理,说:行吧,何一,那你记住,时刻维护司文文的所有利益,不要掉以轻心。

我问司文文:那你打算让杜剑知道这事儿吗?

司文文说:暂时不吧,这种恶心人的事儿让杜剑知道了不好,再说我也没跟他怎么样。

我心想你现在还跟我打马虎眼,杜剑那么着急掩饰已经说明一切了。我想告诉司文文,其实杜剑已经知道了,但是想想,如果说穿了,那整个格局又要变。现在是三足鼎立,我在中间把控着节奏;如果说穿了就成了双龙斗一虎,不那么精彩了。

就目前的形势看,司文文、李景亮和杜剑三方估计谁也想不出解决的办法,事关名声与财富,后半生命运经此一役或可更改,注定是个持久战。司文文说等她有了新想法再跟我聊,我信誓旦旦地说自己绝对不会出卖司文文。

回家路上,我脑海里突然浮现出无比和谐的一幕:我们几人围桌而坐,放下所有矛盾,互诉衷肠,人间从此再无阴暗。我甚至在某天夜里做了个梦,梦见饭桌上李景亮和杜剑称兄道弟,宫鹿与司文文欢笑一旁,周祖和邓伟来迟,推门而入自罚三杯,那场景如人间天上。我由衷敬佩地站起身面向大家,双手举起酒杯高声呼道:结交在人心,兄弟何必亲?古路无行客,寒山见诸君!

说罢,把白酒灌入喉咙一饮而尽。

过了些日子,司文文的家事暂归安稳。我闲来无事,抽空去看看火锅店的情况,生意兴隆,广告片那边暂没有业务。周末我就带俊妃到周边的县城去吃喝玩乐。俊妃花钱小心翼翼,见我大手大脚说我不会过日子。不过她不知道我花的这些钱的来历,其实每一笔都沾染着人心角落里的肮脏。

待贵州那边的片子出来后,我传给曾晓枫让她看。曾晓枫看完说完全认不出自己,在那种意境下自己都觉得自己太好看,特别是跟小女孩相互凝视的镜头,看得又想哭了。

俊妃看到这个片子后说从没发现贵州那么美好,缠着我要我带她去玩,顺便回趟老家,趁着放假还可以多玩几天。我一口拒绝了,说我还没准备好,这么就去她家太冒昧。俊妃说那过年去,我说过年再看。俊妃不高兴了,脸色阴沉下来。为了缓和气氛,我主动提出还是去一趟,并且说山里有个算命师傅,料事如神。但假日就那么两天,回俊妃家里的事儿就暂时缓缓,挑选良辰吉日我备好礼品再去不迟,游玩之余顺路回家太不礼貌。俊妃被我花言巧语蒙混过关,心情转好,说跟宫鹿请两天假,加上周末,去好好看看。

宫鹿二话不说立刻批准,说俊妃工作辛苦,多玩一两天没关系,并说本来准备请我和俊妃一起吃饭,但最近孩子生病,也抽不出时间,干脆下个月孩子生日让我们一起来聚聚,给儿子庆个生。

俊妃得假后,欢天喜地收拾东西跟我出发,我们一路向南。在车上,俊妃说自己的家人其实很想见见我,说不放心她,怕她被骗。我说我给她吃穿带她游玩,骗她也值得。俊妃说她以前没有谈过恋爱,之前在医药学校里有个男朋友,也就吃吃饭逛逛街,毕业后不了了之,说我其实是第一个。我连说不信,心里想着那天晚上的事。俊妃急了,跟我喊:我真是第一次!

来到山村寨前,民宿老板见我来了特别热情,说看了片子,还感谢我把民宿拍得太美,得专门放个电视在餐厅循环播放这个片儿,然后低价给了我一间最好的房间,晚上还多送了两道野菜。

傍晚,自然风光让我酒意十足,倒上白酒下菜,什么人情世故都不如自然风光更能激起人的酒瘾。俊妃对着夕阳不停地拍照,说这才是真正的世外桃源。

晚上我喝多了洗个澡提前倒在床上,俊妃点燃蚊香关上灯,打开窗户放进来一些月光虫鸣。我趴在枕头上,呼吸着清新空气,突然想起那个小女孩。经过那么多复杂的事,看见小女孩面对曾晓枫流泪的瞬间,我原以为我不会被感动,竟然也鼻子一酸,差点流下眼泪,发现自己的灵魂尚在躯体内,并没有成为一个完全的污俗皮囊。

第二天醒来,俊妃已经不在屋内。我睡眼惺忪地探出窗外,看见俊妃在楼下花丛里抓拍蝴蝶,抬头看见我起来,眯眼一笑说:赶紧的,洗漱完吃早饭,我让老板给你煮了玉米。

慢悠悠吃了早饭,我跟俊妃两人上山。在山间小道上俊妃哼着歌,一路唱到道观门口。俊妃问这道观为什么没人,我说以前有个道士,后来禁不住网恋诱惑还俗了。俊妃说我净瞎扯,怎么可能。我说:怎么不可能?俊妃说:这么没定力还当什么道士?我说:道士有时也会禁不住诱惑。

算命师傅今天没有来,取而代之是他的一个戴着眼镜的徒弟,说:师傅去贵阳看眼睛了,可能要动手术,过几天回来。如果二位不嫌弃,我代替我师傅算。我只好拿出一百块说:来都来了,算吧。

俊妃说出生辰,小师傅也在纸上画了半天,然后说俊妃一生财源平平,生活少见风浪,但为人心好,能给人善念,纠人恶习。最好三十岁后成婚,否则定会遭受情伤,日后也将错过良缘。

俊妃不安地看了我一眼,我说:你这算得真差强人意。心里暗暗紧张,好像我已经伤害了俊妃一样。算完之后,大师弟子说自己都靠真本事吃饭,如果不信,可把钱退还给我。我说:算了,人生在世,好坏事情都要遇上,你不如下次多说点好话,哪怕所言有虚,让人花钱买高兴也行。大师弟子生气了,说:你以为我们出来是耍嘴皮子的吗?这基本功没几年沉淀学不出来。我反唇相讥道:你要是能做到内心看穿嘴上不破才是真正出道了,继续学吧。

我们往山下走,俊妃害怕地说自己命不会真的那么苦吧,我说不会,这家伙肯定没入门,瞎说的。

我带着俊妃踏过田坎,路过溪流,在炊烟里的几户人家寻找那个小女孩。那小女孩在门前坝子上玩耍,远远地就把我认出,笑着向我跑来。我抱起小女孩,问她有没有想我,小女孩说想,但是更想那个姐姐。小女孩的父母迎出,非要请我吃饭,小女孩懂事地提前搬出桌椅,让我们休息。

我尝了半碗粗粮粥,悄悄把小女孩带到一边,拿出随身带的几百元钱塞进女孩手里,女孩连说不要,我嘘了一声,说这件事不能声张,这是晓枫姐姐特地让我悄悄给她的,说要带她去很多地方,她多存点钱,在路上花。小女孩问晓枫姐姐什么时候来接她,我不知如何回答,只好说等晓枫姐姐工作忙完就来。走时,女孩站在门口,提醒我要晓枫姐姐快点来,说自己很想她。我对女孩一笑,让她保守秘密,女孩也做了一个嘘的手势回应我。

我不知道以后还能不能见到这个女孩,也不知道她有没有可能再等来曾晓枫,世间景物再美,沾上人间故事就会变味。回民宿的路上,我的心情开始忧伤起来,这一片桃源浮云晚翠,落日秋声,世间无限丹青手,一片伤心画不成。

晚上我们都疲惫了,躺在床上懒懒地说话。俊妃说生活在这里也挺好,没什么压力。我说谁愿意生活在这里?看不到外面的世界?封闭一辈子。俊妃说也是,这个小女孩真可怜,那么想走出大山去。我想到女孩的顽皮笑脸和滚烫热泪,好想再一次抱起她,对她说:宝贝,你就生活在这里,永远不要看到外面的世界。

十八

宫鹿儿子的生日会在一家儿童餐厅里举办,司文文也带着俩孩子来参加。俊妃在医院走不开,我一个人去的,进门看见宫鹿儿子抱着亲一口,塞个红包。谢宇也来了,进门跟我打招呼,问我最近怎样,又问了问以前几个同学的情况,客套一会儿就不再跟我说话,把礼物送给儿子,然后问宫鹿什么时候去他父母那,把孩子的生活用品拿回来。宫鹿说:你爸妈每周反正要接儿子去住,还拿什么拿？谢宇也不再说什么,继续跟儿子玩。

一顿饭下来,宫鹿跟谢宇全程没有交流,司文文也只是逗三个孩子玩,我在中间努力想找话题,可谢宇完全没有要跟我聊天的意思。好不容易等到饭吃完了,谢宇说了句他下午有事,先走了。我跟司文文尴尬地点点头,礼貌性地说:慢走。

谢宇离开后,我看着宫鹿说:我觉得如果今天是你的生日,估计谢宇不会来吧。

宫鹿说:你看他这死样子,哼,还我过生日,我过头七他都不会来!

吃完饭,宫鹿说去她家里坐坐,反正下午没事。我们带着三个小孩去了宫鹿家里喝茶。三个小孩在地上玩玩具,不时发出一片笑声。宫鹿抱怨说现在儿子越来越像爸爸,一点没遗传自己的基因,以后找对象可能是个问题。司文文说她的孩子都遗传的她,性格就不知道像谁了,如果像李景亮,以后可得好好教育,少欺负女孩子。

我看到餐厅的墙上贴满了宫鹿跟儿子的合影,从呱呱坠地那一刻起到现在四岁光阴都印刻在此,每一张照片都饱含深情。最上面一张照片却是宫鹿与谢宇的合照,两个人穿着校服,背对镜头,只有侧脸,相互凝视,嘴角微微上扬。

我问宫鹿留下这张照片是不是想存个念想。宫鹿说狗屁念想,只是觉得这张照片自己的侧脸好看,学生时代最美的样子得留下来,要不是怕剪坏照片不好看,早就把那半张给撕掉了。

从宫鹿家里出来,司文文把孩子送回家丢给保姆,又出来跟我单独聊了一会儿。我们坐在星巴克外面晒太阳,司文文问:何一,你眼里的我现在是什么样子?

我说:美女少妇。

司文文说:别贫嘴,你有没有觉得我过得很阴暗?

我说:阴暗的不是你,是你所处的环境和你身边的人。

司文文说:今天我跟你说实话吧,我真的对杜剑动心了,但是现在,我觉得感情还没能培养起来,又慢慢消散了。

我说:杜剑对你重情重义,我能听得出来,他愿意承担你的一切。

司文文说:哟,他还跟你聊这些。我觉得把孩子带大,让他们活得健康就可以了,不要像他们爸妈那样,只为害人而活。

我说:你们也不叫害人,你们只是自保。

司文文说:凡事都有个限度,过了这个限度人就疲倦了,什么都不想去想了。我有时候问自己,到底能不能放弃这一切,只留下最基本的生活保障。我真的很纠结,情感上好像是能做到,但一想到生活的各方各面,就觉得根本做不到,那种不需要物质保障的生活方式回不去了。

我说:瘦死的骆驼比马大,你就算处于劣势,那也不会少,肯定比我强。

司文文说自己有时候想直接摊牌,坐下来把话都说开,但是这样一来,怕回旋的余地都没有了。虽然是自己老公,但已经不知道他的想法,完全像是面对一个陌生人。

我问:感情走到这一步,是不是无论怎么样都回不去了?

司文文一笑说:无论怎样都不可能了。

我说:那我就陪你们继续耗着吧,你们俩相互利用我达到目的,你老公都快把我当成知己了。

司文文自嘲地笑笑:你知道我上学那会儿最想干吗吗?我想学音乐,想学艺术。生活里只有美好的东西。我老师跟我说,音乐的最高境界是无词。我问老师那爱情呢,老师说爱情的最高境界是无怨,生活的最高境界是无求。现在我已经快到最高境界了,即便知道对方残忍成这样,我也慢慢没有怨念了。

我说:看过了你们的生活,我觉得幸福的最高境界,应该是无知。

我觉得俊妃是幸福的,因为在她的世界里根本没有那么多心眼和利益,只有上班和跟我在一起。越是这样,我越觉得心理负担沉重,以前的自由莫名其妙没了,进屋换鞋的地方、吃饭洗碗的工具、不同房间用的拖把都有要求,这些规矩让我觉得压抑。无规矩是不成方圆,可世界上又不是只有方圆,太多规矩让我越来越不爱回家,晚上尽量在外面安排应酬,或者找朋友喝酒,实在不行就在火锅店里多坐一会。蔡经理每次看我一来,就问怎么没有回家陪小娇妻。我说哪里是小娇妻,简直是管家婆。蔡经理不高兴了,说我真的身在福中不知福。我说他常年在外没人管他,了解不到我的烦恼。蔡经理说:常年在外的苦你根本受不了,你们这样的人真的是饱汉不知饿汉饥。你知道我有多想回去陪着我老婆孩子吗?我多想每天都跟她们在一起你知道吗?

跟蔡经理聊天就是不能谈家事,一谈他就容易激动,尤其最近,我都不能说我恋爱的事,谈到我的事他就痛斥我辜负生活。我猜想蔡经理家里可能确实条件一般,不然不会那么思念妻儿还待在这里不回去。

一周有一半时间晚归,俊妃开始还有等我的习惯,后来就干脆不等了,好几次我回去的时候她已经睡了,第二天上班给我留下早餐。我觉得现在这样舒服多了,两人交流少了就不会有太多矛盾,我也没有太多的束缚。时间长了,俊妃说她不喜欢这样,她感觉跟我像是合租室友一样,回来想说话都没有人。

邓伟很久没跟我碰面,这次来找我说自己接了一个工程,问我借钱。我问邓伟怎么了,好好的为什么这么差钱。邓伟说那天领导跟自己摊牌了,说本来升迁没考虑自己,但是另外一个部长因为太过张扬,领导怕养虎为患,开始重新考虑邓伟。邓伟连续两个月稍有空闲就跟领导吃喝玩乐培养感情,挥金如土,领导知道这个位置的价值,也心安理得地接受邓伟的吃请。

琴琴的那个小公司经营不善还是倒闭了,琴琴一身债务纠纷,被合伙人要挟。邓伟见琴琴无力招架,就把合伙人约出来,谈过后才发现琴琴在里面其实早就被骗了,凭借自己多年经验,这合伙人一定打算卷款另起炉灶。合伙人看邓伟是聪明人,索性也就不啰唆,说以现在的证据,债务是一定要了结的。邓伟知道这帮家伙是老油条,邓伟只能尽量讲价,最后拿出三十万来了事。琴琴不但没感谢邓伟,还因为邓伟教育自己,性格大变,拿各种琐事说事,每天在家当着俩小孩面跟邓伟吵架。邓伟觉得背运到头了,得捞回点资本。

邓伟说:跟着我朋友投,那就是个农村基建项目,没风险,短平快,我出一百来万,现在凑了八十多万,你那有多少借我多少。

我担忧地说:邓伟,不是我多嘴,往往这种时候的决定最不靠谱,那个项目价格那么低,会不会有问题?

邓伟说:放心,这个朋友做事踏实,常年搞这个,经验多,基本没赔过。那边地方政府也支持,甲方资金雄厚,完全不是事儿。我就当人个小股份,你借我的钱也算你的利息。

我说:我这里还得开销,最多只能给你二十万。

邓伟说:二十万太少了,再多给十万吧。

我勉为其难拿出了三十万,本来今年家里在三亚又买了房,我的积蓄被掏空,就剩下三十万出头的存款,里面还有一部分是挣的司文文的"战争横财"。邓伟一拿走,我顿时觉得钱在投资面前真不是钱,挣钱针挑土,投资水冲沙。更不妙的是,我有一种这钱一去不回的预感。

现在邓伟已经无心再去找什么业务,一心要来笔大的。杜剑那里也无片可拍,经过一段时间折腾,大家可能都冷静下来。尤其是杜剑,当热情稍微冷却,考虑到这残局其实跟自己没关系,自己却一直在往里下注,觉得有点不值。那天杜剑把我叫去,说了一番肺腑之言。

杜剑说:何一,咱们两兄弟,我要跟你交交心。我觉得吧,有时候我挺傻。你说,司文文,我喜欢她,那她是不是应该给我一个回应?就算她带着孩子和财产来找我,或者一无所有来找我我,我都认。现在算怎么回事?

我说:司文文还不知道你清楚这些,要是知道,估计心里也不好受。

杜剑说:乏了,有点乏了,我怎么就卷入这些破事里了?

我说:也是,我也就是想找点儿片子拍,挣个钱糊口,哪里知道稀里糊涂地被扯进你们的恩怨里。

杜剑想了想说:不对,不是这样,我觉得吧,是你小子把事儿给我带进来了。

我说:你说是我给你惹的事儿?

杜剑说:不是你惹的,是你带的。你想想,要是你不来我这里拍片,司文文老公不找到你,你不跟我说,司文文老公不记你第一次的好,这些破事都不穿在一起,怎么会弄那么复杂?何一,这个事儿你真是催化剂,这段时间咱们还是不来往的好。

我被杜剑几句话噎住,心里骂道这狗日的杂种还真会找原因,以前还觉得他挺男人,敢于追求真爱,结果归根结底也是个心口不一的孬包。但又想到我好歹在这里挣了不少钱,人家也没义务一直跟我耗着,本来我这样的无名小卒就不配跟人当朋友,今天这么一出,主要是做给司文文看的,杜剑乏了,不想司文文的事儿再烦自己,所以拿我做个表示。

我找到司文文,把事儿一说,司文文倒是很冷静,也没有太大的反应,淡淡说了句:我不意外,男人都这样,何况他呢?没有落井下石捅我一刀我就谢谢他了。

我跟司文文说:其实你的事我也透露了一些给杜剑,杜剑当时说要站在你这边,跟你一起面对生活的时候,我还挺感动的。司文文说她从来不会相信男人的许愿,现在唯一能让自己感动的就是孩子,心累不想动的时候他俩还会争着给自己捏脚捶背。

司文文给杜剑发了一个信息,说以后不会再打扰杜剑。杜剑没有回,没有回就等于回了,司文文隔了一天就把杜剑删了。三国鼎立的局面顿时破裂,司文文的婚姻重新变成了两个人的对抗。

十九

对于男人来说,最可怕的不是你爱上了一个人,而是你父母

"爱"上了一个人。

当俊妃不断给我提出要求,让我今年去见她家人时,我父母也在旁敲侧击提醒我,如果还没有结婚的打算,我这辈子就真跟废人差不多了。

说起来都是有理有据的生活逻辑,但都敌不过个人的情绪。当我妈苦口婆心想感化我时,我却努力逃避着不作正面回答,我妈最后抛出两个字:不孝!

若是按时结婚即为孝,人间未免太荒唐了。但我因此也理解为何身边有不少人婚后形同陌路,却一直不敢离婚。也有离婚后同住一屋檐下不敢声张,都只怕双方父母不能承受。父母眼里的生活稳定家庭和睦已经超越了时代束缚,沉重如山。

我曾问一友人:打算何时告诉双方家里你们已离婚的真相?

对方说:永远瞒下去,等父母死后我们才能彻底自由。

人间荒唐事真的不少,当曾晓枫告诉我易斯斯将要结婚的消息时,我瞪大眼睛说不出话来。

饭馆里,我点了一碗米线,曾晓枫没有胃口,只点了一碗黄豆汤。我大口吃着米线,问曾晓枫什么事着急忙慌非要把我叫出来说。

曾晓枫着急地说:易斯斯要结婚了,你快救救她!

我问:跟谁?

曾晓枫说:就是你那个同学周祖!

我一口米线喷出来,盯着曾晓枫的大眼睛问:真的?

周祖能跟易斯斯结婚,虽然跟我无关,但是我实在想不通。周祖对易斯斯只是抱着玩玩而已的态度,怎么可能动真格?曾晓枫心急如焚,说:易斯斯是性情中人,不够懂事,却没想到那么荒唐,那种人能嫁吗?我想起易斯斯之前跟我说的话,告诉曾晓枫可能人家是真爱。

曾晓枫说:明明就是羊入虎口,你那同学什么人?光看长相就知道不是善茬儿。

我说:人不可貌相,易斯斯就觉得人家真实坦荡得多,比我要靠谱。

曾晓枫更着急了:你能不能认真点儿?

我说:我很认真啊,人家要结婚跟我有啥关系?人家是一对儿,我就是一外人。

曾晓枫说:他是你同学,你再去找他一次。如果他是想玩儿,你劝他做点儿善事。你知道易斯斯多不容易吗?

我没想到易斯斯确实不容易。易斯斯家境曾经不错,初中的时候家庭破裂,母亲带着妹妹另嫁他人,父亲天天都坐在麻将馆里赌钱,易斯斯有两年时间过着饥一顿饱一顿的日子。到了高二,易斯斯跟着一个姐姐去卖衣服,因为长得漂亮,被朋友介绍到模特公司,开始到处接活。曾晓枫大学期间兼职参加车展,认识了易斯斯,两人因为那一次外地被骗的经历成了朋友。

易斯斯做过一次隆鼻手术,易斯斯当时对曾晓枫说:我没有文化,没有资源,没有背景,生活什么都没给我,我至少得给自己一点外在的美。

做手术之前,易斯斯曾找过一次父亲,希望父亲能帮助自己。没想到她回到家里父亲却先开口找易斯斯要钱,说自己最近生活窘迫,易斯斯从此再也没回去过。

曾晓枫大学毕业后跟易斯斯合租房子,后来家里给买了房,她还是经常去易斯斯那里住。易斯斯说自己没有亲人,如果有,曾晓枫就是亲人。我没想到性格直爽的易斯斯竟然遭受了那么多亲情创伤。曾晓枫说因为易斯斯生活里没有真的感情,所以更加渴求真感情,之前被好几个男的骗过,都是新鲜劲一过,就找个理由分道扬镳。易斯斯好强,从来不低声下气哭哭啼啼挽留。我想起我对易斯斯充满歹心的那一次冲动,心里涌起内疚,才知道为何最后一面易斯斯对我说那样的话,我决定无论如何要和易斯斯见一面。

易斯斯接了我的电话,也答应了我的见面请求。我把车停在路边,易斯斯坐在副驾上,淡淡地说:行了,说吧,别那么一本正经。

我说:你开玩笑还是真的?

易斯斯说:当然是真的,婚姻大事,我会当成儿戏?

我说:易斯斯,我很对不起你,辜负了你对我的感情,我很内疚。

易斯斯说：别，谁也不是谁的谁，不存在的。

我说：你之前讲过，悲伤最好的结果不是凝固，是融化。易斯斯，我希望你能感受到我的愧疚我的真诚，我很担心你，你能不能不要那么冲动？

易斯斯有点无语，对着我一脸认真地说：何一，你听我说，我根本不是因为你，不是因为被你伤害然后昏头昏脑才做出这个决定。说句不好听的，你别介意，你没有那么大的魅力，让我为你去冲动做事。你的同学，周祖，一个大老粗，长得不好看，离过婚，有钱，乱挥霍，这些加起来刚好凑成个坏人的形象。可是你们真的了解他吗？我告诉你，恰恰相反，他给我的东西，是我以前从来没感受过的。我想成家，跟他，还想给他生孩子。

我说：你以前不止一次吃亏吧？以前那些男的骗你，你没吸取教训吗？

易斯斯说：曾晓枫跟你说的吧？那是以前，现在我成熟了，懂了哪些才是真心，哪些是逢场作戏。你还真没资格在我面前说这些话。你扪心自问，你对你女朋友又有几分是真的？我可以保证，没有周祖对我真。

我被易斯斯撑得哑口无言，没想到小我七八岁的一个小女生，竟然可以让我如此颜面无存。我不再吭声。易斯斯见我无话可说，并没有再趁机补刀，而是安慰我说：我语气重了些，对不起。

其实何一你人挺好的,你来跟我说这些说明你心眼不坏,就是有时候有点理想化了,又有点小自私,但是呢,这些都不妨碍我们以后成为朋友。

我点点头,不敢看易斯斯。

易斯斯笑着说:周祖这人吧,有的时候是挺粗俗的,特别在我做了他不喜欢的事儿的时候。比如我们在一起,我习惯了自己打扫屋子,习惯了不吃早饭,习惯了下雨天不打伞,这时候周祖都要骂我,骂脏话,可我特爱听。其他时候,我做了什么不懂事的事,他只会笑着跟我说:你就是气我吧,小心我不要你。他骂我的时候我就知道,他真喜欢我。

我自嘲地笑笑说:对不起对不起,真的,我特别肤浅,总觉得别人不像好人,其实我自己才不是好人,你说得对。

易斯斯说:我可没说你不是好人啊,我说你有点自以为是。从这两次你主动找我跟我道歉来看,你还是善良的人,不过呢,对待女孩随便了些,这样不好。

我点点头,完全认可易斯斯的话。

我说:斯斯,你过去的事儿,曾晓枫都告诉我了,我知道你特别不容易,一般人都不如你。

易斯斯说:这个小妮子,啥都往外说。

我说:她是真的心疼你,而我除了内疚,也不知道该做什么。

易斯斯说:我跟周祖商量好了,结婚之前他陪我去一趟北京,把那边的房子卖了,卖的钱就当我的嫁妆。周祖说让我自己留着,我打算帮我爸把账还清了,再给他点养老钱,虽然他不是东西,但好歹也是我爸。听说我妈过得不错的,我妹妹也挺好,我就先不考虑她们了。

我看到易斯斯眼睛里,都是对未来生活的期待,只能说:斯斯,谢谢你。

易斯斯说:好啦,我不跟你说了。我们结婚那天,你跟曾晓枫都要来,不用送礼,送祝福就好。

易斯斯开门下车,又探回脑袋说:对了,我还想说一句。

我看着易斯斯,易斯斯自信地一笑,说:十几年前,在学校里别人打他的时候,就你没有跟风。我敢说,假如有一天你出啥事需要帮忙,周祖比你身边任何人都靠得住。

易斯斯走了,我发了好一阵呆。我忐忑不安地来到周祖公司。周祖正在办公室里跟人吹着牛皮,办公室烟雾缭绕,我在外面听见周祖跟合作方画饼,把对方绕得云里雾里,好像操纵的不是个货运企业,而是国家的运输动脉。客人走后,我敲门进周祖办公室坐下。周祖刚才说累了,见到是我,让我随意喝茶并问我有何贵干。我说我刚知道他要结婚了,周祖说还没来得及通知我,不过到时候肯定会叫我。

周祖说:怎么,你今天来想让我放过她,不要害她是吗?

我摇摇头说:不,觉得你挺爷们儿的。

周祖说:你竟然夸我?

我说:嗯,我觉得,关键时候,你比挺多人都靠谱的。

周祖说:哟,何一,什么时候我在你心里变得那么好了?

我说:周祖,其实我现在的条件根本做不成你的朋友,不是这些阴差阳错的事儿,你估计也不会抽出工夫跟我聊天,我还是谢谢你把我当同学。现在你要结婚了,并且找到一个真正喜欢的女孩,我为你高兴,以后你可以摆脱过去的阴影过日子了,有人会给你化解。

周祖沉默了片刻,抬起头说:我觉得她需要的是我,而不是需要我的钱。

我说:我挺感谢你们的,你们让我明白了一个道理。

周祖问:什么道理?

我说:这个世界上有些人多冷漠,有些人就有多温暖。

周祖笑笑说:我没那么文艺。她给我温暖,我也给她温暖,就不去想其他的事儿了。何一,你也老大不小了,感觉你比我还不靠谱。

我说:我结婚比你难多了。

周祖说:开玩笑,你长得不错吧,比我好看,条件也不差,比我好找对象。

我拿起周祖的烟点着抽起来,说:我的心没你干净。

走之前,我把曾晓枫跟我说的关于易斯斯的过去告诉了周祖,周祖听完神情凝重。我离开之前,周祖说的最后一句话是:结婚那天,我会让所有人都知道,我这个人是怎么对我老婆的,我让你们所有人都他妈脸红。

还是同一家面馆,我呼啦吃着米线,曾晓枫坐下就问我有没有劝动他们俩任何一个。我告诉曾晓枫,我们都误解了他们两人,他们俩是真正互相适合对方的人,他们的爱情坚不可摧,我们干涉不了。曾晓枫还是不信,坚持说易斯斯会很惨,一定会被骗,一定会被周祖始乱终弃,两个人根本就不是同一个世界的人,在一起完全没道理。我既然说不动,她就再去找易斯斯谈谈。我劝曾晓枫别白费劲,人家两人天作之合,真不是我们这些凡夫俗子能看明白能想透彻的。曾晓枫还是用惯用的口气说:屁,这个事儿怎么想都荒唐,打死我都想不到这种荒唐的事会发生在易斯斯身上。

我说:我越来越觉得,易斯斯遇到周祖可能是件好事。

曾晓枫说:屁,他们俩就是不合适,他们根本不搭!

我轻描淡写地说:他们愿意,就是所有的理由和答案。

二十

韩国有部很出名的电影叫作《杀人回忆》,电影结尾主人公的表情引人深思,最恶的人其实只长了一张最普通的脸。生活中那些被人鄙视被人唾弃的丑陋嘴脸下可能有一颗无比纯粹的内心。

周祖就是这么一个人,至少在我了解的层面上,在他粗俗不堪的外表下真有个单纯而热血的灵魂。除了易斯斯,我相信还会有更多女孩被他吸引。

我面对俊妃越来越觉得不知所措,俊妃看不懂我,我却能看懂俊妃。一个女孩没有半点私心想跟我走下去,对于我这样的人来说是一件沉重的事。婚姻对许多人来说是翅膀,对许多人来说是镣铐,对我这种人来说就是种判决,迟迟不下来,但迟早会来。想到终有一天会妥协,我心有不甘。

还有一点我觉得奇怪,为什么很多人都说自己身边没有一对夫妻拥有完美的婚姻?那些过得知足的人身边似乎都是一群完美的家庭,偶有争吵,非常快乐。如果人以群分,我定是过得最没有温度的那一类。

一个多月后,周祖和易斯斯的婚礼在一个奢华酒店的外场草坪上举行。来的宾客不多,周祖生意上的朋友没请几个。客人中竟然没有一个俗人,他们跟周祖热情拥抱,一举一动能看出这些朋友之前都是周祖用心对待过的人,一起经历过些许故事。

易斯斯身穿白色婚纱,站在草坪中央拍照,身边两个伴娘不停地帮着拉裙摆。本来伴娘是曾晓枫,但是曾晓枫赌气,执意不肯来。易斯斯说:那就算了,婚礼你要是也不来,咱们以后就不是姐妹了。

曾晓枫这天一早起床化妆,换了身很别致的衣服。我们来到草坪看到易斯斯,易斯斯冲我们一挥手。曾晓枫看到易斯斯,停下脚步不敢靠近。易斯斯对曾晓枫微笑,轻轻地问:好看吗?

曾晓枫向前几步眼泪就流下来。易斯斯赶紧上前给曾晓枫擦眼泪,像哄孩子一般抚摸着曾晓枫的脸,擦着擦着自己也哭了。两个女孩互相抹泪,哭了一阵才用哽咽的声音倾诉衷肠。

易斯斯说:我现在结婚了,你不用担心我了。以前咱们一块儿睡在出租屋里,你不是说我要是有一天结婚了就一切都好了吗?

曾晓枫:我那时候不知道你会跟谁结婚,你跟谁结婚都不重要,我只是害怕,害怕你结婚以后还是过得不好。

易斯斯摇摇头说:你傻呀,我现在过得怎么不好?我有钱了,我爸的账也还完了,还有个"暴发户"宠着我,我可幸福了。

曾晓枫眼泪不停地流下,说:你才傻,一直都傻,谁都信。反正你以后再受伤,我也不管你了,顶多让你来我家睡。

易斯斯哭着说:以后我肯定比你好,你才可怜,还是一个人。你现在要赶紧找个人嫁了,找个对你特别好的,不要再单着。你那条狗也不会关心你,还得你去养活它。

我在旁边静静地注视这两个女孩。

易斯斯看了看我,指着我说:反正找也不能找他这样的,你以后也离他远点儿,他这人特别坏。要找那种很简单的,看到你不好就紧张的,说话时每一句话都担心你的。碰上他这样的就一脚踢远点。

曾晓枫红着眼看了我一眼,又看着易斯斯,笑起来,摸着易斯斯的脸说:别哭了你,又要补妆,别哭了!

易斯斯说:等下上台,你就站我旁边,以前你说过要给我当伴娘的。

曾晓枫点点头,哽咽说:好,我就站在你旁边,一直站在你旁边。

这是一场没有双方父母到场的婚礼,因为易斯斯的爸妈不会来,周祖也就没有让自己的父母来了。周祖又当新郎又当主持,仪式开始,直接牵着易斯斯的手来到草坪中央,身边跟着伴郎伴娘。曾晓枫换上了伴娘的衣服。因为突然多了一个伴娘,周祖急中生智,让我换上西装上台跟在后面。台下嘉宾不多,周祖一改往日模样,特别正经严肃地对台下所有人鞠躬。

周祖拿着话筒,沉思了一下,下面掌声平息了,大家安安静静地等着周祖发言。

周祖深情款款地说:今天,是我周祖最幸福的日子。我这人平时交朋友无数,但是能交心的没几个。今天来到现场的人不多,可是每一个人都是我的朋友,请大家来见证我的幸福时刻,谢谢你们!

周祖和易斯斯一起对嘉宾们鞠躬,台下一片掌声。

周祖接着说:都知道,我是二婚。第一个老婆,看上了我的钱,没看上我的人。所以,我离了,非常彻底,连孩子都不要了。男人嘛,就该洒脱一点,该断就断!你们说是不是?

大家笑起来。

周祖继续说:有很多人觉得我冷血,都觉得我是个只爱钱的暴发户,从我离开学校在社会上摸爬滚打至今,我没听过几个人说我的好话。人们一看我这样子,就是觉得我是个坏人,即便我现在有钱了,也觉得我的钱肯定来路不正。很少有人真正地喜欢我,很少有人真正地看得起我,直到有一天,我认识了我的老婆——易斯斯。

所有的人都沉默了,收起了笑容看着周祖。易斯斯在周祖身边,一脸温情地看着周祖。

周祖说:认识了易斯斯,我才知道,原来,这个世界上,对有些人来说,我是有价值的,我是除了钱以外,也可以被人需要的。我老婆,她要的不是我的钱,而是我的人。她不在乎我能不能养得起她,不在乎别人说我长得多难看、有多坏多不靠谱,她相信我,世界都不相信我,但是她相信我。

易斯斯侧脸看了一眼周祖,曾晓枫也看向周祖,惊异的眼神里流露出不可思议。

周祖继续说:前不久我才知道,我老婆易斯斯从小到大不容易,在她的生活里缺少的是感情,没有人给过她太多的关爱,所以她到今天都是非常独立的人。可是,我觉得这就是我的使命,我会对她好,对她不遗余力地好,把曾经人生里该有的感情全部弥补给她。我一定会努力做到,那些曾经看不上我们的人,等他们的婚姻分崩离析后,我们依然像今天一样快快乐乐,依然能牵着手走在街上。

周祖眼眶开始湿润。

周祖深情地看着众人说:此刻,我们的父母都没有到场,我作为儿子,感谢我父母对我的养育之恩,感谢他们的理解。我也要感谢易斯斯父母,能把她带到这个世界上,让她今天走到我的身旁。心存感恩是我做人的原则,我会尽最大努力照顾我们的父母,让他们晚年看到我们的幸福。虽然今天我们的父母都没有来到现场,我还是要对我们的父母说,爸爸妈妈,感谢你们!

周祖说着深深鞠了一躬,眼泪从周祖脸上流下,易斯斯流着眼泪替周祖擦脸,曾晓枫和两位伴娘也在抹泪。

周祖转过脸对易斯斯说:最后,我要对我老婆说,老婆,感谢你相信我,接纳我,愿意留在我身边,今天是个非常重要的日子,这个婚礼上,我对你没有一句保证,也没有一句誓言,我唯一要做的,就是踏踏实实对你好,往后每一天,都像今天一样,努力爱你。

易斯斯哭着扑向周祖,紧紧抱着周祖,台下掌声、欢呼声响起。除了台上的人,台下的女人们都在擦着眼角,男人们都用力鼓掌。等到易斯斯的情绪稍微平复,周祖带领大家举起酒杯,将酒一饮而尽。

婚礼结束后,我把曾晓枫送回家。曾晓枫喝了不少酒,双眼通红。

我说:现在你放心了吧?

曾晓枫吸口气,点点头。

我说:易斯斯绝对没问题,周祖那么爷们儿。你该操心一下自己的事儿了。

曾晓枫说:我现在就很好了,不需要操心。

我说:易斯斯希望你快点找一个。

曾晓枫笑说:她没这么说,她说反正别找你就行。

我笑起来,对曾晓枫说:回家吧,早点睡。

曾晓枫说:你也是,辛苦了。

我独自开车穿过这个城市,在长长的滨江路上看着楼宇的倒影。我把车窗全打开,让风尽情吹到我的脸上。音乐自动跳到那首古老而深邃的拉丁舞曲 Lambada,我早已忘记歌词大意,却能感受到歌中悠扬婉转的欢喜与哀伤。

我躺在床上,俊妃在身边抱住我,问今天为何又应酬到那么晚。我词不达意地解释一通。俊妃说如果结婚后还是这个样子,这个婚干脆不要结,哪里有那么多应酬?哪有让女朋友天天那么等的?我没有回答俊妃,却对俊妃的责备感到排斥。今天周祖、易斯斯的婚礼,让我觉得人走到一起真的靠命,俊妃命里有我,我命里的那个人是不是俊妃还是未知。但是俊妃确实如众人所说,贤惠持家,漂亮温柔,男人一辈子的最佳伴侣当如此。我清醒地认识到我不是害怕俊妃,而是害怕"婚姻"二字。

最近我妈频繁约我和俊妃吃饭,有意无意间提起我们未来的计划。俊妃说都在于我,我说忙完这段时间再规划。俊妃和我妈都对我的敷衍态度不满。我妈在一次吃饭时提出来,让俊妃参与火锅店管理,说我整天吊儿郎当的样子,实在不是做事儿的料。

我妈说:现在这个蔡经理,我还是悄悄观察了,包括他进货的渠道我也都暗中监管,确实人不错,没耍什么心眼,并且管理上做得还真可以。但是他毕竟是外人,这些管理啊,供货渠道啊,掌握在自己家里人手里更安心。万一人家哪天撂挑子了,那我们可猝不及防的。

俊妃低头没说话。我看了一眼俊妃说:让她来做这个也不合适,人家是做护理的,你却让人家管理火锅店。

我妈说:这有什么不合适?这个又不需要基础,俊妃那么踏实,完全没问题,跟着学一段时间就行。你把店一直交到外人手里你放心啊?

我说:就算这个蔡经理撂挑子,再找一个不就得了吗?火锅店店长到处都是。

我妈说:什么叫到处都是?你找这个蔡经理找对了,下个可能就找个坑你的。我觉得俊妃就可以,她来管我放心。

俊妃红着脸说:阿姨,我现在也不可能丢下工作,要不再缓缓吧。我看这个蔡经理也挺负责的,等明年我跟何一的事儿确定了再说吧。

我妈不满地看了我一眼,不说话。走出家门,俊妃心里闷闷不乐,我假装没看见。

俊妃说:其实你并不想我管太多是吗?

我说:没有啊。我是觉得你一个护士,让你管火锅店算什么事?

俊妃说:只要能让你轻松,我学什么都行。再说这是咱们家里的产业,多累我都行。

我笑着说:哟,你还挺有觉悟啊,急着准备接班了,咱们还没结婚呢。

俊妃说:什么话?我接什么班?你有没有良心?火锅店法人是你,老板是你,挣的钱也都是你的,我任劳任怨就是想让你轻松让你妈妈放心,你要是哪天不跟我好了,我还不是啥也没有?

我说:也对,这么大一便宜我干吗不占啊?得占,那还真得好好考虑考虑。

俊妃说:你考虑,我还不想干呢,就冲你这态度。没人像你那么没良心。

我嬉皮笑脸,俊妃却真生气了,转身突然走了。我收起笑容,朝着俊妃追过去。

二一

春节之前,俊妃尽了最大努力让我去她家里,我找了个最无厘头的理由拒绝了。为此俊妃跟我吵了一架。

俊妃说:你不去就不去,干吗把责任推到你爸身上?平时两个月都不回去看他一眼,到了春节你知道陪你爸了。

我一脸无辜地说:是啊,子欲养而亲不待,我爸最近突然身体就不好了,我觉得自己没有尽好当儿子的义务,春节我天天在家里陪他,等春节过了,春暖花开的时候我再去你家。

俊妃气得涨红了脸说:随便你,你爱去不去,去了还不欢迎你呢!

刚好俊妃要回去的当天,蔡经理也请假提前回家过年。我把火锅店的账一查,跟蔡经理坐下喝酒,除了该发的年终奖之外,我额外包了八千块红包。

蔡经理说:哟,何一,你真是客气。

我说:应该的,你把精力都花在这儿了,给我也减轻了不少负担,我真是发自内心地感谢你。

蔡经理说:你也是信任我,以前我在哪儿干,老板或多或少都对我有防备,你对我是完全放心,再怎么我也不能辜负你啊,何公子。

我说:我在想,再过一年,如果生意还能保持这么好,我私人给你分一点干股,也就是分红,你也能把这个地方当成你最终的事业。

蔡经理说:那谢谢了,有这份心我很感动。

我跟蔡经理干杯。喝了一会儿后,蔡经理说:何一,我想跟你说点儿心里话。

我点点头。

蔡经理说:你这人其实挺优秀的,家里也好,就是一点,做哥哥的发自内心跟你说,应该沉稳下来,早点把婚结了。我看出来了,其实你玩儿心挺重的,这个会害了你,你该收了,毕竟也是三十几的人了。

我说:这句话我妈前几天刚跟我说过,你们怎么都操我这个心?那四十岁没结婚的人也多了去了。

蔡经理说:我就是提醒你一下,怕你误入歧途,你稳定下来才能做好事业。

我说:行了,咱们今天不聊这个。马上过年了,你回去给嫂子买点礼物,给小孩买点玩具,那钱就当代我问个好。

蔡经理似笑非笑地点点头,说:唉,我也觉得我操心得多了,但是见到你呀,就忍不住要劝你几句。

俊妃走那天执意不让我送,也不知道是赌气还是怕麻烦我。俊妃走后我做了一次清洁才发现,已经习惯了有俊妃当家的生活方式,自己打扫起来十分费力。气喘吁吁干完后,火锅店又打电话来叫我过去处理事情,一通乱忙后我才知道家里没了女人不行,店里没了经理不行。

节前,曾晓枫请我去了一趟她家里。这是我第一次被曾晓枫邀请去她家,开门那一刻,一只体形硕大身材笨重的黑狗张着大嘴向我冲过来。曾晓枫一喊,黑狗稳稳地停在我身边对着我呼哧呼哧地哈气。

我确认了这狗只是长相凶狠,其实内心和善,不会对我造成伤害。我问曾晓枫找我到底什么事情。

曾晓枫说:小事儿,我春节回家不方便带狗,你帮我养养呗。

我说:那哪儿行?春节我也得外出,不在市里。

曾晓枫问:你去哪儿?

我回答:三亚。

曾晓枫说:完了,你都帮不了我,我没办法了。

我说:寄养到宠物店呗,多方便。

曾晓枫说:不行,春节寄养费贵,而且那些人都当任务养,也不会好好喂它,不会好好带它散步,我不放心。

我心想这孩子缺心眼儿还是怎的?交给我这个不会养狗的人你就放心了?看着曾晓枫无奈的样子,我问曾晓枫:你回哪儿啊?

曾晓枫说回老家,距离这儿有两个半小时车程。我想了想,说:你们老家是不是有一座古代浮雕,特别有名?

曾晓枫说是。

我说:这样吧,我开车送你回去,把狗也带着。

曾晓枫惊讶地问:真的?你真的送我?很远哦!

我说:没事,反正我最近闲。

曾晓枫高兴地叫起来:那太好了!我就说找你找对了!

就这样,我开车送曾晓枫回老家。曾晓枫头一天收拾东西没睡好,牵着狗拎着箱子,坐上车就开始睡。一路上我全神贯注地开车,那只大狗却一直好奇地看着窗外,时不时从后排凑过来看看我。

到了曾晓枫老家县城,车沿着一条整洁干净的道路开到了一个小区。曾晓枫爸妈提前准备好了午饭,热情地招呼我进门,家里还有曾晓枫的两个姑姑和一个姨夫,家里已经有了过年的气氛。

吃饭的时候,曾晓枫妈妈不停地给我夹菜,曾父则一直给我倒酒,跟我碰杯,说感谢我一直照顾晓枫,还给我介绍了这个地方的风土人情,又说明天让曾晓枫带我去看浮雕,好好了解一下这里的历史。曾晓枫爸爸的热情让我不知所措,我趁着上厕所的机会偷偷发信息问曾晓枫:你家人是不是弄错了,以为我是你男朋友?

曾晓枫回:你就先应付着,别的不要多说。

我硬着头皮跟曾晓枫家人吃完饭,又跟曾晓枫爸爸拉家常。家里热热闹闹一直到晚饭,又有新菜上桌,我跟曾晓枫爸爸又喝一轮,家里气氛热烈。曾晓枫姑姑突然问:哎,那个我问一句,你们俩打算什么时候办酒啊?

曾晓枫看着我,我看着曾晓枫,曾晓枫说:问你呢,什么时候办?

我唯唯诺诺地说:这个都听你的。

曾晓枫说:我还得再考察考察你,不急。

姑姑说:还考察什么呀,我们都觉得何一不错,家里这一关是过了啊。

我急忙说:谢谢姑姑!

曾晓枫说:那你还不快敬姑姑一杯。

我赶忙端起酒杯一饮而尽,这一喝不要紧,曾晓枫姑姑和姨夫不知为何现在才露出真身,姑姑说:今天晓枫朋友来,我高兴,都喝点儿。

姨夫也拿起酒杯附和道:那我也来点儿,热闹热闹。

曾家人纷纷拿起酒杯,除了曾晓枫妈妈,都开始倒白酒。

晚上大家都喝多了,曾晓枫爸爸先倒下,我坚持到走出门,穿过了一条街进了宾馆,一进门就哇哇吐,吐完之后无力地躺在床上。曾晓枫在外咚咚敲门,我强撑起身体开门,曾晓枫给我拿来了蜂蜜水,说是她妈妈让带过来的。我无力地般说:你这不是坑我吗?

曾晓枫说:哎呀对不起,我也没想到会变成这样。

我没好气地说:你要借男朋友回家,也得提前说一声,我完全没准备!

曾晓枫说:本来我说是朋友送我回来,没想到家里人以为你是我男朋友,当时那个环境我也不好多解释……

我说:开车送你回来,还要帮你演戏,曾晓枫,你说吧,怎么补偿我?

曾晓枫说:明天带你好好去玩,今晚你就早点睡。

我问:你到底有没有男朋友?

曾晓枫说:也不算有,有个男的一直追我,人还不坏,我还在犹豫。

我不满地说:那你干吗不让他送你回来接受考察,偏让我上考场?

曾晓枫说:我不是说了吗? 没考虑好呢!

曾晓枫走了,我再次无力地倒下,本想挣扎去厕所,结果实在没力气起来,直接裹着被子睡了。晚上我头疼,从梦里挣扎着起来了一次,隐约觉得曾晓枫在我身边没走,仔细一想不对,曾晓枫已经回家了。我仍旧裹着被子躺着,以为刚才都是幻觉。其实我心里很喜欢这样的感觉,在一个陌生的县城,来到一个淳朴的家中,跟着一个女孩,她父母慈祥真挚,亲戚热情暖心。我在这里闻见了阔别已久的人情味。

第二天醒来时候是十来点钟,曾晓枫家人听说我要赶回家,给我准备了本地的香肠腊肉,她父母责备曾晓枫怎么不让我多住几天,我说家里也有事,这次来主要是先探望二老,表示尊重。曾晓枫的父母很开心,让我有时间就来玩。

告别曾晓枫父母,曾晓枫带我去浮雕群转了转,大概给我讲了讲这里的历史,说这浮雕群也算世界文化遗产,从唐代开始创作,一直到明代建成。里面包含了佛家与道家的文化内涵。我说真是个有文化底蕴的地方,难怪他们这里的人那么有灵气。

曾晓枫问:你从哪里看出来我们这里的人有灵气了?

我说:昨天你家亲戚都不喝酒,我快喝醉的时候,灵气全被我带出来了。

曾晓枫说:屁!我们家亲戚本来就不喝酒,是为了陪你好不好?

我说:下次你男朋友来了,你家里人见不是一个人,你怎么解释?

曾晓枫说:那还不简单?我就说你不靠谱,被我踹了,又找了个靠谱的。

我说:嘿,你还真不考虑我感受。

曾晓枫说:回去再请你吃一顿大餐。

我说:别,我可算知道了,你这次就是想保护你男朋友。

149

曾晓枫嘿嘿一笑:哪儿有,现在他还不是我男朋友呢。

我叹气说:你这么护着他,为他能干出那么损人的事儿,就早点定下来吧。

曾晓枫又嘿嘿一笑,不置可否。

草草看完浮雕,我准备回去,曾晓枫说这次来没有玩好,这里还有其他几处景点,让我下次来好好看看,我说下次不要带我了,就带她男朋友好好看吧。跟曾晓枫告别后,我独自开高速返回,一路天气阴沉,我心情低沉,我很想给曾晓枫打个电话,不知为什么那个梦境让我很希望曾晓枫能对我心有爱意,曾晓枫平时装出一副无所谓的样子,可偏偏早就心有所属,我完全可以理解,尽管心里有点酸。

人就是这样,对有好感的异性可以不计较个人得失。我突然问自己,是什么时候开始对曾晓枫有好感的,结果自己也答不上来。到家已经是晚上八点,我换了件衣服来到火锅店里,客人不多,我让厨师给我随便烫了点菜,弄个蛋炒饭,这时曾晓枫发信息来问:到家里没?

我回:到了,在吃饭。

曾晓枫回:谢谢你啦!

我回复:不用客气。

曾晓枫又发来一条:这次还好你没来,不然我可就心疼了。

我呆呆地看着曾晓枫这条错发的微信,知道她也正同时在跟男朋友聊天。曾晓枫飞速撤回了这条信息,又速发来一条:这次还好有你,不然我可就没办法了。

我拿着手机不知道如何回复,思考半天,回了一条:晚安。

二二

湛蓝的海水,细软的沙滩,炙热的骄阳。我陪爸妈来到三亚,每天都过着懒散的日子。我有时也会想到俊妃,但是仅仅是想到,心里却非常轻松,终于又回到了过去无拘无束的状态。俊妃当然不知道我内心的感受,春节期间打来几次电话,本想在电话里听我向她道歉,我却在电话里只字不提。

俊妃愤怒地说:何一,你没良心。

我说:干吗呀?那么大火气,大过年的。

俊妃说:你就是没良心,我家人今年都盼着你来,我还想给你惊喜,结果你不来,家里人都很失望,你让我们家里年都过不好。

我说:不是说了吗?这次时间太仓促,回头我做好准备再去。

俊妃说:你就是没把我当回事。

我说:哪里的话,我特别认真。

俊妃说:你心里肯定想着别人呢。

我说:我在三亚陪我爸,他身体真不如从前了,有点步履蹒跚了。

我边说边转头,看见我爸正在沙滩上跟一个老阿姨跳着交谊舞,两人一脸欢乐。

俊妃说:那我就看在叔叔的面子上,这次不跟你计较,但是你让我生气了,让我家人失望了,你怎么补偿?

我说:回头给你发一个大红包。

俊妃说:庸俗,我是找你要钱的吗?

我说:不是,但是我想用钱解决问题。

俊妃说:那回去得给我买一件衣服。

我说:没问题。

俊妃说:何一,我不是要求你一定要来我家,我是真的觉得你好像不太在意这个事儿,我很害怕,觉得你没有把我当回事。

我说:日子还长,以后你就能感觉出来了。

俊妃说:好吧,我相信你。

挂下电话,我暗笑俊妃真是好哄,回头张望着沙滩上的一双长腿,那女的黑发及腰,身材纤细无比,我不禁脱口而出:哟,好正点的女人。

晚上吃饭再谈起我结婚的事,我妈说以后有了孩子,冬天就得来三亚,说到孩子,我妈开始停不住嘴地说了一大堆,我草草吃了饭,像曾经逃离被追问学习成绩一样逃离饭桌,心想都过去十几年了,这紧张的感觉竟然能再次产生,如此相似。

夜晚,清凉微风从远处的海边拂来,扑窗而入。我陷入失眠,想到曾晓枫的面孔,想象到那晚我醉卧宾馆,曾晓枫其实并未离开,而是坐在床前,怕我难受。我深知当你想象一个人的时候,那个人的内心其实完全不会如你所愿。我猜想在我失眠之时,曾晓枫正在与另一人沉醉在微信的甜蜜细语中。

我曾问过邓伟,结婚之后有没有心里再思念别的女人,邓伟说时常会有,只是知道家里一切稳定,两个孩子正在成长,不可能再去多想。

第二天醒来已经中午,我妈骂骂咧咧说我作息差劲,吃完午饭我准备去海边,我爸跟我一同出门,走到楼下我问我爸是不是又去找海边老阿姨跳舞,我爸瞪我一眼,不愿与我同行,让我自己滚蛋。

在海滨观景区,我买了椰汁找了一张躺椅躺下,悠闲地看着来往的游客,不经意间又看到一双雪白纤长的腿,再仔细一看,竟然是昨天那女人。那女人走到我附近,跟一个男人一起坐上躺椅,身边另外一个男人抱个椰子在一旁伺候,女人喝了一口,男人立即捧在身上站在一旁。我心想这女人无非是仗着自己美貌身材欺压追随者之流,一看她一颦一笑皆是那种面孔,穷人的女神,富人的脚盆。那女人跟旁边男人聊完,男人起身离开,身边抱椰子的男人坐到了旁边的躺椅上,一脸讪笑跟女人说着话。

待我欣赏够了这女人的嘴脸身型,躺下看向别处,想要不要去海里游泳,起身没走几步,听见身后传来一声叫唤:何一!

转头一看,长腿女人起身看着我,我瞟了一眼她双腿,又重新看回脸上,这女人又试探一声:你是何一?

我点点头,问:您是……?

女人笑起来说:二十多年了吧,你猜我是谁?

我努力一想,竟然想起来,叫出来:何碧!

何碧走上前推我一把说:嗨呀,我就觉得是你,你真没变啊!

何碧身边男人抱着椰子也走过来,何碧说:这是我老公,这是我小学同学,何一。班上就我俩姓何,但是以前总打架。

何碧老公礼貌地笑笑,轻声说:你好。

我礼貌地点头说:你好。

何碧问:你现在做什么啊?

我说:没做什么,家里开了个火锅店,我又弄个影视公司拍点广告。

何碧说:那挺好啊,我现在开了个模特经纪公司,说不定我们还能合作,你是来这边过年吗?

我说:是啊,跟家人来过年。

何碧说:你也在这边买房子了,老婆呢?

我说:我还没结婚呢。

何碧睁大眼睛:天哪,你还没结婚!

我说:快了吧,反正家里都在催。

何碧跟我聊了一小会儿,聊到之前的同学,她老公在旁边小声说:估计孩子在家里该醒了,我妈可能带不住。

何碧说:知道了,别催。

何碧跟我互加了微信,说春节这段时间可以多聚聚。我说好,走之前何碧老公仍旧对我礼貌笑笑,没多说一句话。

我游完泳在沙滩上休息到傍晚,想着何碧怎么现在长那么高,腿那么长,以前她就是个挺普通的女孩。从何碧对老公的态度就知道,她在家里肯定是过着女王般的日子,老公唯唯诺诺像她的仆人。

第二天下午,我仍旧在沙滩上游泳晒太阳,何碧打来电话,问晚上有没有时间,我说在这儿度假最多的就是时间,何碧说那晚上一起参加个小聚会。

晚上七点,何碧带我来到一个沙滩酒店外,沙滩上摆着一些桌凳,何碧告诉我这里要举行一个小 party,参加的人都是咱们市里的,聚会每年都办,大家可以认识一下。

我跟何碧坐在最外角的一张桌上,喝着饮料聊起家常。我问何碧何时结婚的,何碧说本来没想结,没想到意外怀孕,当时三十岁了,想想可能是天意,就结婚了。

结婚之后,事业上这男的没一点上进心,帮不上一点忙,反而带孩子做家务做饭干得比专业月嫂都棒,所以日子就这么过着。头一年还好,第二年两人越来越没话题,自己的公司越来越好,跟公司合伙人本来差点在一起,对方是离异,两人生意上不仅顺风顺水,生活理念个性上也比较相投,何碧跟老公摊牌后谈到要分家产,男的就一句话,我要孩子,剩下的都是你挣的你全拿走。何碧本来觉得老公会跟自己争财产,没想到自己老公看似柔弱还那么有骨气,问老公:我拿走了你靠什么养活自己?

老公说:不要你操心,我没本事就去当男月嫂,我妈带孩子,怎么着也能养好孩子。

何碧说自己结婚后第一次被老公打动,觉得老公还算个男人,想到自己工作生活上老公也没干涉过自己,孩子在家里确实省心,也就干脆打消了离婚的念头。昨天在沙滩上刚开始跟自己谈事的男的就是公司合伙人。

我惊讶地说:你老公知道你跟他的事儿,还能那么无所谓站旁边?

何碧说:我跟他没啥事,只是确实有过念头,后来他也不强求,他也不知道我心里有过什么想法。

我说:你老公站在旁边感觉像你的小跟班。

何碧说:哎,真不是我不尊重他,生活里他就给自己定位成这样的,你说怎么办?我过去也说,我们可以找个保姆,他去外面做个事儿,我能支持的都支持,结果他就说不放心孩子给别人带,说就想在家里把孩子照顾好。

我说:你就知足吧,这男人就是为你这种女强人而生的,你还不好好珍惜。

何碧说:我可不想当女强人,我也想过那种被保护的生活。没办法,自己老公没那个本事,我只能自己出去挣钱。

晚宴快开始了,参加的人陆续到场。何碧说来的人都混得不差,她去年来这儿认识了一个活动老板,跟自己公司签了合作,一年给了差不多五十万的单子,当然也有那种啥都不是过来装腔作势的骗子,纯粹想骗钱骗色的人都有,我回头看着形形色色的面孔,竟然瞄到两张熟悉的面孔,原来是李景亮和谢宇出现在一张桌上!我无论如何也想不到这俩人怎么会在一起。谢宇看到我,先是一惊,跟李景亮一说,两人一起看向我,商量了几句起身向我走来跟我打招呼,何碧看到两人问:你朋友?

我点点头说:嗯,我朋友。

两人来到桌前说:那么巧,不打扰就一起坐坐呗。

何碧礼貌微笑。

我也笑着说:没打扰,一起喝点。

两人问:这是,你老婆?

我说:什么呀,是我小学同学。

李景亮说:我就说,这么漂亮怎么看得上你。

谢宇说:何一也不差啊。

我感觉出两人有话跟我聊,但当着何碧的面又不好开口,大家有的没的客套几句后,我偷偷给何碧发了个微信说,这两人心虚,想来套路我,估计你在他们不方便说话。

何碧回了一句:明白。

于是何碧说要回去看孩子先走了,何碧走后,果然李景亮和谢宇立马换了一副表情,直截了当地让我不要把这事儿告诉宫鹿和司文文。

我说:李景亮,你给我那笔钱我还没用完,这点儿秘密还是能替你保守,而且之前也没出卖过你吧?

李景亮说:那是,那天晚上跟你喝酒,我就觉得你这朋友够意思。今晚的酒我来请。

我说:别,我请吧,反正用的还是你的钱。

酒和下酒菜一上桌,话题就打开了。李景亮侃侃而谈自己以后的打算,谢宇话不多,我明白谢宇知道我跟宫鹿的关系,心里忐忑,我故意问谢宇:宫鹿没来吗?

李景亮说:她跟司文文带孩子去云南了,谢宇跟她过的什么日子你清楚。

我说:是听她说过,但是没想到你们俩竟然能那么聊得来。

谢宇说:何一,不瞒你说我跟宫鹿现在也只有一个孩子在这儿牵扯着。我跟李景亮生意上有来往,这个你也不用奇怪,我们在这里谈的更多是工作。

我说:我知道。

李景亮接着说:我相信这个事儿何一不会那么八卦,只是呢,我想问你,何一,这俩人到底是想干吗,你跟她俩走得近,肯定知道情况。

我说:我知道的事儿无非就是你跟司文文相互算计着,都怕自己利益有损。谢宇跟宫鹿为了孩子,日子得过且过,这个事儿你们是当事人,应该比我更清楚。

谢宇笑了笑说:看来女人都喜欢在朋友面前树立自己的好形象,你觉得她只是要孩子吗?我们家有一套拆迁房和一套商业街门面,她都提出了要分一半。

我说:这个我确实不知道,不过我看平时她们带孩子那么上心,要点财产也正常。

谢宇说:小几十万我就不多说了,可这不是那么简单的。何一,等你结婚了有天就能体会,夫妻之间那点心思是说不明白的。

两个穿着性感的女孩朝我们走来,李景亮示意两个女孩在旁边等等,两个女孩知趣地站在不远处拍照。我看了一眼,会心笑起来,谢宇和李景亮也笑起来。

我说:真的没想到婚姻能变成这样,当年宫鹿结婚,谢宇,你在婚礼上对着她哭成那样,你们俩从学校教室的走廊里走到婚礼殿堂上,我以为你们怎么都会安安稳稳过下去。

谢宇看了一眼李景亮,突然笑起来,那张笑脸仿佛换了一个人,连声调好像都变了。谢宇说:何一呀,婚礼上,我痛哭流涕发誓要对她好一辈子。我儿子出生那一刻,我也哭了,我跟自己说这一大一小就是我的全部,当我看到一个生命诞生了另一个生命,我觉得生活给我的已经够多了,我只想玩命挣钱养家,做个真正的男人。但是,我想错了,任何的豪言壮语雄心壮志,都会被生活慢慢侵蚀慢慢消失,最后只留下人性这最原始的欲望,尽量为自己留更多的钱,也不介意生活里可能发生的新鲜刺激。我告诉你,这,就是婚姻!

我点点头说:这也是我恐婚的原因,因为我也算不上好人。

李景亮说:除非,你另一半是个永远长不大的孩子,你觉得可能吗?人都会长大,都会成熟,都会有心眼。你给她创造了更好的条件,她就会想要更多,人不会倒着长的,结婚以后,女人会长得更快。

我看着谢宇说:容我问句实话啊,你心里的价码大概是多少?

谢宇说:孩子以后大的开销我出,另外再给四十万,但是宫鹿不愿意,觉得我是在打发她,可是她忘了,那些房子本来就是我们家的,她什么都没有。

李景亮说:说实话我也觉得你给少了点儿,我直接给套房加六百万,以后每个月还有生活费,人家还不答应。

谢宇说:你家那条件这点东西算个屁,我现在行业不景气,拖欠款也严重,本来就拮据。

我说:但是你想过没有,女人最值钱的,可就是跟你们这几年的青春。

李景亮说:对,说得对,女人这几年是值钱,但是不是无价的,跟谁在一起这几年都得过去,跟别人可能什么也拿不到,跟我们至少还有这一笔补偿。说实话何一,作为夫妻谈到这一步你觉得我挺恶心的吧,可是你想,我要离婚,一分钱不给,但是嘴上说一大堆对不起,我没珍惜你。你觉得哪个实在点儿?

我觉得李景亮话虽说得难听,却无比实在。婚姻的博弈最后真的就是钱加心态的平衡,只是在宫鹿和司文文这两边都没平衡好。男人不清楚女人只要有了宠爱对钱的需求就可以大幅降低,女人不清楚男人其实需要自己的空间和自由,不要每天在男人耳边念叨青春都给了你你就该如何如何之类的话。

我说:放心,你们家的事儿,我也就听听,毕竟我一个大男人,不可能去两边儿传话,谁家没有难念的经呢?咱们还是喝酒吧。

二三

我跟两个心里有鬼的男人喝到深夜,回家倒床上又睡到中午。爸妈懒得搭理我,把饭留下去了海边溜达。我醒来囫囵吃了几口饭。俊妃打电话来问我在干什么,我说昨晚喝酒了很难受。俊妃说我只顾喝酒也想不起来关心她,我只好一阵敷衍,结果俊妃生气地挂断电话。

女人通常是这样,情绪来的时候,需要你百般忍耐,等她情绪发泄完了,再让她谅解你。放下电话我才发现,俊妃的电话已经让我有了抵触心理。

现在都如此,还敢想以后结婚?

我酒劲没有全消,下午不想去海边,于是重新躺回了床上,看了看手机,迷迷糊糊要睡着的时候,电话响了,是谢宇。

谢宇说:何一,我是谢宇,你在哪儿?

我说:在家啊。怎么了?

谢宇说:昨天喝多了吧?我来找你,我想跟你单独聊会儿。

我不知道谢宇找我何事,发了个定位给他。半小时后,谢宇就来到小区楼下。我下楼在小区外跟谢宇碰面,三亚骄阳似火,我们找了路边的一处有阴凉的草地,买了两个椰子喝起来。谢宇像是在审视世界一样看着路边往来的行人、车辆,喃喃自语道:五年了。

我转头看着谢宇:什么五年?

谢宇说:五年了,不知不觉宫鹿跟我已经结婚五年了。

我说:算上你们高中开始,到现在十几年了,不容易。

谢宇点点头。

我问:你不会是担心我跟宫鹿说漏嘴吧?

谢宇一笑,说:其实,我昨晚上说的都不是真话,只是配合一下李景亮的情绪而已。

我说:什么意思?我不明白。

谢宇摇摇头说:我跟李景亮就是个合作伙伴,他会帮我推荐一些业务。宫鹿和司文文都知道我们俩的业务有些交集,只是不知道因为婚姻矛盾,我们这段时间接触得那么频繁,李景亮想从我这里套些话。对于宫鹿,我又没做见不得人的事,也从来没想过要算计她。

我说:那你今天找我干吗呀?

谢宇继续说:你肯定以为宫鹿是得不到我的关心和经济上的支持才对我冷淡的。其实不是这样,我也希望能得到她更多的温暖,但是不知道为什么,我们之间感觉就是越来越淡。她可以把时间留给她的朋友,却很少能给我,她很独立,不太需要我。

我说:没有女人不需要男人关心的,你主动点儿不就行了?

谢宇说:我心里想过很多次,但是每次一到跟前,就觉得没必要了,后来,就真的没有任何感觉了。有一天宫鹿跟我说,我想要发泄什么的没问题,但是别碰她,身体得注意。谢宇叹口气道:夫妻之间能说出这样的话,我就知道爱情已经死了。

我笑笑:那你们俩干脆做哥们儿吧,走到这一步还能怎么办?还有孩子呢。

谢宇说:结婚最可悲的不是生米煮成熟饭,而是稀饭熬成干饭?你觉得噎也得吃。婚姻就是这样,不像恋爱那会儿,爱情死了就散,婚姻是感情死了也得在一起。

我说:很多人也羡慕你这样的,各自不束缚,各自有空间,相对很自由。

谢宇说:说实话,我之前觉得也挺惬意。但是我跟李景亮不一样,李景亮是喜欢这种自由,孩子有人管着,自己在外面可以招蜂引蝶,有多少来多少。我真不是这样,时间一长了,我觉得特对不起孩子,明明可以做个表率是吧,让他感受到更多家庭的关爱,可是没有,孩子总问怎么爸爸妈妈从来不一起带他去玩儿呢,我就傻眼了,不知道怎么回答。

我说:人活着就是个心态,你既然过成这样,不如像李景亮,洒脱一点,无拘无束多好。我现在不敢结婚,不是怕过成你们这样,是怕自己没有自由。

谢宇说:我想过离婚,我早就觉得这样的日子过着没意思了,除了孩子,更大的原因,是宫鹿。

我说:你还舍不得她吧?毕竟那么多年过来了。

谢宇说:我一直以为我舍得,但是有一天回家,我走到小区,看到儿子喊着妈妈跑向宫鹿,我脑海中浮现的都是高中时候她的样子。但是现在,竟然有个那么大的儿子,那个高中生现在变成了妈妈。在宫鹿抱住孩子那一瞬间,我一下子想哭。时间不可怕,时间就是很让人难过,宫鹿竟然成了妈妈。我开始内疚,开始有一点自我责备,从那天后我又不太想离婚了。至少宫鹿跟着我,多的不能给,生活压力总可以相互分担一些吧。

我想起了谢宇和宫鹿在学校的操场上,两个人说笑的场景。十几年前,全是爱情,肆意青春,高中时的一幕幕排山倒海,在三亚下午的阳光里向我们扑面而来。

我笑说:那时候我家里穷,人也挺傻的,没什么女孩喜欢我,我还挺羡慕那些敢追宫鹿的男生,我喜欢谁却连开口的勇气都没有。

谢宇说:我也没有,就是看她被老师骂哭了,递过去一包纸巾,没想到举手之劳就让她对我有好感了。现在想想,人家一开始要的不就是主动关心吗?

我说:那你知道症结所在,还回得去吗?

谢宇说:时过境迁,物是人非,就算我们能重复那种行为,也没有那时的那种感觉了。我预感我跟宫鹿会一直拖着,不咸不淡地过下去。

我接着说:不紧不慢就这么把孩子养大,过到老。

谢宇说:谁说得准呢?应该是这样,可能爱情最好的样子,不是没有裂痕,而是满是裂痕了,双方也努力没让它崩开。

我说:讲句心里话,你跟李景亮真不一样,你还有感情,李景亮现在纯粹就是为了保全财产,我觉得他有点不男人。

谢宇附和说:他就是个王八蛋。

跟谢宇聊完后我也不想去海边了。晚上何碧发来信息,说跟家人在沙滩散步,让我去找她。我说她跟家人一起我来去啥。何碧说跟老公实在没啥聊的,自己像带个保姆出来,叫我赶紧过去,晚上要请我吃海鲜。

我找到何碧等我的沙滩餐厅,她老公在不远处跟孩子玩沙子,何碧妈妈跟几个朋友拍照。我好奇地说:你们四个人感觉像来自三个不同的家庭一样。

何碧说:我妈就是个长不大的小孩,这样也挺好。关键是我老公只愿意带小孩,也越来越像个小孩。

我说:你这跟家人度假没事老找我陪你,你老公不吃醋啊?

何碧说:吃什么醋?这次要是我不让他来,他现在只能在家里打扫卫生。

我说:那还是得有点夫妻间的尊重。

何碧说:干吗呀你?叫你来聊天就是不尊重他了?过完年我们走了他家人就来,住我家的房子,吃喝都是我供着,是我养着他和孩子,我还不能有点自己的自由?

我说:你这情况还真不多见。

何碧说:你是不知道我有多苦恼。

我说:你知足吧,好歹你掌握整个家里的大权,昨晚上那俩人,你知道人家多头疼吗?

我把李景亮和谢宇的事儿大概说了,何碧听完说:这女人就当得那么卑微吗,就愿意把时间耗在跟这种男人钩心斗角上?换成我我可做不到。

我说:一个人一个活法,要是她们能像你这样轰轰烈烈干一番事业,家里老公能把一切打理好了,那她们也愿意。

何碧说:意思就是,我这辈子过不了靠男人养活的日子了?

我说:靠男人养活就要做好被抛弃的准备,人心可没个准。

何碧问我哪天回去,我说大年初五,何碧说差不多,公司初八营业,明天合伙人回去,要送合伙人去机场。我问何碧跟合伙人这种有点感情纠葛的怎么能做到工作时公私分明,何碧笑笑说:这你就肤浅了吧,你以为有感情介入就谈不好工作了?

我说:以我的经验,可以在感情里有工作,但千万不能在工作里有感情。

何碧说:当理智和利益都足够时,感情只会是润滑剂,让工作更舒服。

我摸摸头说:原来如此。难怪别人说一男一女搭配工作效率更高,是有道理的。

何碧说:有个条件,得是跟有智慧的人谈感情,这样才会得到双重回报。

接下来几天我跟何碧没再碰面,虽然说好回去后约小学同学聚聚,估计也没有时间。我倒是想起了当时小学的班花沈静琪,问何碧知道不知道现在她人在哪里。何碧说几年前联系过她,她现在在金融行业,老公特有钱,特别宠她,活得不知道有多滋润。

说到另外一个班花朱宁,何碧说那就不如沈静琪,现在好像跟老公一直在工地上来回跑,带着孩子,挺累的。何碧问我是不是当时特别喜欢沈静琪。我说废话,当时班上男生大部分都喜欢沈静琪,剩下小部分喜欢朱宁。何碧叹息一声说:怎么就没人喜欢我?

我说:早知道你现在有这长相和身材,估计全班男生都中意你了。

何碧说:所以说男人看女人的眼光从来不准。

我说:不是,男人都只看眼前,就喜欢眼前最好看的。

何碧说:我男人就不这样,他这辈子没什么出息,唯一一件值得称赞的事,就是看上了我。

何碧说回去如果联系上沈静琪就立马组织同学会,让男生看看他们的女神变成了什么样。除此之外,何碧还想跟我商量一下,看能不能借着我火锅店的品牌再开一家,她说她最近投资都不是很顺,餐饮虽累,但是有品牌基础的老店,还是比较容易活。

大年初五,我从三亚返回,提前回去看店,蔡经理初六也回来了。我问起蔡经理加盟的事,蔡经理说既然我们家底料有秘方,加盟费就绝对不能少,并且加盟店只能接受总店统一进购食材要求,不得以总店名义再谈合作。我想想有理,把这几条发给何碧。何碧回信息说没问题,上半年把手里的项目搞完就来跟我细谈,最后还发条信息说:沈静琪就快找到了。

我给曾晓枫发去了信息,问曾晓枫春节过得怎么样。曾晓枫说挺好的,就是怎么把狗带回来是个问题。我回信息说这好办,让她男朋友接她就行。曾晓枫回不行,这样就穿帮了。我本来想问要不要我再跑一趟,但是想起那个孤独的夜晚,我打消了这个念头。过了一会儿曾晓枫回信息说:很幸运,刚才问到一个熟人要开车回来。

我故意回:是吗?我还想再去接你一次呢。

曾晓枫回:哈哈哈,那我怎么好意思?谢谢啦。

女人一般对你说谢谢啦,就是只把你当朋友。我以为曾晓枫在情感上像个智障,其实她比谁都聪明。所以女人的智商不是恒定的,恋爱中的时候为零,其他时候能爆表。

晚上我回到家,一开门,看见屋里打扫得干干净净,正在疑惑,一转身,俊妃给了我一个大大的拥抱,对我笑着说:惊喜吧!

我瞪大眼睛看着俊妃说:你不是说初十回来吗?

俊妃说:那是骗你的,一个春节不见你,我哪能等到初十?!

我耸耸肩。

俊妃说:怎么,你都不想我回来?

我说:当然想。

俊妃给我带回来贵州的特产,说她家里人特别惦记我,很想见见我。我顾左右而言他。俊妃坐了一天车,累了,洗完澡就很快入睡了。我凑到俊妃面孔前,认真看着俊妃,想确认她到底是不是我的终身伴侣。黑暗里俊妃隐隐浮现的脸,让人想要亲近又想逃离。突然俊妃一个转身,背对我,继续均匀呼吸。

二四

高中时候,我最喜欢的一首歌是陈奕迅的《十年》,那时每次在家听 CD 都要一遍又一遍跟着唱。有一次,我唱到最后一句时,我爸在旁边冷冷地哼了一声说:你们听的这歌净瞎扯,情人最后哪里做得了朋友?不变仇人就不错了。

我爸说的这句话现在想起来更加深刻、现实。

转眼新的一年又过半,李景亮和司文文两人的壁垒变得更厚了。司文文靠私人关系发现李景亮悄悄成立了一家新的置业公司,将公司里的骨干员工渐渐辞退,留下的尽是一些能力平庸的新人,而公司的重要业务也甩出去好几个。司文文愤怒不已,说李景亮如此转移资产简直是无耻。但是既是私下调查,又不能明说。司文文无奈之下和宫鹿紧急"召见"我,大晚上把我约到咖啡厅。

司文文问:你们春节都聊了些什么?

我说:你怎么知道我春节碰见了李景亮?

宫鹿说:谢宇告诉我的。

我说:谢宇对你挺诚实嘛。

宫鹿说:这都不重要,重要的是现在司文文的问题。

我说:毫无疑问现在公司是优质资产,保全公司比什么都有意义,这是很明显的事。

司文文说:其实我一开始就只想要公司,其他财产不要,让儿子和李景亮平分,现在我完全占下风了。

宫鹿说:现在确实不占优势了,现有公司正大光明清退员工,渐渐就剩下一个空壳子。更多时候,确实也是他经营,就算把公司丢给你,你也没办法驾驭它。

司文文不吭声,注视着自己修饰过的手指甲,在灯光下闪闪发亮,像一把暗器。

我沉默了一阵,看着司文文说:司文文,换个思路想,就算现在离了,有两个小孩在这儿,你不至于过得很差,你自己还有存款和房产呢。现在既然哪方面都不占优势,不如想退一步的打算。

司文文说了句:凭什么?

我说:因为现实是这样,资产不是你的。

司文文说:就是说我给他生了俩儿子,然后就像狗一样被打发了,这就完了?

我说:不是这样,俩儿子是你的,以后肯定会孝顺你。生活中你没得到男人的感情,但是得到了别人得不到的东西。

司文文说:我知道你的意思,女人的青春其实没那么宝贵,跟谁过都可能后悔。我比很多女人的结果都要好了,可是我心里过不去这个坎儿。要离了,他带着年轻小女孩回家,就跟当年的我一样,然后住着我的屋子睡着我的床,我灰溜溜拿点钱走人,我心里能想通?

我说:那要是杜剑,他追你到底呢?

司文文不吭声。

我说:所以不是心理不平衡,而是觉得得到的东西不够。要是杜剑现在等着你,你分到了钱照样有下一轮荣华富贵金屋银瓦,你不会有这样的愤懑。

司文文目光散乱,微微点点头:有道理,你说得有一点道理。

人劝别人的时候总像个智者,折磨自己的时候都是个傻子。大家一时半会儿商量不出来结果,司文文烦躁地先开车离去。宫鹿跟我走出咖啡厅,沿着路边散步。我想起了谢宇跟我说的那些话,看着宫鹿笑。

宫鹿问:你笑什么?

我反问道:你还想离婚吗?

宫鹿说:离不离,好像也没多大区别。

我说:那是,不离始终有个人,离了就彻底没了。

宫鹿说:不过司文文这样的情况,我觉得早就该离了,争什么呀?

我说:一时半会儿完不了,公司重组,那边新公司的股权分配,旧公司的处理,没一段时间忙不完。

宫鹿说:我有点心疼司文文,两人闹到了这一步,还能不撕破脸,还每天在一张床上说晚安,两个孩子还以为父母和睦恩爱,比我累多了。

我说:比起李景亮,谢宇好多了吧?

宫鹿说:那是因为他没李景亮那么富有,要是他哪天一下子成暴发户了,会怎么对我谁说得清呢?

我说:我觉得谢宇跟你还得过下去,这辈子可能都还得在一块儿。

宫鹿说:千万别说这话啊,我怕。

我说:扪心自问,谢宇对你真不好吗?

宫鹿说:他对我真冷。

我说:不见得吧,他对你好的时候你自己可能太麻木。

宫鹿说:这次我挺意外,春节我们两地过,回来他跟我主动说在三亚碰到了李景亮。我当时想他俩什么时候狼狈为奸在一块儿了,你猜他说什么?他说他跟我离婚也会平分财产,反正感情没了钱也不会让我吃亏。我觉得这句话还像个人话,听着冰冷,其实透着情分。

我没有把谢宇说过的那句深情感慨的话告诉宫鹿,如果两人能感知到对方不需要语言,换言之用再多的话语冲击两个早就心灰意冷的人都是白费力气。

宫鹿问我和俊妃怎么样,说俊妃跟我在一起后,工作态度更认真了,但是很少提她自己在家里是跟我如何相处的。宫鹿让我对俊妃一定多上心,却不知道我对俊妃向来冷淡,心里并不是都装着她,而是装着无穷无尽的新鲜感。分别的时候,宫鹿感叹一句:你们男人永远都是孩子。

俊妃对我的态度开始有了些许的变化,不再像春节前那段时间隐忍不发,而是开始三番五次指责我没有把家里当回事,她开始有了怨言,说自己过得像保姆。女人有了怨言才是生活的开始,眼看着这个家变得更有温度,我却更加迷茫。几次俊妃问我到底有没有跟她结婚的打算,我含糊其词,最后敷衍了事。俊妃淡淡地说了一句:你迟早有一天要让我伤心。

之后,我主动抽了一天时间在家做了顿饭,把家里打扫一番来弥补心中不安。俊妃回家后看到家里一片整洁喜出望外,抱着我亲了半天,说以为我心里没有她,现在才知道我也是爱她的。我看着俊妃高兴的样子,心里更加没底,吃饭时听着俊妃神采奕奕地说着对未来的规划,心里更觉未来变幻莫测。

我突然问:俊妃,如果我们就这样过下去,一直不结婚,你觉得怎么样?

俊妃被我突如其来的问题问傻了,睁着一双水汪汪的眼睛说:你这话的意思是你不想我当你老婆吗?

我笑起来。

俊妃说:你会不要我?

我说:不会吧。

俊妃说:当然不会,我这么好,你不要我,以后去哪儿找那么好的老婆?

我说:万一我命里没老婆呢?

俊妃说:你命里肯定有我,就好好珍惜吧你。

晚上我趁俊妃看电视把碗洗了,走出门给邓伟打电话问啥时候能还钱,最近手头紧。邓伟说现在还不了,才跟单位一个朋友接了一个板房工程,自己又垫了笔钱进去。我抱怨邓伟瞎搞,到时候捅娄子,得天独厚的位置都保不了。邓伟说没办法,已经陷进去了,做完这一单再看,九十万的项目,利润不到三十万,还得跟人分,还不如找点片子交给我拍,啥也不用操心。我说:就是,你听过几个这种工程没纠纷的?过后有你受的。

邓伟说:没办法呀,春节前我自己作,造了笔钱,琴琴又被人骗,出去几十万,你说怎么办?不来点快的没法过日子。

眼看着邓伟陷入财务危机,加上没有新的片子接,我只能守着火锅店过日子。蔡经理倒是挺能出招,加推了几项外卖业务,业绩持续上涨。蔡经理这么一弄,好几家竞争店都跟着学起来。我跟家里商量了一下,要不要给蔡经理一些分红。父母说可以,不过得等到今年年底,毕竟不知道蔡经理到底有没有长期做下去的打算。

何碧来过一次火锅店,看到生意兴隆,说早跟我碰见多好,现在手里资金周转不开,也腾不出空来好好规划一下。我说随便她,我们俩这关系,她随时来都行,本来没打算搞加盟,对她是特殊对待。

何碧说:本来我之前做过一次餐饮,后来还是因为合伙人的问题黄了,这次我得自己全权掌控。

我说:那是,这事儿可以高薪聘人管理,但得你一人说了算。

蔡经理过来跟何碧聊了一下业务。何碧对蔡经理的职业经验和为人赞不绝口,说到时候如果要开店还得请蔡经理帮忙把控。

我送何碧出门,何碧一脸神秘地说:那天我联系上了沈静琪,听说你还惦记她,她好意外,说也想见见你。

我说:我什么时候惦记她了?

何碧说:哎呀,老同学嘛,惦记着很正常啊。

我看着何碧一脸顽皮的笑,说:你肯定添油加醋了,没说什么好话。

何碧坏笑:没有的事儿,我把你都捧上天了。

何碧走后,蔡经理跟我谈,说自己考虑了一段时间,现在最好还是别做加盟的业务。我问为什么,蔡经理严肃地看着我说:现在火锅店本来就饱和,加盟店的口碑往往不如一些老店。店越多越不好把控,一家店出问题,其余店必被牵连。

我想了想觉得有道理,伸出大拇指称赞蔡经理深谋远虑。

蔡经理说:如果区县或者别的城市没问题,我们可以提供底料供应,供应加监督。现在市里开了三家,对一个火锅店来说其实已经是上限了。一旦我们形成加盟模式,运作方式全部要改变。我们的底料是现熬现配的,属于绝对秘方,也没有工厂能代工。保持现状,就能一直保持口碑。

我说:行吧,那我跟她解释解释。

晚上六点,我去接俊妃下班,宫鹿刚下班,换了衣服出来,说要请我俩吃饭。我说算了,改天吃,宫鹿却说不行,就今天。一问原因,原来高中的一个同学要来找宫鹿,叫蓝娟,高中时跟我不熟,却一直把宫鹿当成大姐一样追随,这么多年过去了还把宫鹿当成精神寄托,人生大事结婚生子都问宫鹿的意见。昨天晚上她告诉宫鹿自己失恋了,想找宫鹿倾诉。宫鹿知道蓝娟这人一根筋,曾经因为失恋还闹跳楼,最后好几个警察一起把她从楼顶拉下来。

宫鹿对我说:行行好,陪我一起吃个饭,不然我真的被她给磨死。

我说:那你就说你家有急事,不去就完了。

宫鹿说:她还差我两万块钱没还呢!

俊妃说:那行,宫鹿姐,咱们去,实在不行了就让何一在那儿顶着,咱们先撤。

宫鹿说:那我可不敢。她这几年想方设法渗透我周围的朋友,找不到我就找我身边的朋友,就连谢宇的微信和电话她都有,好像现在我身边就何一没被她"迫害"了。

看着宫鹿一脸崩溃的表情,我只好答应了。在高中时候就听过这个蓝娟,是个大大咧咧的人,完全不像个女孩,甚至听说她曾在一个深夜爬了二层楼进入男生宿舍,就是为了在生日当天给自己喜欢的男同学一个惊喜。结果好像把那男同学吓个半死,她又悄悄飞檐走壁从二楼下来,躲过了宿管员的检查,泰然自若地回到女生宿舍。

我们就在医院附近找了个餐馆,点好菜后,蓝娟打来电话说到附近了。宫鹿提醒我等一会儿吃完饭蓝娟要换地方喝酒啥的千万别答应,一定得说今晚都有安排,直接走人。

蓝娟留着齐耳短发,进了餐厅对宫鹿说:怎么找这个地方吃饭?

宫鹿说:就在医院附近嘛,方便。

蓝娟看到我说:哟,这人是你朋友?

宫鹿说:你看他是谁。

蓝娟又仔细看了我一眼说:你不是那谁吗?何一。

我说:你还能认出来我啊?

蓝娟说:嗨,宫鹿老提你,说毕业后就跟你关系好。

菜一上齐,蓝娟开始狼吞虎咽,边吃边说最近遇到一个男的,简直不是人,开始跟自己说得好好的,要一起过日子,结果临到领证,害怕了,人现在消失找不到了。

俊妃看了我一眼,跟我使了个眼色。我也回了个眼色,我和俊妃心里都在嘲笑蓝娟,是个男人都不会跟她这样的女人领证,她一举一动完全是个男人。

宫鹿说:你都离了一次,再找人也得谨慎,不能碰上一个人就谈婚论嫁,还得先相处。

蓝娟摆摆手说:哎呀,我们这个年纪,小孩也有了,就想找个人凑着过日子,风风雨雨的该经历的也经历了。江湖儿女,不讲爱的,能一起过日子就行。

宫鹿笑起来说:你真是一点没变。

蓝娟说:变什么呀,来来回回被伤几次,什么都看淡了。对了,何一,这是你媳妇?

我说:女朋友,还没结婚。

蓝娟说:劝你们别着急,真的。人性都说不清,把对方看明白了再做决定。

俊妃没有回话,我感觉出来她很不喜欢蓝娟,顺口说:对,宫鹿也是这么建议我的,直到有一天,她把这女孩介绍给我,就一个劲地催我赶紧娶了她。

蓝娟:嗨哟,宫鹿介绍给你的?你看,不是我说,宫鹿你下回千万别干这种事儿了,人和人磨合太难了。俩人要是最后闹不到一块儿去还都是你的错。

俊妃礼貌地说:不会,宫鹿姐只是介绍我们认识,也没刻意安排我们在一起,我跟何一也是慢慢才定下来的。

蓝娟说：妹妹，我是过来人，你一看就没经历过什么情感挫折。你瞧着吧，何一跟我是同学，虽然人不坏，但我把话放这儿，肯定也够你喝一壶的。

宫鹿急忙打圆场：干啥呀？人家何一好着呢，你别自己过不好就操心人家。

蓝娟说：那算我说多了，何一，你别介意，我这人心直口快。

我笑着说：没介意，谁都了解你。我特想问你，当年那个传说是真的吗？

蓝娟说：什么传说？

我说：听说你当年为了一个喜欢的男生，爬上二楼进宿舍去给人惊喜。

蓝娟一拍脑门：嗨呀，这事儿你都还记得，你不说我可都要忘了。

我说：这事儿一般人可做不出来。

蓝娟不屑地说：嗨，那家伙没胆，大男人一个，我都到跟前了，他躲在被子里让我快走，说自己没穿衣服。一个宿舍六个人，愣是没一个领情的，吓得都不敢说话。

我说：换我我也不敢说话呀。

蓝娟摇摇头：懂我的人真不多。

扯了半天闲话，我找个话题插嘴对宫鹿说：对了，你不是急用钱吗？我欠你那一万块明天打给你，确实忘了。

抛砖引玉后蓝娟有点挂不住脸,对宫鹿说:我欠你那两万这周就还。

宫鹿还客气一句:没事,不急。

蓝娟说:哎呀,手头也紧,不然早还你了。对了,今晚我去你那儿住,正事还没跟你聊呢,我得好好跟你聊下那男的。

宫鹿一愣,说:啊?我看你这不好好的吗?

蓝娟说:那当着老同学和人家女朋友的面我能哭哭啼啼的吗?

宫鹿强颜欢笑说:去我那儿也不方便呀。

蓝娟说:没事儿,反正谢宇晚上不回来,你孩子也在你妈那儿。

宫鹿瞪大眼睛:你怎么知道?

蓝娟说:我问谢宇了呗。

宫鹿为避免尴尬急忙打圆场:我都不知道他晚上不回来,他都没跟我说。

蓝娟说:你看,你们这日子过得,有问题,得反省。

吃完饭后,宫鹿无奈地开车拉着蓝娟离开,我开车带俊妃回家。

车里,俊妃说:宫鹿姐太可怜了,碰上了这么个不知趣的朋友。

我说:你挺讨厌她的吧,刚才她讲话的时候我看你挺不高兴的。

俊妃说:没有啊,我觉得她说得有道理,人家也觉得你不靠谱。

我不搭话,俊妃急忙改口说:好啦好啦,你最好,没人比你好。

我说:换成你,如果碰上这么个朋友,你怎么办?

俊妃说:那有什么办法?我也是个脸皮薄的人,只能躲呗。

回到家,宫鹿偷偷发来一张照片,照片里是蓝娟窝在宫鹿的沙发上。宫鹿说自己新买的毯子,商标还没撕,蓝娟不洗脸洗脚,脱了袜子就盖,宫鹿心疼死了。

我回:为了那两万块,忍了吧。

宫鹿问:要是还钱了以后她还来呢?

我回:拒之门外,不留情面。对此类人,唯有下狠手!

二五

宫鹿被蓝娟折磨得不轻,蓝娟跟宫鹿诉苦一直说到早上五点,尽是些无关痛痒的废话,全是自己作出来的。宫鹿困得不行。睡到中午,蓝娟醒来说饿了,要宫鹿做饭。宫鹿忍住情绪和疲惫做了两个菜,蓝娟开始嫌少,吃了两口就把筷子一放,说自己没睡够,又回到床上"躺尸"。

宫鹿恼怒地把碗筷洗了,问蓝娟什么时候回去。蓝娟说调整好心情再说,今天再住一晚上。宫鹿说那今天晚上可能谢宇回来。蓝娟说不会,谢宇说了出差两天。宫鹿差点没喷出一口老血,发信息给我说快炸裂了,怎么会遇到那么奇葩的人。我说:你先让她把钱还了。宫鹿说:算了,她都说了过一周还,就不催了。

看在两万块钱快回来的分儿上再忍一天,我嘲笑宫鹿就是对这种不要脸的人太仁慈,所以弄得自己难受,活该。宫鹿说自己从来没有那么期待谢宇回家过。我说那正好趁着这次机会,两人把感情找回来。宫鹿说那不可能。

过了一个月后,神通广大的何碧竟然真的组织了一场小学同学会。不知道何碧通过什么办法将失散二十年的小学同学找回来大半,连班主任老师也被何碧从一栋老旧的小区里搀扶了出来。

同学会这天我去接何碧,何碧上车就问我:就快见到初恋了,什么感觉?

我说:浑身发抖,激动得不要不要的。

何碧说:哎,说真的,你希望沈静琪过得好还是不好呢?

我问:为什么你会问我这个问题?

何碧说:如果你曾经喜欢一个人,她现在过得不好,你会有种优越感。

我说:我真没想那么多,小学那会儿我们会有那么多复杂的念头吗?

何碧说:我是听人说了,大多数人都不希望初恋过得比自己好,大多数祝福都是有口无心的。这是真实的人性。

我说:不是,在小学的时候,我一定是希望喜欢的人永远都比自己好,人在简单的时候最不自私。

何碧说:我真想看看你们见到沈静琪的样子。

同学会前一天晚上,俊妃问我能不能不去。我诧异地问:这么重要的聚会能不去吗?二十年没见了,我们老师也会来。

俊妃说:那我可以跟你一起去吗?

我说:可以是可以,就怕你无聊,因为估计其他同学都不会带家属。

俊妃说:那我也不去了吧。我只是心里有点失落。

我问:你失落什么?

俊妃说:你说起同学会那么兴奋,可是每次你回家面对我就很平静,甚至连个笑脸也不愿意多给我。

我说:呀,我不是不想对你笑,我是累了,有时候不想说话。

俊妃说:你不想说话我理解,我只是心里感受不到你想见到我,回来想跟我在一起的那种甜蜜愿望,一点没有。

我说:哎呀,行了,你们女人就是那么爱瞎想。

俊妃说:这不是瞎想,是我真真切切的感受,跟你生活在一起的每一天积累起来的感受。

我看着俊妃不再说话,但有种预感,俊妃的脾气会随着我们在一起的时间推移越来越差,因为我跟俊妃本来就不是在同一个世界里生长起来的人。我父母已经把俊妃当成了自家女儿,好像现在我们已经结婚了一样,俊妃也理所当然把自己置身在一个妻子的身份中,唯独我还未适应丈夫的角色定位。

同学会那天,大家统一了服装,选好了吃饭的地方,几个女同学还提前去现场布置了一番。一个同学开车接到了白发苍苍的班主任,再跟大家一起先回小学合影留念。班主任还能叫出大家的名字,摸着我们的脸和头说我们都长大了,长得越来越好看越来越有气质了。正当大家开开心心互留微信、电话时,沈静琪挥着手走来。我下意识看着其他男同学的脸,好几个人眼里都闪烁着光亮,对沈静琪的到来充满期待。我看了何碧一眼,何碧对我顽皮一笑,看来人对人产生过的情愫,比喜欢这件事本身更让人铭记。

大家一起在操场上合影,模仿小学时候的队形一起唱了一支《少年先锋队队歌》。青葱校园,岁月优哉,歌声悠扬,飘荡回过往。时间像是停止,其实从未止步,当我们戴着红领巾站立在升旗台下时,过去一幕幕就地重生。班主任说,在梦里梦见过我们许多人,每个人还是当时娃娃脸的样子。说到沈静琪,班主任略带羞涩地说:我梦到沈静琪跟班上另一个同学结婚了。还邀请我去参加婚礼。

班上同学一片笑声,追问梦里沈静琪和谁结婚了,班主任用手指了一圈,最后落在我身上,说:何一。

大家又笑起来。

我说:为什么会是我?班上喜欢沈静琪的人那么多,她都没正眼看过我一眼。

班主任说:我印象里你跟沈静琪关系很好呀。

何碧说:老师,你记错了,沈静琪跟谁关系都好,就是看不上何一。

我说:对,以前我是她最讨厌的人,我到现在都没想明白是为什么。

同学们又哄笑起来。

沈静琪也笑着说:何一,当时我确实挺讨厌你的,因为你老整我。

我说:那是你不解风情,我为啥不整何碧呢?因为我不喜欢她。

大家咯咯咯笑个不停。

何碧说:你看吧,前几天跟我碰面何一说话还正常,现在碰到女神了,什么同学友谊都不要了。

我说:何碧组织这个同学会,第一是让咱们师生团聚,第二就是为了让我见到沈静琪。我特别感谢她。

同学们纷纷不满:何碧,你为什么就对何一那么好,怎么没对我们这么上心?

何碧说:那没办法,我想加盟何一家的火锅店,肯定得讨好人家呀。

这次聚会班花朱宁没来,我听何碧说朱宁其实在市里,但是接到信息死活不来,找了各种借口推托掉,几个同学轮番打电话也没叫来。何碧说这挺不近人情的。我说:这不是不近人情,是有心理落差,曾经的优等生,又是班花,现在过得不尽人意,肯定没心思来,换成你我都一样。

何碧说:怎么会?同学聚个会,又不存在攀比。

我说:怎么不攀比?车一停那儿心里就开始攀比了,聊天里多多少少要问到工作情况,那总有高低贵贱,一个月挣三千的和一个月挣三万的说出来感觉肯定也不一样。我们是家里有点基础,不然估计也没脸来。

何碧说:人呀,最终还是要面子的。

我说:对于混得好的人来说这叫面子,对于混得不好的人来说就是自尊问题了。

晚上吃饭大家喝了很多酒,班主任也破例喝了几口。沈静琪在卫生间门口跟我擦肩而过,我上完厕所出来,沈静琪还没走。

我满脸通红地看着沈静琪:你干什么呢?

沈静琪拿出手机打开二维码名片说:来,加个微信。

我笑着说:现在才主动理我,晚了吧。

沈静琪说:刚好我老公的公司也有广告片的业务,你现在开着火锅店拍着广告片挺惬意呀。

我说:那跟你不能比,听何碧说你在豪门里当贵妇,我还羡慕呢。

沈静琪脸色微微一变,挤出笑容说:哎,所有人都这么以为,觉得我过得快乐无比,苦只有自己知道。

我说:估计你的苦对别人来说都是甜。走吧,回去接着喝。

我和沈静琪回到房间,大家一口认定我们出去说悄悄话了。我顺着气氛说:刚才沈静琪说从来没听过我表白,我就表白了一次。同学起哄说那得大家听见,我说:不如这样吧,全班男同学都不要错过这个机会,咱们把视频录上,我们面对沈静琪,一起对她表白一次。

全班男同学非常认同,商量之后一齐面对沈静琪,沈静琪受宠若惊地看着大家,我们男同学一起喊:沈静琪,我喜欢你,非常想念你,祝你永远幸福快乐。

沈静琪脸上泛着红光,微笑着看着大家,眼角流出泪来。几个女同学急忙过去给沈静琪擦眼泪。沈静琪说:今天是我的生日,我觉得这是最好的生日礼物了。

大家才知道原来如此巧合,欢呼举杯,继续畅饮。喝酒的时候何碧凑过来偷偷跟我说,刚才沈静琪看了我好几眼。我说人家看其他人的时候她是没注意。何碧说不是,她看得出来,那种眼神,好像有点动情。我说:喝多了看谁都一样,我看她现在也看得很动情。何碧说我不信算了,等着吧,她肯定会联系我。

晚上,班主任被没喝酒的女同学送回去,我们继续喝,男同学一个接一个给沈静琪唱情歌,其余女同学吵着说伤心了,于是男同学们又开始给每个女同学唱,唱一首大家干一杯酒。回到家已经是深夜三点,我洗了澡倒床就睡,躺床上才发现俊妃不在家。

我发信息俊妃没回,打电话,俊妃接了,迷迷糊糊说自己在医院,明天一早培训,要起大早,就不回来了。挂了电话,我看到两条信息,是沈静琪和何碧发来的,都是同一句话:到家了吗?

我回了一个"到了",就呼呼睡着了。

醒来后,我跟何碧说,沈静琪昨晚还专门问我到家没。何碧说沈静琪应该是群发的,自己也收到了。我说:你看吧,我就知道,人家心里没什么杂念。何碧说不对,昨晚沈静琪看我的眼神真不一样。刚说着,沈静琪发来一条信息问:起床了吗?

我问何碧沈静琪有没有群发这条,何碧说没有。何碧来了兴趣,让我赶紧回信息,然后老实给她交代。

我问沈静琪有什么事,沈静琪回信息说感谢我昨晚的提议,同学们一起喊出祝福让她特别感动,非常开心。她把那条视频发到朋友圈,无数人给她点赞留言,说自己人生曾有过的虚荣心和幸福感又回来了。我发信息说:你现在的虚荣心和幸福感更强吧?

沈静琪回:何一,要是你有空,一起吃个饭吧,我是真想跟你说一下我的情况。

一天后,沈静琪带着孩子出现在我家门口的餐厅里。我不知道沈静琪为什么要跟我碰面讲她的故事,沈静琪说:我就是觉得跟你说才有意义。

我说:你现在难道过得不快乐?

沈静琪说:都以为我很快乐,都以为我被宠着,都以为我吃不愁穿不愁,也不用工作。可是大家都忘了吗?一入豪门深似海,我家的条件并不好,门不当户不对,嫁给一个条件那么好的人,出问题很正常了。他一开始对我还行,后来我怀孕了,不知道为什么他态度就变冷了,对我渐渐不耐烦,经常发脾气,对我父母都会大吼大叫。开始我受不了想离,但是想想,我之前谈过两个男朋友,都对我动粗,有一个刚在一起的时候也对我好得不得了,后来不知怎么一生气就要打人。我被折磨了一年,分了。遇到第二个,谈了半年,也开始对我动手了,有一次还咬我,差点把我咬成残疾。

我问:你怎么没报警呢?

沈静琪说:报警?我一拿起电话,手机就被他摔成几块了。我想我可能就这么个命,现在的老公,虽然对我冷,但是至少条件是真好,养家养孩子没问题,也从来没对我动过手。

我叹气看着沈静琪说:没想到,真的没想到。

沈静琪平静地说:是吧,我的生活跟你想的完全不一样吧?

我说:跟我想象的差别是挺大,我还以为你不管什么时候都会被呵护得很好。

沈静琪说:最痛苦的时候已经过了,现在唯一欣慰的是孩子。我看到孩子心里踏实很多,觉得自己的生活还有意义,他长大了以后会保护我。

我看了一眼沈静琪的孩子,孩子听不懂大人的无奈与悲苦,专注地吃着碗里的饭菜。而沈静琪面色平静,丝毫看不到半点悲伤。众人以为沈静琪完美无瑕,实则伤痕累累。巷子里的猫一生自由但没有归宿,围墙内的狗有巢窝却终身低头,生活就是一道选择题,怎么过都是遗憾。

临别时,沈静琪问了我一句:何一,我以后再有难过的时候,还能找你说说话吗?

我笑笑说:当然可以,我们是朋友。

沈静琪说:我也没有别的意思,自己已经承受惯了,说出来就好一点。

我说:没问题,实在压抑了我们就约几个同学聚聚,再喝点也行。

沈静琪问:你不想知道为什么我要找你倾诉吗?

我问:为什么?我想知道。

沈静琪说:因为我觉得,你是同学里最感性的一个,也是最能包容人的一个。

我问:这么多年,你身边没有可以倾诉的朋友?

沈静琪说:有什么呀？找了这几个不正常的对象,连普通朋友都没有了。

我说:你该有个工作,有个自己的圈子。

沈静琪说:我也想,可是走到现在,真是身不由己了。何一,不嫌弃的话,以后就当我的倾诉对象吧。

我说:倾诉没问题,就怕你产生依赖。

沈静琪说:应该不会。

我一笑:确定？

沈静琪说:这点分寸还是能够把握的。

我问:那就好。不过,失控的人一开始都以为自己能把握分寸。

沈静琪说:你就放心吧,我的孩子都这么大了,你个老同学还能把我怎么样？

二六

沈静琪说是要给我发信息,也并没有多跟我联系,只是有一天问了我一句结婚没。我回答说还没有。沈静琪回了两个字:真好。

何碧听我说了沈静琪的事倍感意外,说自己一直以为沈静琪的人生是完美的,没想到过得如此不堪。我说:是啊,跟你比差远了。何碧没回信息,我猜她在庆幸自己是个女强人,没沦落到沈静琪这一步。

  一天早晨,俊妃毫无理由地爆发了一次。倒也不能说毫无理由,可能因为问题太小,让我对俊妃的愤怒摸不着头脑。那天早晨,俊妃起来穿了一件新衣服,问我是否好看,我没有理会,而是直接进了卫生间。洗漱完后看到俊妃对着镜子发呆,我问俊妃怎么不去上班,俊妃带着情绪快速收拾好东西往外走。我拉住俊妃问到底什么意思,俊妃大喊着说如果不喜欢她就不要拖着,为什么总对她那么冷,她从来没有要求我付出多少,最后连句甜言蜜语都得不到。我被俊妃突如其来的吼叫镇住,看着俊妃愤怒委屈的双眼,我淡淡地说了句对不起,俊妃转身关门离开。等到晚上我硬着头皮去接俊妃下班,俊妃还是阴沉着脸,见了我还故意不理我。我跟了上去,俊妃说:你不要跟着我,我不认识你。

  我说:你不认识我那你晚上回哪儿啊?

  俊妃说:去哪儿也不去你家。

  我把俊妃堵在路边,俊妃生气说:你走开不走开?

  宫鹿下班出来看到我和俊妃,走过来发现俊妃在闹情绪。

  宫鹿说:俊妃,怎么啦?他惹你了?

  碍于情面,俊妃只好强颜欢笑说:没事,宫鹿姐,我们谈点事儿。

宫鹿看了我一眼说:好好哄,有错都是你的。

我说:可不是吗?我这不追着来道歉了?

哄了半天俊妃才上车,在车里也不说话。我带着俊妃来到一家餐厅,是俊妃最爱的口味。菜上齐后我给俊妃夹菜,然后看着俊妃,俊妃冷冷地说:你也吃吧。

我看着俊妃说:你心情那么不好,我也不敢动筷子啊。

俊妃冷笑一声:别跟我油嘴滑舌的,我心情好不好你在乎过吗?

我说:当然在乎了,我是心里在乎,嘴上不知怎么表达。

俊妃说:行了,别说了,吃了回去吧。

我说:那不行,你情绪不好我就不动筷子。

俊妃说:可以,你就饿着吧。

我就一直看着俊妃吃饭,坚持不动筷子,俊妃吃了十来分钟,我仍旧僵硬笔挺地坐着,一动不动。俊妃看我说:你到底有完没完?还吃不吃饭了?

我故作忧伤地说:我饿,但是我要惩罚自己,谁让我惹你生气了?

俊妃说:好了,你不吃饭,我也心疼你,我就是不明白,为什么让你对我多上点心就那么难呢?我愿意把家里给你打理好,愿意跟你过日子,为什么就是得不到你的认可呢?

我说:我非常认可你做的每一件事。

俊妃说：认可不是嘴上说的，是要懂得用情感回报的，这才是夫妻。

我沉默不语，俊妃说：快吃饭，别饿着了，你自己多反思一下吧。

我心里沉重起来，不清楚我和俊妃究竟是谁被逼到这个份儿上，要压抑着内心度日，又想起跟宫鹿聊到的那句话：至远至近东西，至深至浅清溪，至高至明日月，至亲至疏夫妻。我和俊妃还未成夫妻，已经有了亲疏难分之态。

晚上回到家，俊妃的脸色多云转晴，说吃得很开心，因为今天我主动认错了，又感受到了我对她的在乎，只要我能多用心一点点，她就能感受得到。我深知俊妃所需是何物，可俊妃永远不知我恐惧的是什么，一张床两个世界，隔阂始终无法穿破。多少人说，婚姻最重要的是沟通，真没看出，沟通仅靠两张嘴皮，却比翻越千山更艰难。

邓伟再次找到我，问我有没有钱，想再借点。我说最近我手头也紧，真拿不出来。我看到邓伟眼角有伤，就问了缘由。邓伟说板房工程甲方拖欠款，下面人就找他来闹事，他跟一个男的打起来，因为害怕事情闹大工作受影响，没有报警。挨两下打也就算了，关键现在款还没解决，单位里又一摊子事特别烦，现在领导不知道怎么的好像对他态度又有改变，没有当时那么热烈，经常忽略他做出的工作成绩。最让人头疼的是，邓伟严肃地对我说：

我觉得我老婆琴琴,她在骗我。

我问:骗你什么呀?

邓伟说:上次我无意中看到琴琴的手机,里面有个人跟她联系很密切,我点开头像看,那个人好像就是坑她钱的合伙人。

我说:不会吧,难道又一起做生意了?琴琴没这么傻吧?

邓伟说:不,不是这个问题。我在想,是不是根本就是一个套?琴琴本来是个比较谨慎的人,不会那么粗心大意被人随随便便骗几十万。

我说:这种猜忌很要命的,你们是一家人,有必要用这种手段吗?

邓伟说:我唯一能想到的是,现在那个人,还在惦记着琴琴。

我说:扯淡吧,什么狗血剧情,你以为拍电影呢?都俩孩子了,她怎么可能还有其他的想法?

邓伟说:之前我们吵架,琴琴就明确跟我说,假如我们分开,她要小的,大的给我,俩孩子的生活费我来负担,每半个月必须让俩孩子见一次面,暑假俩孩子得在一块过。你听听,不觉得奇怪吗?

我说:有什么奇怪的?

邓伟说:如果没有算计过,吵个架会把这个事儿说那么明白吗?

我点点头:你说得也有点道理。

邓伟说:何一,我知道你现在也没钱了,我会想办法弄,来找你就是想让你帮个忙。

我问:什么忙?

邓伟说:你闲的时间多,帮我调查一下,琴琴最近到底在跟谁接触。

我说:你让我去当侦探哪?我哪儿会干这个?

邓伟说:我只需要你跟着就行,有发现就有,没发现就算了。万一真有什么,我也好做准备。

我说:为什么不直接找专业的人?

邓伟说:信不过啊,我们单位有个同事,发现自己被人跟了,直接在餐厅里找那侦探摊牌,报了个价格,那侦探立马被策反,没有半点职业道德。琴琴平时很警觉,只有你,我才信得过。

我无奈地说:为什么你们就不能消停一下,我身边竟是些勾心斗角的事,我还没结婚已经被你们弄得对婚姻彻底失望了。

邓伟说:结婚就找个简单的,家里人也简单的。家庭不简单,那人也简单不起来。跟你说何一,你结婚后要提防,一家三口,其利断金,对内对外,都得小心。

被邓伟软磨硬泡后,我答应给他当侦探。邓伟说根据这半年时间的观察,琴琴每周周末出门比较频繁,出去回来时间比较规律,他会给我发信息让我提前到家门口等待。

晚上我回到家里独自小酌,想起邓伟琴琴已经有两个孩子,竟然也能内斗成这样,跟司文文李景亮没有差别,都一门心思想榨干对方,邓伟和琴琴我都了如指掌,对人诚恳大方,没想到同床共枕时竟然露出茹毛饮血的模样。事出本性,难究原因,婚姻里人心跟钱一牵扯,任何事情都无法说清。因为就是因为,所以就是所以,既然已经既然,何必再说何必。

我坐在客厅一角,酒喝二两,长吁短叹一番,俊妃在一边看电视听不下去,问我何事烦恼,我把事情一说,俊妃吃惊地叫:夫妻能过成这样,跟敌人有什么区别?

我说:结婚后大多数夫妻都成为敌人,敌对轻重不同而已。

俊妃说:瞧你说得,那我们呢?

我说:我们还没结婚呢。

俊妃一噘嘴说:哼,听你意思是不想结?

我赶紧转移话题说:你觉得邓伟的婚姻还能坚持多久?

俊妃说:坚持多久都没意义了。

我说:都是钱给闹的。

俊妃说:是呀,人为财死鸟为食亡,我就从来没为钱发愁过。你信不信,从小到大,我一次都没被骗过。

我说:你怎么做到的?

俊妃说:第一,警惕性高。第二,不贪小利。第三,卡里始终没钱。

我笑着说:原来如此。

俊妃又问:你难道真要去给人家当侦探?

我说:都答应人家了,硬着头皮也得去啊。

俊妃说:你太无聊了,竟然干这个事情,做点儿正事不行吗?有病!

我说:钱他还没还我,不帮也得帮。

俊妃一愣说:你啥时候借钱给他的?借了多少?

我一说数额,俊妃一下火起来,说:何一,你怎么那么败家?

我说:我败什么了?

俊妃说:为什么借钱你不跟我说?!那么多钱,我还想添置一下家里的东西,都没跟你要,这么多钱你说借就一下子借给别人了。

我说:这个钱也是邓伟给了那么多业务挣的,我们这种交情,不借真说不过去。

俊妃眉头一皱:歪理!一起挣钱各自养家,他给你介绍了业务,他自己也没少拿,一码是一码,两个人合作一起挣钱两不相欠,你什么思维?

我说:就算是,人家现在有困难,我俩交情那么深,也得帮一把。

俊妃说:那现在他说要还钱了吗?

我摇摇头说:暂时不行,他投资的项目出了点问题,还跟人打了一架。

俊妃一听更气:那就是根本还不了,你想过没有,他工作不顺利,家庭又有这种麻烦,怎么可能还能顺利还钱给你?那么一大笔钱啊,怎么就没脑子,你少借一点也行啊。

我心烦意乱地说:别说了,不可能不还,就是时间问题,不用你操心。

俊妃说:不用我操心,你做了那么不靠谱的事儿还不用我操心?天哪,你真是大方,那么一大笔钱说借就借出去了。你哪里像个过日子的人?!你心里还有没有家呀?

我心里憋闷,俊妃的唠叨更让我感到喘不过气,但也只能不吭声听俊妃没完没了地数落我。其实我心里反感的不是这件事儿,而是发现俊妃的控制欲越来越强。我曾跟父母讨论,说俊妃有些喧宾夺主,我爸依然不吭声,我妈大声回击说:废话,人家铁了心要跟你过日子,当然要把家里管起来,你看看你现在吊儿郎当的样子,你有能力操持一个家吗?要不是俊妃会持家,我还真不知道你那还能不能住人。

跟父母沟通永远无果,越是这样,我心里越是乱,眼看这个房子,明明是我未来的婚房,而我却渐渐有了牢狱之感。想起张爱玲的话:人在接近幸福时倍感幸福,在幸福进行时却患得患失。我前后半句都不沾边,根本不知自己所处哪里。

这个晚上俊妃一直唠叨,直至睡着,我望着窗外的北斗星,走到阳台上点燃一支烟,觉得人生永远都是童年最好,正想到这,手机震动,是沈静琪发来信息:睡了吗?

二七

小学同学会那晚,在KTV沈静琪跟我说话,怕我听不清,嘴唇触碰我脸,手臂搂住我肩,身体快要倒在我的怀中,可毕竟沈静琪已经不是过去的样子了,所有的人都在变。

我在想如果沈静琪被赶出富家大门,我愿不愿意伸出手去给予拥抱?我想我应是愿意。但是第二次见面之后,我就有了另一种感觉,对沈静琪产生了一种失望的感觉。

沈静琪在我心烦意乱的那天夜晚,也因为老公无故不归家而浮想联翩,问我是否入睡,说想跟我见面,我想都没想就答应了,沈静琪虽为人母,但风韵颜值犹在,我也乐而为之。

第二天我开车接到沈静琪,去了一个公园,公园里没什么人,我们俩坐在长椅上,听风过鸟鸣,花语虫声。沈静琪直截了当跟我说:何一,你放心,我可没有把你当成精神寄托,我就是太想找人说话了。

我说:我明白,可你偏偏找我,我还是有点奇怪。

沈静琪说:上次不说了吗,因为觉得你最感性,最包容。何况班上没结婚的就两三个人,你是让我最安心的。

我说:只想找个说话的人,也不想更近一步,看来我在你心里却是个好人。

沈静琪说:我想跟你近一步,你敢吗?我已经结婚生子,你还没有步入围城。要是我抛弃家庭,你难道还能接受我?丢掉你的小女朋友跟我过日子?

我挑衅地对沈静琪说:朋友和婚姻之间还有很多身份可以存在。

沈静琪说:滚蛋,别跟我来这套,何一,全班同学,我对你印象最好,要是我放纵起来,对你真的产生了依赖,那我们俩都没好结果。

我说:那也是,纯真童年就毁于一旦了。

沈静琪说:所以啊,你把我当朋友,陪我说话就好,我是过来人,知道什么事该克制,什么事该有分寸,听我的没错。

我尊重着沈静琪的分寸,也保持着自己的分寸,听了她一下午的抱怨和愤懑。没有一个男人能永远当一个安分的倾听者,再值得怜悯的女人抱怨多了也会被当成噪音。我开始觉得沈静琪很奇怪,在她的诉说里,许多想法都不可理喻,甚至我觉得她有轻度的抑郁症,一会儿对我含情脉脉,说跟我这样的人结婚可能会比现在快乐很多,说完之后又立马否认,说跟我永远不要有感情纠葛,否则会一样坠入生活深渊。

我开始排斥沈静琪,二十多年的好感在一个下午荡然无存,沈静琪的深重怨念和无休止地抱怨亲手把她在我心里的形象全毁了。时间消磨得差不多了,沈静琪看了看手机说:呀,都快六点了,这一下午过得真快。

我说:我觉得相当漫长。

沈静琪说:你什么意思?就是不想听我说呗。

我敷衍地说:不是,我的意思是我听你讲了这么多,得花时间去慢慢消化。

沈静琪说:你要是不爱听我说这些,以后我就不来找你了。

我说:别呀,没说不爱听,只是对你经历的事真不了解,不能感同身受。

沈静琪说:那以后我跟你说话你还愿意听吗?

我说:行啊,只要有时间,随时恭候。

沈静琪可能察觉到自己这样无休止的抱怨没有意义,分开后也没有再约过我。我跟沈静琪就此不说话了,没有再向对方发去过一句问候,隔着手机,我们又变成了陌生人。

我把这个事儿跟何碧说了,何碧带着八卦的心听我说了一遍,想了想后开口问我:你到底心疼不心疼她?

我说:心疼谈不上,只是有点感慨而已。

何碧又问:难道同情都没有吗?

我说:也不至于吧。她过得并不差,不缺钱,比太多人都要优越了。

何碧说:但是缺爱呀。

我说:缺爱的人太多了,很多人缺爱还缺钱。

何碧说:是,这个世界上缺爱的人太多了,我有个朋友叫胡晓艺,是一家整形医院的咨询师,有一次我去打瘦脸针,听他跟我说了好多你想不到的事儿。说到整形,好像为爱去整形的没几个,但是因为恨的却有一大堆。

我说:你那朋友有空介绍我认识一下,我也一直想换张脸。

何碧问:你想换成什么样子?

我说:我要让我不想见的人都不认识我。

后来我还真跟何碧那朋友见了一面,这个叫胡晓艺的整形咨询师,他带着自己的小女朋友,跟我和何碧围桌而坐。胡晓艺说他看到了那么多为情而伤的女人,觉得整形医生是个高尚的职业,不但改脸,更要治心。胡晓艺说自己跟女朋友也发生了很多曲折的故事,最终两人还是在一起没分开,全靠一个信念,就是始终相信感情。

我看着这个温文尔雅的整形咨询师问:你们还没结婚吧?

胡晓艺说:没呢。

我说:那也没有孩子吧。

胡晓艺说:当然没有,婚都没结呢。

我说:那还早,现在还是相信感情的时期。

胡晓艺说:结婚后也一样,我们的感情还是比较牢固的。

我说:我身边那些过不下去的人婚前都这么说。

何碧踩我一脚,我发现胡晓艺的女朋友面露尴尬,内心不悦的样子。

饭后,胡晓艺跟女朋友离开,我跟何碧走到车库,何碧责怪我不会说话,让人家女朋友不开心。我说:我这是提前敲钟,你看他们俩那样子,结婚后矛盾肯定少不了。

何碧说:别把人都想那么黑,胡晓艺对女朋友完全是宠爱,比一般男人强多了。你不也没结婚吗,你能这么对你女朋友?

我哑口无言,跟何碧各自上车分道扬镳。

我很久没去公司,也没跟小龙联系。平时有一些小片儿小龙自己接了也不需要告诉我。邓伟这边生活工作危机重重,完全没有心思再去开发业务。我听邓伟说了几次他的情况,料定他没有晋升的可能,并且一旦对手上去,同室操戈的后果,一定是把他客客气气地死踩脚下。

小龙给我打电话说请我吃饭,我隐隐觉得小龙想跟我说个什么事情。来到饭馆,小龙带来一个人,说这是他朋友,最近一直也在介绍新业务,资源挺多,想加入我们公司。我跟小龙说这公司法人是你,你来定。小龙说得跟我说明白,如果是我关系拿的片子,他还是任劳任怨跟着我干;如果是这个朋友拿的片子,需要我来策划和导演,我直接提报酬,但不算分成。我一想,等于把公司分成两拨人,小龙和新的合伙人占半边天,我长期不到公司,没有需要我的业务以后也没我什么事。

话没有明说,可我心里却十分清楚,小龙靠这一门手艺生活,老婆孩子都张嘴等吃喝,在市里刚买房,房贷车贷压力不小,动点心思太正常。我二话没说全答应了。小龙怕我误会,强调公司还是我们的,就是多了一个合伙人而已,他就是个摄影和后期,导演和编剧还得靠我来。

我说:小龙,你不容易,摸爬滚打那么多年,我毕竟有生活的基础,你拉多少人进来,只要能有单子,怎么着都行。

小龙低头轻声说:兄弟,真谢谢你理解我,我这么多年一天没敢放松过,就是想能安心在市里安个家。这几年没有你这公司撑不到现在。

我说:不多说了,我完全理解。

小龙说:我做得最对的一件事就是跟你一起做这个影视公司。事儿你做得多,钱都跟我对半分,没哪个人能有你这么耿直。

我说:一开始我也是跟你学,才慢慢专业起来,我也懂感恩,反正做人对了怎么做事都对。

人与人是如此的不同,我从小生活在这个城市,随着这个城市的变迁而成长,没吃过几天苦头,干了不少荒唐事。大学毕业后我认识了一个骨瘦如柴的同龄小伙子,他说他叫小龙,会摄影会做后期,什么都能干,就是缺个能做策划的人一起开公司。我看着他这张完全不像二十来岁的脸问:你之前在什么地方干过?

小龙淡淡一笑回答:各个地方。

要论生活的韧劲,比起四处奔波的小龙,我自惭形秽。

第二周的周五,邓伟发来了琴琴的出行轨迹,我问:你确定这就是她今天要去的几个地方?

邓伟回:应该出入不大。这段时间没变过。

晚上我回家跟俊妃说第二天要早起执行任务,俊妃又骂骂咧咧一阵,说我身边净是些狐朋狗友,没一个正常的,不知道以后跟我结婚后会把生活过成什么样子。

我说:要是我们也过成这样怎么办?

俊妃说:不可能,绝对不会。

我问:为什么?

俊妃说:因为我就不是那样的女人,我对感情和结婚很纯粹,两个人离不开就得在一起,其他什么事情都不如感情重要,绝对不可能在感情里掺杂这么卑鄙恶心的事。

我说:他们结婚前也没想到会这样,都是冲着感情去的。

俊妃说:那是他们,我不会这样。

我说:你看人多可笑,因为迷上了对方的脸而产生了感情,本来因为脸而结婚,最后因为不要脸而离婚。

俊妃说:你就应该离开这群朋友,否则你迟早会被影响。

我说:我定力强,不会的。

俊妃说:先说好,干完这一次,再也不许帮邓伟这种忙,我都替你脸红,真是卑鄙到家了。

我说:行,就这一次,我也不想掺和人家的家事。

第二天一早,我起床时俊妃还在呼呼睡,我啃了两口面包出了门,一路来到邓伟家楼下,邓伟在楼上给我发信息说:在吃早餐,就快出发了。

我回了一个OK的表情。邓伟又发了一条信息:千万擦亮眼睛,人生成败,在此一举。

我回:过成这样,已经败了。

邓伟回:兵家常事,下次定赢。

二八

我渐渐发现那些过得不好的家庭,有部分是自己的原因,有部分真就是某一方父母或者兄弟姐妹的问题。有句话是:嫁人不嫁"妈宝男",娶妻不娶"扶弟魔"。极有道理。

琴琴有个弟弟,但是她不属于"扶弟魔"类型,弟弟自己工作稳定,琴琴只扶自己,不遗余力地扶自己。嫁给邓伟其实两人门当户对,一个大家闺秀,一个事业有成,但是琴琴父母总觉得自己吃亏了。天下一小半的父母觉得女儿是凡人,只能找个凡人,另一大半的父母会觉得女儿不是凡人,不管女儿跟谁结婚都认为女儿还能找到更好的。

邓伟猜得没错,之前琴琴被讨债的事情确实是由家里三人一手策划的。父母总觉得琴琴跟邓伟那么多年,生了俩孩子,吃尽苦头,得到的东西太少。眼看着邓伟升职无望,陷入无穷尽的事业应酬循环中,女儿天天在家盼夫归来,老两口还要帮扶着带俩小孩,对邓伟的怨念日益加深。父母听琴琴说起一个商贾巨富还喜欢琴琴,商量了一晚,着了魔一样劝琴琴多想想,还要不要这个婚姻,如果有好人选可以另做打算。琴琴也跟着了魔一样,觉得自己说不定可以带着孩子去迎接第二春。

我跟了琴琴一路,中午在餐厅里,琴琴果然去见了那个商贾巨富。男人一身笔挺西装,身材魁梧,容貌大气,一顿饭时间跟琴琴谈笑风生,回忆过去。我戴着帽子,在他们一桌背后,假装等人,偷听到两人交谈。那富豪对琴琴百般客气、千般温柔,语言里却没有一丝企图和不安分。琴琴几次想委婉表达二人是否可能的意图,对方礼貌而不失幽默地表示,自己是个讲原则的人,虽然对琴琴有好感,但绝不会影响琴琴的婚姻。语气里明显听出来另一层意思,如果琴琴是单身,那就另当别论。

吃完饭后,对方要送琴琴,琴琴说自己开车了,富豪说下午还有个会议,就先走了,临走表示会再约琴琴吃饭。

走之前,他最后一句话说:琴琴,每当看见你,我就觉得人生挺值得,在我什么都没有的时候,喜欢过那么好的女孩;在拥有财富了以后,还能坐在你对面,跟你说笑聊天。就算只能做朋友,也希望我们能永远保持这样的美好。

我看不到琴琴的表情,只听到琴琴简单说了一个"好"字。

午饭过后,琴琴在餐厅待了很久,我在车库等着她,见她开车离开,一路又跟到一家咖啡厅。我又选了一个背对琴琴的座位,这次琴琴见的是一个女律师,这律师听声音很耳熟,跟我和邓伟的朋友邱丽很像,不知道是不是女律师说话都这样,让人听了更容易信任。

琴琴跟女律师讲了半天自己的情况,女律师也问了一些重要问题,现在重点放在邓伟老家的一栋房产上。

女律师说:我希望你能提供我一些证据,他在生活里是否对整个家庭疏于照顾。

琴琴说:我觉得他天天都疏于照顾,孩子我带,他一天到晚就忙,对我和孩子都漠不关心。

女律师说:漠不关心是个感性的词,在法律上你需要告诉我具体行为。比如,他跟你感情没有沟通的同时,在经济上对你和孩子也没有足够的给予。你照顾孩子的同时是否也自己出了一部分钱弥补家用,以及婚姻中他有没有背叛家庭的行为。

琴琴沉默了片刻说:这个我想想该怎么说,你要让我考虑考虑。我得找一套对我有利的说辞是吧?

女律师说:可以,我们有时间,你慢慢想。

我叹口气,起身去接水,忽然女律师叫我:何一?

我转脸一看,天,真是邱丽!琴琴也诧异地盯着我。

琴琴问:何一,你怎么在这儿?

我吞吐说:我……等个朋友,他还没来。

琴琴看了一眼邱丽说:你们认识?

我不知所措地点头。

邱丽说:认识呀,我们是很好的朋友。哎,你和邓伟最近忙什么呢?都不跟我联系。

我心一沉,看见琴琴脸色一变说:邓伟?你认识邓伟?

邱丽说:你也认识?

琴琴鼻子喷了一股长长的气息说:他是我老公。

邱丽瞪大眼睛问:啊,你是邓伟的老婆?

琴琴冷冷地说:哼,原来那么巧啊。

琴琴又转脸看向我问:何一,你真是在这儿等人?

我再次心慌地点点头。

琴琴转向邱丽说:邱丽律师,看来,这个问题有点尴尬了。

邱丽恢复常态,淡淡一笑说:放心,我跟邓伟虽然是朋友,但是作为律师,我只会站在我的委托人一方,为你争取利益。如果你觉得我跟邓伟是朋友,会影响这个官司,也可以考虑换人。

琴琴说:既然别人给我推荐了你,肯定有你的过人之处,不过突然出现这样的关系,我得再考虑考虑。

邱丽说:好的,没问题。

琴琴又转向我说:何一,我们家里的事儿不巧被你撞见了,我希望你什么都不要说,什么都不要问,不管邓伟有没有跟你说过我们的矛盾。

我说:我没听见什么呀。

琴琴一笑说:不用装,何一,你坐这儿应该全听见了。

我无奈地说:琴琴,我一直以为你们没矛盾,你们挺幸福的,都有俩孩子了。

琴琴说:外人眼中的我无比幸福,我自己什么样子自己清楚。

我说:放心,邓伟跟我再好也只是朋友,你们是一家人,这个事儿我不多嘴。

琴琴说:谢谢,何一,那咱们以后有机会再聚吧。邱律师,我们回头联系。

琴琴拿起包走了出去。邱丽看着我说:我还从来没遇到这么尴尬的事儿。

我说:我更尴尬,她现在肯定知道我在故意偷听你们说话。

邱丽说:不至于,在哪儿不都能碰到熟人吗。

我说:我其实是一路跟着过来的,你不喊我这一声,也不至于弄成这样。

邱丽说:你在帮邓伟跟踪她呀,那我哪儿知道你们这些小伎俩?还好我喊你了,要不然真到了法庭上面对邓伟的时候我才尴尬。

我给邓伟打了个电话,说穿帮了,也说了遇见邱丽的事。邱丽跟邓伟说自己就不介入这个纠纷了,不过现在琴琴没有正式委托自己,所以并不站在琴琴这边,建议邓伟准备好房子以前的材料以及这些年给予琴琴财物的证据。

晚上邱丽跟我顺便吃个晚饭,说起邓伟的婚姻,没想到邓伟娶了一个这样的老婆,当然邓伟本身也有问题,做的一些事超过了自己的精力与能力。我说人嘛就这样,谁不想压榨一下自己,多争取一些东西?邱丽说人往往在欲望中牺牲了家庭,男人忙碌的时候,女人会承受孤独,大多数人低估了孤独对身体和情绪的影响力。她看过一个美国的实验,给实验者1000万奖金,只要实验者能丢弃掉现代工具,在一个密室里待上一个月。结果,没有人超过四天。

我说:这孤独有时候是自找的,你不能要求一个男人又养家又天天陪着你逗你笑。

邱丽说:反正我总结了,这么多官司打下来,就一句话,婚姻本来就是个问题。

我跟邱丽分别的时候,感叹现在没有利益关系朋友见一面好难,邱丽说自己跟家人一个月也见不到几面,每次电话打到一半又要开庭,累。

我走到楼下不愿意回去,俊妃一定又在家里准备了些唠叨,果然,回到家后,俊妃责备我没有把鞋脱在外面,说我家务不做就算了,还不珍惜她的劳动,每天闲的时间那么多,就是不愿意主动打扫家里。

喋喋不休后俊妃让我去洗澡,还说今天要是不换睡衣就别上床。我在喷涌而出的热水里闭着眼动也不动,真的,有了家,一切都不一样。所有人都觉得俊妃是一个完美无瑕的女人,值得任何一个男人天长地久。却没想到再完美的女人也有成为怨妇的可能。女人不回归家庭有一天会心碎,女人回归家庭有一天会嘴碎。完美的女人是绝对不存在的,你要是问玛丽莲·梦露呢,算不算完美女神?可我听说她有一只脚上长着六个指头。

我频繁地找宫鹿诉苦,向她抱怨我现在越来越不想跟俊妃待在一起。宫鹿听着我的话无动于衷,不管我如何诉苦,宫鹿都以过来人的语调说:你这些都算什么?屁都不算。俊妃是对生活有要求,对家有感情,对爱有希望,所以才会那么重视家里的点滴。要是有天她跟我一样对家没念想了,你就知道女人失望起来是什么样子了。

我说:别跟我扯什么大道理,我现在想要自由。

宫鹿说:那你趁早跟她说,不要耽误别人。我觉得介绍俊妃给你认识真就是个错误。

我说:我也觉得,把我逼娼为良,我痛苦对方也痛苦。

宫鹿说:人都是那么贱,有感情没感情都要作,那个杜剑也是。

我说:他又来找司文文了?

宫鹿说:对啊,跟司文文说自己还是放不下她,很担心司文文会受伤害。司文文早就百炼成钢了,跟他说,她现在强大得很,不来点儿伤害都对不起她的人生。

我说:这小子不仗义,在司文文无助的时候溜了,人家现在恢复了又跑回来了。

宫鹿说:是啊,司文文直接说了,愿意的话以后就做朋友,别扯什么情情爱爱的,自己有命迟早富贵,无命不瞎折腾。杜剑听得出来司文文彻底不惦记他了,也就算了。

我问:现在司文文走到哪一步了?

宫鹿说:摊牌了,没翻脸。大家还是坐下来客客气气沟通,李景亮转移公司资产的事情也找了一大堆说辞,司文文放弃公司了,自己也经营不了,所以其他资产想要多一些。

我说:哎,早就该摊牌了。

宫鹿说:现在李景亮不接受司文文的要求,说先不谈这个事儿,放一放,我想他可能还会来找你要点儿证据。

我说:你回头看看谢宇,人家真的还不自私,从来没想过把你扫地出门。

宫鹿说:笑话,我是那种会被别人扫出门的人吗?

我说:你跟谢宇离不了的。

宫鹿说:暂时是,但也肯定过不好的。

我说:麻烦帮我一个忙呗。

宫鹿说:什么?

我说:开导开导俊妃,跟她说说吧,让她别对我那么上心,我是真的有点怕了。

宫鹿说:你真让我恶心。

二九

我一直觉得曾晓枫是我生活里的一股清流,我甚至不希望她结婚,觉得这个女孩结婚了以后一定也会变。曾晓枫和我一个月没联系,有一天她突然发来一张照片,是易斯斯和周祖的合影,背景是一片海滩与湛蓝的天空,一看就知道俩人在国外度假。

曾晓枫发信息:后悔吧?

我回:后悔什么?

曾晓枫回:你当初没得到,人家现在可幸福了。

我回:从照片哪里看得出来幸福?

曾晓枫回:切,你就酸吧。

我回:别人酸不重要,她甜就行。

过了不久,小龙的新合伙人接到了一个片子,给一款房车拍广告片,外景拍摄地点在云南。我用了两天时间做方案,经过反复修改和一个月的比稿提案才艰难拿下项目,甲方走流程慢慢悠悠又等了一个月。款到开拍,我又叫上了曾晓枫,曾晓枫说自己马上要从银行辞职了,以后可能也不接片子了,我惊讶地问:为什么?

曾晓枫说:我男朋友给我找了一个新的工作,就在我家那边,以后我想离父母近一点,现在在这里一年回去一次,相隔太远还是不好,担心得太多了。

我说:你可以把父母接来呀,让他们来这里生活,毕竟大城市发展前景更好。

曾晓枫说:才不呢,大城市人复杂,生活累。我就是个简单的人,我想留在简单的地方。

我说:那你男朋友愿意跟你回去?

曾晓枫说:愿意呀,他嘴上说不愿意,心里还是觉得可以。

我说:那以后就见不到你了。

曾晓枫没有听出我的留恋,还是顽皮地说:傻呀,怎么可能?有电话有微信,随时联系,我又不是生活在没信号的大山里。

我转换了话题,说起了易斯斯。曾晓枫说周祖真的特别男人,跟易斯斯结婚后,应酬什么的都减少了,即便有应酬都带着易斯斯,生怕易斯斯跑了。以前还觉得周祖就是有点钱,是不靠谱的人,看来看人不应该只看外表。

我说:对,看人不能看别人的外表,也得看看自己的外表。

曾晓枫问:你觉得你外表怎么样?

我笑笑说:配不上你。

曾晓枫说:你也够优秀的,家里开着火锅店,外面自己拍着片。我一技之长都没有,只能瞎混日子。

我说:你从哪儿看出来我优秀了?

曾晓枫说:我觉得优秀,从你第一次带我拍片开始。

我说:是,以前我经常给自己打气,天天早上起来对着镜子说,加油,你很优秀。结果最后发现自己依然很平庸。

曾晓枫笑起来说:就你这贫嘴的功夫都不是一般人比得了的。

拍摄前十天,我陪曾晓枫去了趟整形医院,找了那个胡晓艺。曾晓枫说想填充一下太阳穴,胡晓艺审视了一下,说可以填充一点,额角和额头也可以微微增加一点过渡,更显得饱满。

曾晓枫进了手术室,我跟胡晓艺聊天,问这手术麻醉有没有副作用。胡晓艺说副作用倒是没有,不过自己遇见过一个顾客发生了奇怪的事,她来做鼻子,出院的时候一切都正常,还跟自己打招呼,说恢复满月了请自己吃饭。过了一天女孩家里人和警察找来了,说她失踪了,我们也不知道怎么回事。两天后她又自己回家了,她爸妈问她去了哪里,她一点印象没有,人也干干净净,一点事没有。

我惊奇地问:不会吧? 失踪两天人没事就回来了,肯定背着家人去跟谁约会了。

胡晓艺说:不,这女孩跟我熟,我绝对相信她。她后来悄悄告诉我,虽然没太深印象,好像隐约记得,走出医院来到大街上,突然觉得身边环境变了,站在大街上,周遭很像她小时候住过的县城。她在街上只逗留了片刻就着急回家,没想到回到家已经是两天以后了。

我说:那我看还是麻药打多了。

胡晓艺说:不可能,我们麻醉都很浅,我这么多年也只遇到过这一件怪事。

曾晓枫不到一小时就出来了,脑袋肿得像个足球。我看着曾晓枫笑起来,说她拍摄那天要是这个样子,估计甲方会打死我的。

曾晓枫说:你看着吧,我恢复速度非常快,到时候一定惊艳亮相。

曾晓枫恢复后,我带着一小队剧组从市里出发,穿过了两个省市,来到云南。我走的前一天跟俊妃说了去外地拍片的事儿,俊妃刚换了科室,从皮肤科换到内科,比之前忙了很多,早班时间提前,晚班时间延后,住在医院的次数也多了。一听到我说要外出,她拉下脸问我为什么不早告诉她,她还准备这个周末跟我去一趟宜家,准备购置点小摆设。我说那等我回来以后吧,什么时候买都行。

俊妃忍住怒气说:你什么时候确定时间的?

我说:十天前。

俊妃哼笑了一声,说:那你最后一天告诉我算怎么回事?心里还有我这个女朋友吗?

我说:我这十天都在忙着筹备,就忘了跟你说。再说了,我去几天就回来,又不是十天半个月的时间。

俊妃说:何一,我觉得这个家,我,还有我们的生活对你来说可有可无,我一直在努力给你营造一个家的感觉,为什么你永远在辜负我的期望,伤害我的热情?

我说:别说这样的话,谁也没辜负你,我都尊重你的意见,什么都依着你。

俊妃说:你不是依着我,是根本就不想跟我沟通,跟我一起去建设这个家。我感觉你冷冰冰的,像一个机器。

我说:这个家我觉得已经够完美了,现在要做的就是保持它的样子就好。你给家里买了那么多东西,已经升华了它。目前这个家,因为你的到来,我需要更努力地挣钱来维持它。

俊妃说:你的意思是我给你压力了是吗?我成为你的负担了是吗?

我说:你从来没有成为我的负担,我只是觉得我们各自有各自的生活习惯,你不能老用你的那一套来强迫我。

俊妃说:不要扯远了,什么生活习惯,生活习惯可以让你那么漠视我吗?你要出远门也不提前跟我说一声,我把家收拾得干干净净,等着你抽一天跟我在家待着,一起做顿饭看看电影,结果你回来就跟我说你要走了。

我说:不要那么夸张,一件小事总被你夸大,感觉生活要毁了一样。

俊妃说:你这样对我,确实会毁了我的生活,我对你的信任和期待有一天都会破灭的。

我说:如果按照你的方式来生活,我要改变的东西太多,我短时间内做不到。

俊妃控制不住情绪开始咆哮:我没让你做很难做的事,我只是想让你对我上上心,就那么难吗?! 为什么就那么难?!

我淡淡地说:我明天要赶路,今天能不能不吵架?

俊妃说:何一,你做人真差劲!太差劲了!

我说:你没遇到更差的,我只是有那么一些缺点而已。

俊妃说:不是缺点,是缺陷,你人格的缺陷,你这样的性格根本不适合结婚。

我说:本来我也没打算近期结婚。

俊妃说:你什么意思?你在玩弄我的感情?

我说:我说最近没有打算,不代表以后没有。

俊妃说:真的,你太让我失望了。我希望有一天能感动你,但是不知道你就是块冰冷的石头。

我说:我累了,有什么事等我回来再说吧。

俊妃委屈得哭起来,我去洗澡,洗完澡后收拾东西,俊妃坐在沙发上一句话没有说。收拾完后我对俊妃说:我睡觉了。

俊妃没有搭理我,只是低着头。我躺床上就睡,不一会儿就迷迷糊糊起来。不知道睡了多久,俊妃走进房间,躺在我旁边,我隐约觉得俊妃还在小声啜泣。我没有安抚俊妃,直至入睡。夜里外面下起雨来,俊妃把我推醒,小声说:你去把几个房间窗户都关上吧,我害怕,不敢去。

我起身关好窗户,再躺回床上,俊妃像什么都没发生一样搂住我,一句话都没有说。

人其实有预感未来的能力,尤其在行为和理智相左的时候,理智告诉自己会得不偿失,情感却执意要背道而驰。

我内心告诉自己,俊妃是只为婚姻而生的人,我却渴求自由和无牵无挂的人生。

第二天早上,俊妃给我煎了鸡蛋,热了一杯牛奶,让我路上小心。我在出家门开车离开的瞬间仿佛已经闻到了草原上的空气。有时候我已经分不清家的稳定和无拘束的自由哪个才是生活的本真。看过身边人来人往风起云涌,生活没有了方向。

出门前,俊妃叫住了我,好像脾气全无,轻轻地说:何一,宫鹿姐跟我讲过一句话——爱是没有错的,但不爱自己就错了。

一路上,剧组几辆车奔向了远方,曾晓枫带着新奇坐我身旁,化妆师双霜依然坐在后排,跟我们顽皮搭腔。我问曾晓枫心情怎么样,曾晓枫说很开心,又能旅游远行又能挣钱,多难得。

我觉得坐在曾晓枫面前我才是轻松的,也许是曾晓枫对我没有要求的缘故,也许本来我就喜欢与这样的女孩相处。想到曾晓枫要离开这里,我依然不舍,问曾晓枫为何如此轻易放弃。

曾晓枫说:你知道吗?我奶奶去世的时候,我没能回去,是我最大的遗憾。她不小心从楼梯上摔下受伤,后来没能抢救过来,那时我在上学,没有见到最后一面,等我回到家里,我妈说她在昏迷中还喊着我的名字。后来我就想,如果可以,我还是愿意留在老家,我没什么特长,也没什么大的理想,就想跟家人平平安安在一起。

我说:人只要想通了这一点,生活就彻底轻松了。我就总是不安分,想要得到那些很难得到的东西。

曾晓枫说:你最想得到什么呀?

我侧脸看了一眼曾晓枫,曾晓枫也盯着我,双眸清澈如皎洁月光,时间似乎停止了。

我转脸看着前方说:我想做个电影电视剧的编剧导演,这是一条几乎不可能走通的路,太艰难,但是我从未放弃,也从没对人说起过。

曾晓枫说:我就觉得你可能,你那么有才。

我说:有才的人多了去了,我算老几?

曾晓枫说:我才羡慕你这样有追求的人,我想有追求都不知道该追求什么。

我说:所以你幸福啊,人生最痛苦的事是什么?不是绝望,而是绝望中留着希望。我就是在这样的状态下活着的。

曾晓枫说:那是你对自己要求高。

我说:我想起来一个事儿。

曾晓枫侧身问:什么事儿?

我说:世界上发明电话的人叫亚历山大·贝尔,他在发明电话后,却没时间给自己的妻子和妈妈打一个电话,最后他的妻子和妈妈都双耳失聪,永远不可能接到他的电话。

曾晓枫瞪大眼睛说:啊?这真是个悲剧,太心酸了。

我又看了一眼曾晓枫,笑着说:我觉得我的人生也会有这样的悲剧。

曾晓枫说:屁,你怎么可能?你好着呢!

第一晚到了中途一个县城休整,开了一天的车我精神依然良好,跟曾晓枫说说笑笑没有觉得疲惫,晚上跟小龙和摄影助理做着拍摄计划和镜头确定。曾晓枫主动给我们点了消夜,自己去睡了。小龙吃着烤串说:我感觉这个女孩喜欢上你了,你又使了什么手段迷惑住别人了吧?

我说:我在你心里就跟狗一样见着电线杆子就撒尿?

小龙说:那倒不是,只是这个女演员你每次都找她拍,难免让人多想。

我随口说:这是最后一次了。

小龙问:为什么?

我说:因为出来这么多次她也没喜欢上我。

小龙和摄影助理一起笑起来。吃完消夜,商量完镜头后我走出门想呼吸一下新鲜空气,发现曾晓枫竟然站在宾馆外的坝子里。我诧异地问:你怎么还没睡?

曾晓枫说:睡了一会儿又醒了,这边空气好,就出来走走。你看月光多好。

我看了一眼曾晓枫头顶上的月亮,笑着说:我猜你在想易斯斯。

曾晓枫说:天哪,这你都能猜到,为什么这么说?

我说:那你先告诉我你为什么在想易斯斯。

曾晓枫说:因为她曾经告诉我,如果你正好待在月亮的正下方,那么体重会减轻。

我说:好像是有这个说法。

曾晓枫问:那你说,你为什么会猜到?

我说:我瞎猜的,因为我也想到她了。

曾晓枫说:你为啥想到她?

我说:上次跟你出来拍片,易斯斯还专门给我发来信息,让我别打你的主意,说做人还得讲点良心。

曾晓枫笑了,问:你怎么回的?

我说:我记得当时我只回了四个字——我没良心。

三十

  第二天下午开到云南,驶过一片草原,几个航拍大景调度之后,曾晓枫和男演员开始搭戏,好多个镜头下来曾晓枫都没有太入戏。我让曾晓枫把男演员当成自己的老公,想象自己是已经结婚的少妇,老公宠爱着自己,自己也爱着老公。这次是一起度蜜月,那种甜蜜的劲儿,让曾晓枫使劲感受想象,跑跳喊笑各种状态的姿势尝试了几次,曾晓枫终于找到点拍戏的感觉,男演员倒是一直很入戏,像是他本来就是曾晓枫老公一样。

  第一天的拍摄量少,主要拍摄大景,航拍飞机电池都拍没电了。曾晓枫和男主角的镜头抓拍到几个满意的,收场比较快,再加上一天奔波劳累,我让大家晚上早点休息。曾晓枫和双霜住一个房间,双霜跑过来偷偷告诉我曾晓枫在房间里哭了一会儿,自己不敢多问。我让双霜去我房间待会儿,我去找曾晓枫。

  一进门我就开门见山问她出了什么事情。曾晓枫开始支支吾吾不肯说,我要曾晓枫必须说。曾晓枫拗不过我,才拿出手机给我看。原来是男主角昨晚给她发了信息,说曾晓枫很美,问曾晓枫是不是单身,曾晓枫礼貌回复不是。

  今天拍摄完男主角又偷偷发信息问曾晓枫对自己有没有感觉,说自己喜欢上了曾晓枫。曾晓枫回信息请他不要随便开玩笑。男主角说一定可以让曾晓枫喜欢上自己,接下来几天还有拍摄,两人相处的时间还很多。曾晓枫不高兴了,回信息说只是过来帮朋友忙拍个片,让他不要多想。男主角却发了一条:小姐姐,既然出来就大大方方的,别装,行吗?

这句话让曾晓枫特别生气,回了一句:我没有装,并且我觉得你很不尊重人,我们根本不熟。

男主角回:那就不熟吧,熟了以后还不是杯绿茶?你这样装清纯的人,我见多了。

曾晓枫更加气愤,想到接下来还有两天要跟这人搭戏,无奈之下流泪了,本来不想被别人看到,可是她小声抽泣的声音让双霜察觉到了不对劲。

我站起来说:现在我就去让他滚蛋。

曾晓枫拉住我说:不要,算了!你现在把他弄走了怎么交差?

我说:实在不行我来演,不就演个老公吗?

曾晓枫红着眼睛笑说:你看起来不像正经的人。

我说:那也得让他滚蛋。

曾晓枫说:真的不要,你为我出气把他赶走了,片子没法交差,这不是在市里,可以马上找别人。你听我的,晚上他要再发信息我不理他就行。

我说:你直接把他删了,白天你们都听我的。

曾晓枫点点头,打开微信就删掉了。我回到房间让双霜回去休息,睡前曾晓枫发了条信息:谢谢你。

我回:有必要跟我说谢谢?

曾晓枫回:晚安。

第二天在一条古道上拍摄,曾晓枫需要从车上下来,扑进男主角怀里。我冷着脸,交代曾晓枫必须保持幸福的表情,也用同样的态度告诉男主角双手接住曾晓枫的双臂,然后转身把人放下就行,多余的动作一个都不要有。男主角发觉我今天比昨天明显严肃很多,没有多说话,照着做,两次镜头就过了。

接下来我改了一些原有的镜头,把之前脚本里两人有身体接触的镜头改成了两人一前一后追赶,还故意设置了一个男主角在车顶上呼喊的画面,喊完之后要从车上跳下来,曾晓枫只需要在车前面转头看着男主角就行了。男主角有点不高兴地问我为什么要改戏,我懒得跟他解释,说是客户提的要求,这一段就这么拍。

拍摄开始,男主角爬上车做完动作又从车顶沿着前车窗滑下,然后跳到曾晓枫面前挡住曾晓枫双眼,曾晓枫全程只需要看着男主角表演,然后笑就可以。

男主角演了三次,我还是觉得不够流畅。第四次,男主角一脸汗水,被双霜补完妆后,无奈地又在开机后冲上车顶,大喊起来,接着沿着前窗滑下来。曾晓枫像看马戏表演一样看着男主角,开怀大笑,我都看出来曾晓枫是真的忍不住笑了,努力把忍不住的笑变成甜蜜的笑。五遍之后,这个完整镜头过了,又开始拍片段特写镜头,男主角被折腾得够呛,坐在路边大口喘气。

晚上吃饭的时候,我加了几个菜,说大家都辛苦了。男主角默默吃着饭不说话。吃完饭回到房间后,双霜又来找我,关上门后我问:怎么了?难道曾晓枫又哭了?

双霜连忙摆手说:不是不是,她自己悄悄在那笑,一直笑个不停。

我说:那你干吗还专门来跟我说?昨天哭,今天笑不是好事儿吗?

双霜一脸神秘地说:我想跟你说另外一个事儿。

我问:什么事儿?

双霜认真地说:那个男主角刚才骂你来着。

我问:骂我什么呀?

双霜看了一眼门口,放低声音说:我刚准备去外面买水果,他跟灯光师在抽烟,边抽边骂你,说你什么都不懂,瞎导,狗屁不是非要装得那么深沉,他说他来导都比你导得好。

我说:那说曾晓枫什么了吗?

双霜用力一点头说:有,说曾晓枫也装模作样,看起来清纯,不知道有多放荡,说不定跟你还有一腿呢。

我笑起来说:你全听见了?他没发现你?

双霜笑说:没有呢,我躲起来听的,隔着一个拐角。

我说:行,你也别打听了,别人说什么我也拦不住。

双霜说:我知道,本来不想跟你说,我就觉得你人挺好的,拍片也挺负责的。那个演员一看就不行,没素质,下次别找这种人,拍完后肯定还要到处说你不是。

我看着双霜笑着说:谢谢你提醒啊,你买水果的钱我来出,你跟曾晓枫多吃点,你们都辛苦了。

双霜走后,小龙和摄影助理过来跟我商量明天的镜头。摄影助理忍不住问:何导,你今天怎么突然改镜头?我觉得好像是专门给男主角改的。

我说:这不凸显人家的帅气嘛。

小龙说:傻子都看得出来,你就不想让女主角累着,故意给男主角加戏。

我说:男主角形象好,不加点戏可惜了。

曾晓枫给我发来信息,说今天我表现得太明显了,太护着她了,明天千万别这样,片子该怎么拍就怎么拍。

一夜无梦,第二天大家赶着清晨的朝阳抢拍镜头。男主角开始有点不配合,我冷着脸让男主角一遍遍演出我要的效果。其实我昨晚上已经想好了,昨天拍的镜头够用,今天我完全可以只拍曾晓枫的镜头和车行的空镜头,片子照样能剪出来,如果今天他敢不配合,他一分钱也拿不到。男主角虽然有情绪,还是配合完成了镜头。

演员镜头拍完后,小龙带着助理拍车行的镜头,大家坐在草坪上等待,我让司机开车去附近找个小卖部,请大家吃冰激凌,喝可乐。男主角虽然有气,但在大家笑着跟我说谢谢的时候,男主角也跟我挥挥手表示感谢。最后一个镜头拍完,明天就要返程,晚上我私人掏钱请大家吃云南特色美食。这种外景风光片比一般剧情片简单,总体来讲还是轻松的,大家晚上情绪都很高,多多少少都喝了点酒。曾晓枫也干了好几杯,男主角也喝了不少,但是在礼节性敬我一杯后就再没跟我碰过杯,也没有理过曾晓枫。双霜跟我连干几杯,说这次拍摄是她最轻松的一次,非常愉快。

晚上喝到很晚,大家陆续回房间睡了,曾晓枫也喝得有点多,在曾晓枫准备回房间的时候,我叫住了她,曾晓枫回头和我对视一眼。曾晓枫问我怎么了,我摇摇头说:没事,你睡吧。

曾晓枫微微一笑,进了房间。我独自在客栈院子里,仰望着夜空繁星点点,怅然若失。回去后我又会回到原来的生活轨道,浪涛平静却难以自如畅快。我想,要是能停留在这几天,每一刻都掌控一切随心所欲多好,但生活什么时候又是自己能掌握的呢?

第二天上午大家吃过早饭就返程了。一路上我话很少,大家缺少了来时的兴致。曾晓枫坐我身边,一直在看手机,我们俩随意地说着些无关紧要的话。一队人马深夜赶回了市里,大家作鸟兽散,各回各家。车开到曾晓枫家门口,我看了曾晓枫一眼,她带着疲惫的神情跟我挥了挥手,下车离开。

虽然已是深夜,我却没有回家的打算。我穿过几条街,找了一处大排档,点了俩小菜,开了一瓶啤酒,独坐小饮。大排档人声鼎沸,划拳碰杯声浪不断,只有我一个人安静喝酒。喝完后我在附近找了一个酒店,进门后全身瘫软,来不及洗澡就跌倒在床上,不一会儿就睡着了。

上午刺眼的阳光照进窗户,我困意未消,睁开眼又闭上,再睡一会儿爬起来洗了个澡,连滚带爬地退房,走出酒店后,一时间竟然不知道往哪里走,像是来到一个陌生的城市。我以外地客的目光打量着这个城市,足足看了半小时。

我想到了很多很多年前,那是我大学毕业后的一天,跟家里吵架,赌气花了三百六十块买了张特价机票从渝州到了广州。那是我人生中第一次坐飞机,人生中第一次独自去陌生的大城市。我从机场打车到广州市区花了一百一十块钱,心疼不已,下车后到处问路,最后找到一个便宜的旅馆。

那晚的无助跟今晨的怅然似乎一样,我想起在那晚的便宜旅馆里,潮湿炎热,墙皮部分脱落,我以不安懦弱的心,拿起一支笔和一张废纸,写了一首诗,至今仍然印象深刻:

慢慢降落,在中国另外一地停留。
我穿着拖鞋,带来了外地口音和晚上九点时候。

沿着一条街道走了很久很久,
改变,不过两小时前后。
很多人一直都在奔跑,在世界不同地点逗留,
很多人就在家中,至死都不曾旅游。
各自就是各自生活里的精神领袖,
谁也讲不清谁的道理,谁也不是谁的对手。
好吧,继续向前找找,看哪里能够落脚。
运气好碰上个旅店,还能有个空调。
问一个路人,我初来此地,现在应该往哪里走?
他转过脸来,模样熟悉得像一个多年的朋友,对我说:
前,后,左,右。

三一

曾晓枫从此就消失在我的生活里,不久后就离开这座城市回了老家。我觉得人消失和一只猫的失踪非常相似。因为走过那个离开或者失踪的地方,仍然会期待看见走丢的它出现,离开的她再回。

我和俊妃过了一段时间平静的生活,这段时间俊妃对我似乎也冷漠了一些,不再唠叨我一定要把家里整理干净,也不再要求我少去应酬喝酒。事实上我应酬的次数确实减少了,这一段时间

觉得心很累。俊妃说自己有年假,问我能不能陪她回去一次,我拒绝了,说过年再说。俊妃冷冷地说:我就知道你是不会去的,根本就没对你抱希望。

我没有理俊妃,出门去了。俊妃发来信息:你对我好残忍。

我知道自己残忍,不知道自己的残忍算是哪一种。晚上我不想回去,在火锅店里自己喝酒,蔡经理仍然带着一天工作后的疲惫陪我喝闷酒。

蔡经理问:你怎么了?又不回家去?

我说:不想回去。

蔡经理说:那你总这样,俊妃怎么想?

我说:我已经烦了。

蔡经理说:何一呀,你真的是有点过分。

我看着蔡经理,无奈地说:我根本没做好准备,突然就像结婚一样过日子,我真的不习惯。

蔡经理说:你不习惯结婚,但习惯一个人对你好并不难啊。

我说:对我好得用我的方式来,我不想被人约束着,被人牵着鼻子走。

蔡经理说:你这样迟早会后悔的,你知不知道你女朋友是多好的人啊?

我说:我知道,真的很好,是我心猿意马,没有定性。

蔡经理说:我就怕你错过了她,以后追悔莫及,人还是踏实一点好。我比你大十岁,见得比你多,这个世界上有很多人,就是日子过得太好、太顺、太风平浪静,总要弄出点风浪来。绝大多数是后悔了才知道,完了,这一辈子都完了。

我看着蔡经理严肃的神情说:我觉得你跟俊妃更配一点。

蔡经理不再跟我聊感情的事儿,知道我是个无法被说服的人,转而跟我聊火锅店的事。蔡经理说:我们熬的底料现在在全市火锅店里是比较出众的,但是缺一味香料,这种香料只有贵州有,可以从贵州调过来,然后再去申请专利,这样对火锅店未来的发展比较有利。我称赞蔡经理有做餐饮的天赋。蔡经理说这段时间试验一下,如果顾客反映良好,就去把这配方专利落实了,这样火锅店就更有品牌力度。关键是专利申请后,我们的配方就是不能被随意抄袭模仿的了,如果要跟我们做出一样的味道必须买我们的调料,由我们来发货。

我拍着蔡经理的肩膀说:蔡经理,不给你股份,我都对不起你的付出。

蔡经理说:不急,等该要的时候我再找你要。

琴琴不久前来找过我一次,找我聊聊天,让我保密。我们来到她约定的地方,琴琴开门见山就问我:何一,我知道你跟邓伟是兄弟,我也不兜圈子了,我们肯定是得离的,我就想问你一句,他自己还有多少存款?

我看着琴琴,一笑:我怎么知道?

琴琴说:你怎么会不知道?邓伟的事儿你比我还清楚。

我说:他借我的钱现在还没有还。

琴琴说:这我倒不知道,我只以为他私藏了不少钱,没想到还找你借钱。

我说:琴琴,不是所有男人都自私,邓伟对家里真是付出了所有。

琴琴说:打住吧,别来这套,哪个男人不标榜自己有责任心?是我在跟他过日子,我有发言权。

我说:你们有俩孩子,你想过孩子怎么办吗?

琴琴笑说:这个社会孩子不会缺爱,缺爱的是成年人。

我说:我是亲眼看见邓伟为了家挣钱,做了多少事,累成什么样。

琴琴说:我也知道,可是你别忘了,生孩子的人是我,带孩子的人也是我,我付出的不比他少,持家比工作累。

我说:琴琴,能不能告诉我你想离开的原因到底是什么?

琴琴说:因为我越来越觉得他靠不住,精神上和经济上,现在我都想要找到新的生活方式。结婚那么多年,他一直说他为家付出了什么什么,没觉得我对家做的贡献也是不能忽略的。对他来说,我只是个家庭主妇,这个是他要求的。

我故意说:那你离开邓伟,肯定有下家了吧?

琴琴说:不瞒你说,我觉得还真有人能接住我,能给我更好的生活。反过来想呢,既然我内心已经有挣脱邓伟的打算,就算没有接住我的这个人,我也不愿意昧着良心继续待在这里每天等他回家,每天都面对一个对我冷漠的人。

我说:你错了琴琴,邓伟跟我说过,他不愿意你在外面受委屈,他宁愿自己累,也不想你在工作上操心,他没有漠视你。男人不会把重要的事儿挂在嘴边。

琴琴点点头,无奈一笑说:咱们就不扯这个了。既然你觉得他没钱,我想可能真的被他挥霍了,那些工作业务来往我知道烧钱,特别是他这个位置,可惜了,运气不好,领导还是没选他,现在只能被人踩在脚下了。

我说:他是你丈夫,拼命了那么多年,事业上没能如愿,你不心疼吗?

琴琴说:如果我活得比他好,我会心疼的。现在,我想先活出自己的价值。

第二天,我思来想去,还是把琴琴的话转述给了邓伟。在滨江路的观景平台上,面对两条江水交汇,邓伟默默听我讲完了这些话。

邓伟叹口气说:不想过就不想过,说什么道理都没用,既然有了二心,就顺其自然吧,我不会挽回的。

我猜想琴琴来询问我邓伟到底有多少存款的事,应该是对邓伟的最后一击,人最怕心不死,心不死痛苦万分,心一死天地开朗皓月千里。邓伟听完我说琴琴来逼问我他的存款后,露出一丝笑容,看得出他心里最后一根弦断了。

走之前邓伟说现在先这样吧,把话说开了,看琴琴什么反应。在一个周末,邓伟主动跟琴琴摊牌,说房产的一半给琴琴,没问题马上就可以卖掉。琴琴对邓伟的反应有点措手不及,原本以为会是一场硝烟弥漫的战争,准备了十分力气出征,却发现对方主动认输称臣,之前找律师又换律师,商量几番对策全都是白忙一场。

琴琴问过邓伟为什么那么爽快,邓伟只说撕破脸结果也是一样,夫妻一场这是何必?他先做个表率吧。

邓伟和琴琴没有那么快去办手续。琴琴父母得知邓伟如此痛快还喜庆一番。琴琴毕竟跟邓伟是最亲密的人,不知是碍于情面还是心有内疚,跟邓伟说既然话说开了,那也不用太急,等忙完这段时间再说。

邓伟从家里搬了出来,琴琴跟孩子还有自己父母住现在的房子。我在邓伟租的房里陪了他一晚上,两个人喝酒喝到深夜。邓伟满脸通红地说:太烦人啦,人心哪,真是烦人!

我说:可不嘛,我这还没结婚,已经风声鹤唳、草木皆兵了。

邓伟说:其实说到底嘛,两个人要是过不下去,我真一点儿没怨念,关键我心里最厌恶的是什么?我们俩过日子,他们当父母的老来掺和什么?我们是亲人对吧?为什么他们要把自己女儿变成我的敌人?他们一家三口同仇敌忾,一直这样来对我,为什么我为家里付出了那么多之后他们还不断教唆女儿要压榨我、防备我？

我叹口气说：利令智昏。

邓伟说：何一，现在我发现，除了你，我就没有可以说点心里话的人了。

我说：邓伟，生活说不准，大家都看你蒸蒸日上，可是不知道你的悲伤；大家都觉得周祖那家伙老流氓一个不靠谱，可是人家收获了真爱，每天过得无比精彩。他的事儿我跟你说过，我真的通过周祖的事情才明白一个道理：活着，别看表面，也别只看眼前。

邓伟笑说：你觉得，我还能好起来？

我点点头：怎么不能啊？你我就三十来岁，没病没灾，怎么就不能了？离个婚怎么了！离婚人生就完了？

邓伟自嘲一笑说：好不容易我有责任感了，心在家里了，结果家没了。

我说：这两年多你改变是挺大的。

邓伟说：去年单位来了个女同事，我那天下班回去说要给我女儿买蛋糕，那女同事就说，羡慕我女儿。我随口就说了一句，那下辈子你运气好就当我女儿吧。结果，第二天女同事就给我发了一条信息，说下辈子当我女儿，这辈子就得当我女朋友。我吓了一跳，赶忙拒绝，说我真不是那意思。换成以前，这种事儿你知道我会怎么做,我能让这个女孩跑了?

我说:哪个女孩能听这些话呀? 一听铁定得动心。

邓伟说:真的,跟琴琴再怎么吵闹,我也没想过要在婚姻里翻什么浪,就打算过一辈子了,结果,嘿,她扛不住了。

没过几天,邓伟心里依旧苦闷,招待我跟宫鹿吃饭。在饭桌上,邓伟好像并没有萎靡不振,也少了一些叹气,多了一些自嘲。

邓伟对宫鹿说:你吵吵闹闹要离,一直都没离,为什么? 因为你们家命里就散不了。

宫鹿说:命里的事儿说不准,我这个家散了跟不散有什么分别? 人三天两头不回家。

我说:还好没有人来招惹宫鹿,那司文文就差点动摇,尤其是你们这样的少妇,真的很危险。

宫鹿说:我现在真的不自信了,以前还算颇有姿色,如今一脸苦瓜相。我倒是期盼过有什么红杏缘,但招惹我的那都是什么货色?!

我说:有句诗怎么说来着? "闺中少妇不知愁,春日凝妆上翠楼。忽见陌头杨柳色,悔教夫婿觅封侯。"你们希望男人挣钱养家,结果男人忙起来你们又觉得没关心你们,我们也难。

邓伟对宫鹿说:你跟谢宇是淡了点,但你公公婆婆对你可不小气,什么事儿都向着你,跟我这边情况完全不一样。你们两人的矛盾没变成两家人的矛盾,就还能过下去。

宫鹿说：哎呀，说得我多幸福似的。不在别人的日子里，就别下定论了。

我能感受到，哪怕跟宫鹿感情变淡，谢宇也不愿走到这一步。那天他对我的感慨很清晰明了，两人有一天发现爱情没了，以为一切都结束了，却不知道它成了亲情，把要断掉的人粘起来，理还乱却怎么都剪不断。

喝到十点，我们走出餐厅，意外地发现谢宇带着孩子在门口等着宫鹿。

邓伟说：看吧，明明这么恩爱的。

宫鹿说：表象，都是表象，刚好他今天带孩子，从他爸妈家过来顺路。

我说：赶紧走，别解释啦。

宫鹿说：对了，司文文说过两天找我们见面。

我说：她的事儿比邓伟更麻烦，到时候就陪着喝吧。

宫鹿走后，我俩沿着街边慢慢向前走。

邓伟对我说：你该回去了。

我说：陪你走一会儿。

邓伟说：不用，你家里还有人等你，我没什么挂念的。

我说：就是因为有人等我，我才不想回去。

邓伟说：你赶紧回去吧。

我摇摇头：真不想。

邓伟说：你知道我为什么那么快就能想开吗？

我说：你豁达呗。

邓伟说：最痛苦的不是被我爱的人伤害，而是伤害了爱我的人。所以我不痛苦。

我盯着邓伟，邓伟拍拍我说：回去吧。

我点点头，邓伟自己朝前方走去。

我看着城市，也看着邓伟的背影，听到他长嘘一声：叹时光过尽，功名未立。书生老去，机会方来！

三二

邓伟的劝说并没有让我的态度有半点转变。我凝视着卫生间里的镜子，扪心自问能不能做一个安家之人，我看着镜子里自己的眼睛，读不出答案到底是什么。

拍摄回来之后，我对自己说要接受俊妃的一切，也在一个下午偷偷地按照俊妃的要求打扫了一次卫生，并自己买了食材做了一顿饭。我给俊妃打了电话问她什么时候到家，俊妃有些莫名其妙，我说没事就问问她。

俊妃说：我今天不回去，明天一早要顶班。

我说了一句知道了，把切好的菜朝冰箱里一丢，然后把自己扔进沙发。

第二天俊妃下班回来的时候,看到家里打扫过,问我是不是做过清洁,我说是。俊妃说看到冰箱里有菜,又问我是不是打算做饭,我说是。

俊妃独自沉默了一阵,问:你为什么突然要做这些?以前不是都不做吗?

我一脸玩世不恭地说:昨天实在太闲了,就想找点儿事儿打发下时间。

俊妃无奈地说:那可真难得,你还有这种打发时间的方式?

我仍旧不正经地说:是啊,我也觉得难得,你没回来,我怕做了菜也吃不完,就干脆没做。

俊妃表情呆滞地说:可惜了,如果我昨天回来看到家里打扫得干干净净,还有一桌饭菜,可能会激动得哭出来。

我说:结果刚好你要换班,省了点眼泪。

俊妃又沉默片刻,而后叹了口气说:其实我没有换班,早上我在宿舍睡了个懒觉。

我诧异地问:你为什么不回来?

俊妃说:因为,我忽然觉得睡在医院比家里踏实一些。

我说:听这句话,你怨念挺深啊。

俊妃说:那我给你解释解释,睡家里,我总有太多期盼,结果换来的是失望;睡医院,没什么盼头,反而睡得更安稳。

我看着俊妃,平淡地说:所以呢?你想表达什么?

俊妃说:我想表达的是,我跟你一样也学会了逃避。

我说:我什么时候逃避了?你说话让我莫名其妙。

俊妃说:你拍完片回来那个晚上,你去哪儿了?

我心里一紧,不知为何俊妃知道了这件事,问:你怎么知道我那天晚上回来了?

俊妃说:我也不想知道,有点担心你,又怕你忙不回信息,我晚上睡不着给小龙发信息问你们多久回城,小龙说你们已经到了,他都回家了,我才知道原来你根本不想回这个家,原来你那么排斥我。

我努力想合适的理由,之后回答说:那天我太累了,全身都脏兮兮的,就在家门口找了个酒店住了。

俊妃说:何一,我不傻,你心里有家的话,再累再脏都会回来的。你不愿意回来只有一个原因,你不喜欢这个家。

我低头不语,从未如此词穷。

俊妃看着我问:能告诉我为什么吗?

我抬头看着俊妃说:没有原因。

俊妃流泪了:何一,你不喜欢我吗?

我想了想说:喜欢。

俊妃说:那你为什么那么排斥我,对我一直那么冷?我想你做的事情你一件也不愿意陪我做。根本没有想去我家,面对我的家人。你知不知道,我有好多话好多事都要跟你说,我想要跟你结婚,你却不想。

我说:对不起,真的,我错了,是我不好。

俊妃说:你不要说你不好,你告诉我你能改变你自己吗?

我说:你给我点时间吧。

俊妃说:给你多久时间?

我说:给我点时间考虑考虑能不能跟你真正在一起。

俊妃痛苦闭上眼:我太失望了,真的,太失望了。

我沉默片刻后说:我之前没有告诉过你,今天跟你也讲讲心里话,我在认识你之前从来没想过会成一个家,认识你之后,我有了这样的想象,可是两个人的生活,我没有完全习惯,我确实需要时间。我还没有完全接受有个人来约束我的日子,你给我制订一个严格的家规,我很排斥这种生活。

俊妃听了说:何一,我以为我的付出会换来你对我们生活的重视,会让你满心欢喜接受一个新的生活,没想到,你觉得我在束缚你,剥夺了你的自由。

我说:这就是我需要时间的原因,你不能只站在你的角度想问题,你也得站在我的立场上看看。

俊妃深吸一口气,揉了揉发红的眼睛,对我说:何一,你配不上我。

我没说话。

俊妃说:我是个好女孩,你真配不上我。

我说:你可以重新选择。

俊妃打了我一耳光,我一动不动,看着俊妃满是愤怒的脸和红红的眼睛。

我说:我们再考虑考虑吧。

俊妃嘴一噘,终于忍不住哇哇大哭起来。我站在原地不动,看着俊妃哭,想走又不能走,想安抚俊妃也无法开口,只能如木偶一样僵住。

俊妃哭完后,进了卧室,把门关上。我不想进去,料想俊妃不会在里面上吊或者跳窗,干脆就一直坐在客厅。几个小时后,我悄悄走到门前听里面的动静,听不见任何声音,我在客厅里一直等到天亮,中间睡了一阵。早上,俊妃开门出来,在卫生间洗漱一番走了,没有跟我说一句话。

我和俊妃分开了,俊妃收拾了东西,出门前跟我说,分手吧,我没说话,俊妃又问我到底能不能好好跟她在一起,我也没说话。俊妃提着行李回医院,因为东西太多,说先放这儿,我如果考虑过后觉得依旧不愿意接受一个新的生活,她就来把东西全部搬走。

俊妃走后第二天,我妈拉着我爸气势汹汹杀到家里来,一进家门就劈头盖脸对我一阵乱骂,骂着骂着就哭起来,说这辈子对我失望透顶,没什么要求,只是想我踏踏实实结婚生子,连个最简单的要求我都做不到,真是不孝!我嘴上无法还口,心里想这算是什么最简单的要求,这明明是最难办的事儿。

我妈给我一个死命令,说必须把俊妃给接回来,不然我也一块儿滚出去,我说俊妃会回来,但要过几天,我妈说不行,俊妃必须今天回来,边说边给俊妃打电话,俊妃接到我妈电话,没聊几句就在那头哭起来。我妈狠狠看了我一眼,跑到阳台上跟俊妃倾情长谈起来。我爸见我妈起身离开,说我妈因为这个事儿,昨晚一晚没睡好。

长久以来,我妈最害怕的就是我跟俊妃出问题,没想到怕什么来什么。我说感情问题是最没有办法说清楚的,我就是不想结婚为什么要逼我结婚。我爸说这个年龄要是再不结婚,以后有了孩子就没办法帮我养了,我说我有了孩子我自己有办法养,我妈这样逼我就算结婚了迟早也得出问题。我爸摇摇头说他管不了你,也管不了我妈。

我妈打完电话,走进来不容反驳地说让我明天去把俊妃接回来,今天就让俊妃自己冷静冷静,再次警告我不要走错路,俊妃这姑娘,要是弄丢了以后找不到第二个,人生最大的痛苦就是丢失了本就属于自己的人,那个贤惠持家的另一半,如果找到一个好妻子,善待她,一生都会有福报的。

几个小时后,我妈终于觉得累了,带着我爸和内心的怨念离开了,家里似乎还留着我妈的回音。我无力地躺在沙发上,拿着手机想打个电话,却不知道打给谁,最后打给了附近一家餐馆,猛点几个菜,让快点送来,我要大吃一顿。

挂下电话我想起一句话：人啊,再伤心的时候也不能饿肚子啊!

几个菜和一瓶冰啤酒在路上,我闭上眼睛等着菜来,一阵迷迷糊糊的感觉,我快睡着了,半梦半醒间我听到一个声音在唤我起来,问我是不是太累了,我分不清这是谁的声音,感觉是俊妃,又像是曾晓枫,可再一听却似易斯斯。一阵敲门声把我唤醒过来,我起身开门接过外卖,三下五除二打开,先喝了一大口啤酒,打出一个长长的嗝。我定了定神,主动发了一个信息给俊妃：吃饭了吗？

过了一会儿,俊妃回复：吃不下。

我回：还是吃点吧。

俊妃回：你不要因为你妈妈的逼迫做决定,也不用虚情假意给我发信息,我想要的是一个愿意主动跟我经营一个家的人。

我看到这段话不知道该回什么,一想就累,懒得再琢磨,于是把手机丢到一边。晚上我还是在沙发上睡着觉,一动也不想动,人类如此奇怪,像俊妃对我这样,爱着我却恨我的所作所为。

关上灯后,我感觉这个房间变得陌生起来,很多认识的熟悉的人一遍遍从我脑海飘过,有很多一晃而过的人和事让我觉得人生如此不可名状：

今年,我三十二,身边有人当着公司副总,突然决定去改行卖咖啡；有人做着艺术突然要去柬埔寨倒卖发动机；有人结婚,有人离婚;有人出轨,有人出柜;有人朝九晚五,有人自由职业;有人决定自己当老板,有人决定开始送外卖;有人生了一个孩子,有人生了一场大病;有人有一百万个粉丝,有人中年背上了一百万的债,有人年纪轻轻就发了财;有人在悄无声息的生活里无法喘气,有人在日复一日中走向了平庸;有人留在 CBD,有人回了小县城,有人在深渊,有人在低谷,还好没有人去天堂。这个世界真精彩,也真难!

早晨阳光洒入客厅,又是新的一天开始。

三三

俊妃搬回医院后就没回来过,我在想俊妃每天只能住在狭小的宿舍里,以她那点心理承受能力,是不是每天晚上以泪洗面。晚上我都会发去信息,走形式一样问俊妃有没有按时吃饭,俊妃简单回答说吃了,我就再无话可问了。

我来到火锅店,蔡经理说前两天俊妃来这里,点了一些菜,临走坚持要结账给钱。我问俊妃情况怎么样,蔡经理说脸色挺不好的,我没多说什么,蔡经理似乎有点替俊妃打抱不平,对我没好气地说:我劝俊妃不要跟你在一起,想开点。

我说:她怎么说?

蔡经理说:她说再等等。

我说:哎,我挺对不起她的。

蔡经理说:你真的一点都不心疼她,人家都这样了,好歹你是个男人。

我说:心疼,但是我得看远一点。如果我们不合适,就不能这么将就自己。

蔡经理有点激动:那你就该跟人家明说,就不要拖泥带水!

我说:再想想吧,谈朋友闹点矛盾多正常。

蔡经理长叹一声说:何一,当哥哥的劝你句,知足,不然以后很麻烦。

我看了一眼蔡经理,没说话,我心里暗暗觉得蔡经理现在说话语气跟之前不一样了,虽然我也理解他的态度转变,可这样的语气确实让我不舒服。我没有跟蔡经理再说什么,起身离开了。

我妈连催了我两天,见我没叫回俊妃,气得饭都吃不下,准备直接去找俊妃,让俊妃回去,如果不回去也行,去她那边住,反正就是不能住医院宿舍。俊妃这次出奇地倔,怎么都不听,就说这段时间要住医院,等跟我和好了再回去。我妈见劝说不动俊妃,又杀到我这边来,跟我苦口婆心讲了一大堆道理,还是老一套。我低头数着时间听完,心想以后我有了孩子打死也不会这么教育,把道理说尽了没半点好结果,只会引起反感。

就好像以前父母逼我认真学习,成天给我讲学习的道理,我哪里能听进去?最后怎么样,有生之年也没把那几科考及格过。

我妈一直说到深夜才离开，我说要送我妈，她狠狠地说不用，只有我把俊妃接回来，才什么都好说。

刚关上门，她又折回来，我心里一惊身体一颤，以为她还没说透，我妈却没说俊妃的事儿，问我最近跟蔡经理沟通没有，让我多关心一下店里，说这个蔡经理太有能力太精明，愣是弄个独家配方出来。我说这不是好事吗，我妈说是好事，关键人家为你做了这么多事，对你没什么要求，这个让她想不明白，要我多上点心。我说人家有责任心，有什么想不明白的，明年就给他分红，让他永远定下来。

再过两天，我连信息也不给俊妃发了，心想这事也许俊妃已经想通了，不了了之，没有剧烈的冲突也算件好事，人都是在一念之间把事情想明白的。

司文文约我和宫鹿见面，一天晚上把我们叫到城市南山一家私房菜馆，环境非常幽静隐秘。十来平方米的包房装修精致，窗外一片虫鸣花香。司文文开了一瓶红酒，桌上放着牛排和几道法国菜。我中午没吃东西，进屋就狼吞虎咽起来，宫鹿说我吃相难看，想起俊妃最近住医院宿舍没回去，问我和俊妃到底怎么了，我心不在焉地说闹点小矛盾而已，宫鹿不信，说肯定是我伤害俊妃了，质问我为什么要把俊妃给赶出来。

我说：我哪儿能赶她出来，我是那种人吗？是她自己要走的。

宫鹿说：那她为什么要走，还不是被你气的？

我说:对,我是在生活里跟她有些意见分歧,现在女孩没几个有你们俩那么强大的心理素质,动不动就哭,动不动就要走,我也拦不住。

宫鹿说:你赶紧把人家接回来,让人家老住宿舍算什么事儿啊,多可怜。

我说:你不用操心了,我再不接她回来我妈也得把我给赶出去了。

宫鹿说:我现在真后悔把她介绍给你,俊妃这姑娘,我们医院好几个医生打她主意,还有个副院长想把她介绍给自己儿子呢。

我说:这上哪儿说理去,她偏偏喜欢我,我偏偏又不愿意被婚姻绑架。

司文文说:能不能现在先说我的事儿,我的事儿比你们的都急。

宫鹿白我一眼说:回头再跟你说,先把司文文的事儿办了。

司文文说:我跟律师沟通过了,这个事儿目前我还不具备优势,手里掌握了个别确凿证据,但更多是在道德层面为我挽回点感情分,我还需要更多人站在我这里,让法官产生更多感情倾斜,才对我更有利。现在家里的房产、铺面、公司、汽车,还有双方父母共同出资在海南的养老房产,牵扯的东西太多了。

宫鹿说:所以,何一,你现在得抛开情面,站在司文文这边,准备反戈一击。

我点燃一支烟,问:我该如何反戈?

司文文说:不是之前他找过你,要打探我的消息吗?觉得我跟什么人都有一腿似的,还贿赂你长期打探我。这虽然不能成为具体的判断标准,至少能在法官那里多一个坏印象。去年春节在三亚,他碰见你那天带了个女孩,这个事儿你亲眼所见,也要说出来。

我看了一眼宫鹿,宫鹿说:谢宇跟我说了,他找了个女孩。

我回忆起当天的场景,心想当时明明是俩女孩,一人一个。谢宇也太不地道,把自己置身事外。涉及千万财产的大事,任何一个证人都是另一方的仇人。谢宇口口声声说瞧不上李景亮,这时候躲在一旁当尿包。

宫鹿好像看穿了我的心事,在旁边说:谢宇本来要出来做证,但是现在跟李景亮有些业务上的账没扯清楚,不方便当证人,目前能当证人的只有你了。

我喝了口酒说:那天晚上我是看到有女孩,还是好几个女孩,但是就是来参加宴会的,我也不知道是不是他带来的,这个根本没什么意义呀。

司文文说:谢宇可是说女孩是他专门带来的。

我说:是什么关系我真不清楚,并且他们在我面前没有任何卿卿我我的行为,我帮你没问题,也不能作伪证呀。

司文文看着宫鹿说:看吧,还得谢宇来讲清楚。

宫鹿摇头说:不可能,他肯定不会出面,我跟他现在的关系,能主动给我递点消息就不错了。

我说:司文文,你觉得多少钱可以满意?

司文文说:起码一千万。

我一皱眉说:是不是要得太多了?

司文文说:一点都不多,你们不知道我受的委屈。

宫鹿说:我知道。

我叹口气说:每个女人都会这么说,邓伟老婆也是这个态度。

司文文说:你的意思我昏头了,要得太多了?

我说:我觉得改变方式好些,不要一蹴而就。不如把战线拉长,打持久战。留一小部分个人资产,剩下要他每个月付出,孩子你得养啊,孩子本来就是张最关键的牌,你还有两张。多申请几个兴趣班不就有理由要钱了。

司文文说:我想一鼓作气,把事情了结,以后不想长期扯下去。

我说:既然这样,我可以帮你做证,他确实贿赂我让我打探你的消息,我也可以告诉法院在三亚看见他有异性朋友一起吃饭,别的我也说不出什么了。

司文文说:你确定没有看到他们有什么具体动作?

我说:真没有,我还会蒙你吗?那女孩应该是跟他一起来的,但是见我们聊天,就没靠近我们,也许就是一起参加聚会的朋友呢?

司文文说:这不要脸的东西!

不知道这句在骂李景亮还是在骂那女人,我还在为谢宇耍的小聪明愤懑,自己不出面,让我挡枪。

宫鹿说:那就这样吧,律师不是说了吗,长期对你伤害造成的心理疾病也可能作为补偿条件。

司文文说:是,明天你就给我联系你们神经科医生,给我开个神经衰弱的证明。

宫鹿说:这个简单。

司文文跟我们俩碰杯,把杯里的红酒一饮而尽,说:我人生的青春年华的最后演出,就要在这一场官司里谢幕了。

我说:你怕什么,就凭你这姿色身材,不愁没下家。

司文文摇摇头说:我不想当长得好看的女人,我想当命好的女人。

吃完饭司文文自己叫代驾走了,宫鹿坐我的车走。路上,宫鹿问我对司文文的事情怎么看,我说两口子的事我能怎么看。

宫鹿说:我觉得司文文有点过分了。

我说:那你觉得怎么才不过分?

宫鹿说:她胃口大了点,不然怎么都好谈。

我说:她心里也有过不去的坎,有些事可能只能用钱来填平。

宫鹿说:多少人的人生都被心里的恨毁掉了。

我想起了俊妃,说:有些恰恰是被爱毁掉的。

宫鹿说:我觉得他们两个人都有问题,谁都不值得同情。

我说:是啊,我们能做到的最大善意就是不去评价任何人的生活。

我害怕宫鹿再提起俊妃来,宫鹿也疲惫了,谢宇打来电话说孩子要等她回来再睡,宫鹿暂时忘掉了我跟俊妃的矛盾,我把宫鹿送到小区里,宫鹿开门就走了,我才松了一口气。

打开手机,我突然发现俊妃原来给我发了一条信息,信息写:今天你跟宫鹿姐和别的朋友喝酒,少喝一点吧,胃会难受。

我看到后心里竟然涌出一丝失望,我发现俊妃已经慢慢平复了情绪,照这条信息看来,俊妃过两天就会主动回来了。可我明明就没有打算再接纳她,我已经做好了恢复单身的准备,这一句话将我本来心里做好的准备全部打乱。我只能回一句:好的,知道了。

回到家,我又窝在沙发上,不知道为什么,最近发现沙发比床舒服,在沙发上更容易睡着。问了一个心理医生朋友,他说这叫无戒备心理法则。天天失眠的人,因为一上床心理就暗示自己要睡了,会越想越紧张,往往错过了那一丝睡意就开始陷入失眠。而在沙发上就是最无所谓的状态,人在沙发上往往想睡也只是提醒自己眯一小会儿,所以入睡很容易。我正要睡着的时候,接到一个电话,是易斯斯的,易斯斯在电话里问我最近过得怎么样,我说还好。

易斯斯说:是吗？曾晓枫离开了,你挺难过的吧？

我哼了一声说:什么意思啊,她离开了我有什么难过的？

易斯斯说:人家曾晓枫不傻,跟我说了,她能看得出来你那点心思。她还说其实跟你一起拍片挺快乐的,但是觉得你这种人过日子还是不靠谱,最多也就交个朋友。

这一句话一下刺痛了我。

我说:你晚上打电话来就只是想跟我说这个？

易斯斯说:我就是想你了呗,好歹你也算信守承诺,没有去伤害曾晓枫。

我冷冷地说:我很坏,你知道就行,不用特地打个电话来嘲讽我。

易斯斯说:我可没说你很坏,只是挺浪的。

我不悦地说:你快休息吧,你们都过得好,不用在意我怎么样。大晚上的给我打电话周祖不管你？

易斯斯说:你别着急挂呀,我是真想你了,周祖出去应酬了,今天中午带我吃你们学校门口的老面馆,说起你们过去的事,除了那件打架的事儿,说还有一次他饭卡弄掉了,中午没法去食堂吃饭,是你用饭卡给他刷的,他想起来挺感激你的,我觉得你心里到底是个善良的人,就是家里给你惯得,有点玩世不恭,朋友还真值得交。

我说:行,那谢谢你当我是朋友。

易斯斯说:我也得谢谢你,没有把我怎么样,不然我真的恨你了。

我说:不客气,晚安吧。

易斯斯说:别急,我还有个事儿要跟你说。

我问:什么事儿?

易斯斯说:我本来不该把这个事儿说给你听,但是我知道那个邓伟是你朋友,也觉得周祖这事过分了一点。其实邓伟的老婆,是被周祖下套了。

我惊讶地问:你说清楚,什么意思?

易斯斯说:周祖很早很早就摸清了邓伟的情况,为了报复邓伟,自己花钱请了一个人,假扮成有钱人,长期接触邓伟老婆,前段时间那个人给周祖汇报,邓伟已经确定要离婚了,周祖给了那个人一笔钱,说他不用再演戏了,目的已经达到。

我咬着牙说:真卑鄙!

易斯斯说:周祖后悔了,他今天突然跟我说,不该这么做。他很难过,但是事情已经做了,他永远不可能面对邓伟,但希望你能知道,他恨了邓伟好多年,现在报了仇,也后悔了。

我没有多说直接挂了电话。十几年前的中午,周祖来找我问能不能给他刷一顿饭,自己卡掉了,补办了卡后马上还我一顿。我明明看到是那几个人把周祖的卡藏了起来,就在他的书桌里,我答应了周祖,中午吃饭时,周祖只点了两个最简单的菜,我不想跟周祖坐在一起,生怕别人把我当成周祖的朋友,给周祖刷完卡我就转移到其他地方就坐。周祖仍旧孤独地坐在食堂的角落吃饭。

我提前回到教室后,把周祖的饭卡找出来,放在课桌里显眼的位置,看到周祖回到教室找到自己的饭卡后露出欢喜的表情,我觉得自己做了一件好事,有一天应该得到生活温暖的报答。

难道,俊妃就是报答吗?

三四

我相信爱情变为亲情后会非常牢靠,甚至超过亲情本身。而亲情这种世上最高级别的情感关系却可以轻易变得疏离,甚至不如陌生人。我妈近两天陷入了一件家庭纠纷,她跟我小舅因为一套房子的租金问题争吵,暂时忘了俊妃的事。

十几年前,我姥姥和姥爷出资在市里买了一套小户,我小舅出了一半房钱,约定两个老人在世支配权属老人,老人有天不在了房子才归小舅所有。后来我妈给两个老人换了更大的房子,这个小房子租给了别人。姥姥决定每月租金给我妈,直到两位老人离世,再按照最初约定房子彻底属于小舅。

这两年小舅生意不顺,见我家火锅店生意兴隆,自己人生却走了下坡路,那房子是他的名字,每个月两千块租金却要给我妈,心里不是滋味。小舅在家庭微信群里提出,现在房子的租金应该给他,或者给姥姥姥爷,而自己本来一年内该出的孝顺钱就不出了。我妈在群里说这完全是在扯淡,明明说好的这房子在爸妈在世时候就是他们支配,你凭什么做决定。这租金即便不给我也不是你的,得给老人。小舅说这租金你拿了十年,房子是我名字,你该知足了,现在你天南海北到处都是房子,我生意不好,条件早就不如你了,这两千块钱给我天经地义。我妈不依不饶,说小舅常年不回来看父母,父母几次大病都没过问,论起孝道,根本不配拿这个钱。小舅说一码归一码,房子是自己的名字,这就是不争的事实。我妈说爸妈还在,房子一半钱来自爸妈,现在房子虽然是你名字,君子协定里的条款全家都知道,不用再扯其他的。

小舅气不过,直接在群里大骂我妈无情,心狠手辣,简直是禽兽要吃亲人肉喝亲人血,我妈冷笑说我为爸妈能住个更好的房子到处筹款的时候你在哪,妈生病昏迷不醒摔倒抢救的时候你回来看过一眼没有,要不是当年爸妈说了,谁出另一半的钱,这房子就写谁名字你能从外地赶着回来?对亲人你都无利不起早,还好意思说我。

两人吵得鸡犬不宁,我只好给小舅妈打了个电话,约到一个饭馆商量。

小舅妈一坐下就说:何一啊,我告诉你,这事真不怪你舅舅,他前些年生意不错,不会在乎这点小钱,但是现在生意不好做啊,这点钱对我们家来说也是一笔收入,柴米油盐酱醋茶,那日子过得紧张你们不知道,不比这两年你们家的事业风生水起的。

我说:这点钱真犯不上要这么吵,不如这样,舅妈,你回去跟舅舅说,这点钱就别吵了,我让我妈拿出来,但是舅舅也必须老老实实一年回来照顾老人俩月,别找各种理由往外跑。

舅妈说:这个我管不了他,你知道,他常年不回来,一年在家里住的时间都没超过俩月,我说了他也不会听。

我说:我妈最痛恨舅舅的就是这个,几次姥姥大病,都以为自己不行了,就想他赶紧回来,结果舅舅跟个菩萨一样怎么请都请不回来,你也知道我妈是个直脾气,得理不饶人,现在更不会松口,除非让舅舅安心回来,好好照顾老人一段时间。

舅妈说:你还不了解你舅舅脾气吗?自己爸妈都喊不回来,我这个糟糠之妻哪里能喊得动,何一你明事理,你觉得孝顺这个事儿是需要人喊的吗?

谈论半天无果,吃完饭我跟舅妈分开,临走我舅妈说了一句:我这辈子嫁给你舅舅,也不敢有什么要求,早年看到他对你姥姥姥爷这个不冷不热的样子,我就知道我没法让他照顾我了,你们家里的事,我真帮不上一点忙。

后来我直接把群消息屏蔽了,没完没了地争吵,谁都说服不了谁,一大家人一时间各自为政,相互揭短。我发现原来安静的方式如此简单,就俩字:不听。同时也发现了一个真理:世界上所有惊世骇俗的生死分离都是短暂的,但是生活里家内家外的经济纠纷以及父母对子女的结婚生子关怀才是永恒无休的。

邓伟离婚的事暂时没有了音讯,我以为已经办完了,邓伟却说还没有,我问为什么,邓伟说有一天催促琴琴早点办,不然心里总像挂着什么事儿,琴琴突然眼睛红了,对邓伟说:难道你就这么着急吗?

邓伟不知道琴琴到底怎么想的,也许还是惦记自己的好。我说那应该离不了吧。邓伟说还是得离,就不知道哪一天。我问邓伟为啥那么肯定,邓伟说因为自己也被伤害了,被这一家三口狠狠地伤了,走到这一步不想再回去了。我说俩孩子肯定不想他们分开,邓伟重复了一句琴琴的话:孩子不会缺爱,缺爱的是成年人。

而周祖给邓伟下套的实情,我无法说出口。此时,邓伟和周祖的怨恨已经了结,邓伟结局已定,没必要再添仇恨。

俊妃还是没有搬回来,因为俊妃说她没有看到我的一丝改变,没有看到我有想留下她的意思,她想通了,就当跟我没认识过。我没有回信息,过了两天,晚上我应酬完回到家里,一开门,发现俊妃在家。俊妃给我做了一盘水果沙拉,她在客厅里站着看我,我用意外的眼神看着她。

俊妃说:你喝了酒肯定难受,吃点东西吧。

我问:你怎么回来了?

俊妃哇的一声就哭了,一下子扑在我怀里。

我抱着俊妃,拍着俊妃的后背。

俊妃哭泣着说:我真的怕你不要我,我是真想跟你在一起,我觉得这就是我的家,为什么你不要我,你为什么不要我回来?

我这才知道,俊妃根本不想离开我,女人说的话,大部分都不是真的。可是,我却真想过离开俊妃。此刻,我抱着俊妃手足无措。俊妃哭完之后,喂我把沙拉吃掉,拿着盘子去厨房洗干净。晚上躺在床上,俊妃紧紧拉住我的手,好像我会跑掉,俊妃问:你是不是不愿意跟我结婚?

我说:现在我还不想,我觉得没到时候。

俊妃又问:那你想什么时候结婚?我等。

我说:两年以后吧。

俊妃说:两年,我可以等,你不要把我赶走好吗?

我说:俊妃,你不用那么卑微。

俊妃说:我愿意。

我说:我会觉得我对不起你,很内疚。

俊妃说:这都是我心甘情愿的。

晚上俊妃先睡着,应该是哭累了。

第二天一早,俊妃上班去了,跟往常一样准备了早餐,我随意吃了几口。我心烦意乱翻着手机刷着新闻,想如果俊妃是真的要跟我耗到底,我在两年后到底能不能接受这么个女孩,这个一切都好什么都优秀就是让我没有太多热情的女孩。

一个电话打来,李景亮在电话里笑着问:兄弟,在忙吗?

我说:还好,在家。

李景亮说:晚上出来坐坐呗。

我说:你是想问司文文的事儿吧,我这里没什么消息能给你了。

李景亮说:别这么说,咱们是兄弟,太久没见了,晚上我定地方,坐坐,一起喝点。

我按时来到李景亮定的会所,两个女孩在旁边倒酒,两人声音温柔,好像一不留神就要跌倒在客人的怀抱里。

李景亮说:我这兄弟帅吧?

两个女孩笑着附和:帅呀,李总,你这兄弟真帅。

我说:说正事吧,搞得好像要给我使美人计一样。

李景亮说:没什么正事,就是想跟你一起放松放松。

我说:我最近都松得不行了,现在想紧一点,赶紧的,我知道你要跟我说司文文的事儿。

李景亮说:哎呀,兄弟呀,我不兜圈子,第一,是想见你,每次跟你喝酒我都觉得你特敞亮,因为你这人没心眼,直爽。第二,我确实有个小问题,就你几句话的事儿。

我说:第二是重点,你说。

李景亮说:现在我跟司文文双方都已经找了律师,这么说吧,她的要求我肯定给不了,我胜算百分百,但是我还是想知道,你们那晚上,在南山私房菜里聊了些什么。

我看着李景亮说:哟,你这侦探做得不错啊。

李景亮说:非常时刻,非常手段。我不是这么卑鄙的人,但是涉及自身利益,哎,没办法。说实话,司文文是我老婆,给我生了俩孩子,俩孩子都是她在带,你说我能狠心到不给她活路吗?她只要要求不高,我养她一辈子都没问题的。

我说:其实你吧,谈不上正派,卑鄙也够不着。人不为己天诛地灭,司文文确实是胃口大了一点。

李景亮说:是吧,我就知道,她跟你和宫鹿都说了吧,一千万,以为我是什么呢,我还没有钱到这个程度,随随便便给一千万不眨眼。

我说:要我看,这一千万里,两百万是爱,三百万是恨,剩下五百万是对俩小孩未来的保证。

李景亮眉头一皱说:这个怎么讲?

我说:爱过你,跟你结婚,这个不假吧?踏踏实实想跟你过日子,你做了那么多让她伤心的事儿,她恨你,没假吧?现在跟你走到这一步,她只能想着把孩子养大,给孩子一个好生活,那也得留足够钱呀。

李景亮说:孩子是我养啊!

265

我说:你不懂吗,女人对你彻底失望后,她宁愿自己挑起大梁,自己经营生活,不想跟你每个月为了孩子那点儿生活费耗着。

李景亮说:这么说,她是想拿了钱以后跟我老死不相往来。

我给李景亮认真分析说:司文文今年三十三,一个女人奔着跟你生活,没落得一个好,你花天酒地,让她没了安全感,忍受这么久你还是要离,拖着两个孩子以后肯定不好找新的,你身家几千万,不愁没女人。男人三十来岁风华正茂,当打之年,司文文青春就以这一场官司谢幕,你说几个人心理能平衡?

李景亮伸出手说:哎,哎,你别说,你还真别说,有道理!真的,听你这么一说,我原先准备的是四百万,现在想再加两百万了。

我说:那挺好,我这几句话,司文文多拿两百万,她得感谢我。

李景亮说:这个事儿不是这么算的,她这几年不耗在我身上也得耗在别的男人身上,司文文得到的已经够多了。

李景亮旁边的女孩说:李总,我就想给你当老婆,可惜我没这个机会。

李景亮一笑说:行啊,我给你机会。

女孩边倒酒边说:好啊,说话算话。

另一个女孩说:那不行,我也得要这个机会。

李景亮说:你身边这帅哥,你不问问人家?

女孩说:帅哥,你愿意给我机会吗?

我说:我还是喜欢单身。

女孩切了一声,给我把酒倒满。

李景亮问:何一,司文文还向你打听了什么?

我说:她手里有你一些证据,但是据说不够充分,希望我能做证人,证明你过去有收买我去打探她情况的卑鄙行为。

李景亮边听边笑。

我说:还有,她知道去年春节在三亚我们偶遇的事。

李景亮一愣说:她怎么知道?

我说:你忘了?是谢宇。

李景亮恍然大悟说:这家伙,明明跟宫鹿过不下去,还是忍不住要跟她说。靠不住,跟他做完这一单子,不会有下回了。

我说:谢宇也没卖你什么,只是说在三亚碰到你,司文文当时问我有没有其他异性跟你们接触,我说那个聚会女人很多,但是跟你亲密接触的,至少我从头到尾没看见,这个也不能污蔑人。

李景亮笑着说:这句话说对了,你什么都没看见,我也什么都没做啊。

我说:是倒是,不过那晚在边儿上等你们的两个姑娘,长得真的俗气。

李景亮哈哈笑起来说:打发时间,就为了打发时间。

得知司文文请我和宫鹿吃饭的全部内容,李景亮轻松起来,对我说:何一,要不是这个事儿,我还真没机会交你这个朋友。你有个优点,就是不装。

我举杯说:今天跟你说这些,不算我对不起司文文。司文文是我朋友,我也真心希望她过得好,你是她老公,你自己掂量。

李景亮听到我这句话,尴尬地笑笑,跟我碰杯一饮而尽。

喝完这杯,李景亮起身上厕所,留下我和两个女孩,俩女孩举起酒杯一起跟我喝,我说今天就不喝了,她们俩也省省心,就当偷个懒。一个女孩不屑地说今天这点酒就跟没喝一样,有时候最喜欢这种单独来谈心的客人,酒也不用多喝,有时候又觉得这样挺没意思的,一晚上也喝不出微醺感。

我问两个女孩对这个事儿怎么看,一个说自己没找过这么有钱的男人,不知道是什么感觉,另一个说这李总老婆胃口太大,肯定没好结果。聊了半天,我让陪李景亮的女孩去看看他怎么还不出来。女孩起身走到卫生间,看到门虚掩着,就推门进去,接着惊慌失措跑出来大声喊:哎呀,哎呀!他好像出事了!

三五

送李景亮到医院急诊室抢救的时间是晚上十一点半,我给司文文和宫鹿都打了电话。在会所卫生间里,我冲进去时看到李景亮躺在地上捂住胸口抽搐着,酒吐了一地。两个女孩吓得不知所措,我赶忙叫李景亮的名字,问李景亮意识是否清醒,李景亮痛苦地点点头。

司文文和宫鹿还有谢宇赶到了医院,司文文问我怎么了,我把事情经过一说,司文文摇摇头说:我真无语了!

结果出来了,医生奇怪地看着报告,说不知道为什么这么年轻,三十来岁就有高血压和糖尿病,太不正常,还得做进一步检查。我们三个人在医院的走廊休息区熬到了天亮,司文文让我不要告诉李景亮她们来了,李景亮抢救过来后,让我也别告诉司文文今晚的事儿,不一会儿又睡了。

第二天,所有的检查做完了,李景亮查出了一个坏结果:疑似尿毒症!

一晚上没睡的司文文听到这个信息,脸上睡意全无,一下子精神了起来。我们全都看着司文文,司文文一笑说:现在,战争结束,我也什么都不用做了。

我们来到医生办公室,医生看着报告对司文文说:你老公经常喝酒吧?

司文文说:是,他应酬很多。

医生说:那就对了,我有话直说,先问问你啊,你们家条件怎么样?

司文文说:比一般人强。

医生说:那就好,你肯定也清楚这个病是重症,但不是绝症。高质量的透析治疗和后期有效换肾,都可以康复。只是费用肯定比较高,如果经济能支持,不是没有康复的可能性。

司文文说:那该怎么治疗怎么治疗吧。

医生看了一眼司文文平静的脸,试探着问:你真是他老婆?

司文文疲惫地笑着反问:那不然呢? 不像吗?

我来到李景亮病床前,把结果告诉了他,李景亮一听就蒙了,低声喊了一声:不可能!

我说:检查报告就在这儿呢,医生说了,就是这病。

李景亮半天说不出话。

我说:没事儿,医生说有钱这病就能治。

李景亮缓缓抬头看着我说:治愈希望有多大?

我说:挺大的,就是得遭点罪。

李景亮眼神涣散地说:麻烦了现在。

我说:你身体是麻烦了,心就先静下来,好好治病要紧。

李景亮又抬头看我问:你没告诉司文文吧?

我说:你觉得该不该告诉她?

李景亮说:先不能说,这个阶段太敏感,如果知道我得了这个病,她就彻底赢了。

我看着李景亮说:李景亮啊,你还真是,到这个时候想的都是自己的那点财产。不过这事儿也瞒不住,不如这样,我先帮你探听一下司文文的口风如何?

李景亮说:怎么做?

我说:简单,司文文要是跟你一样冷血无情,知道你得了重症还拍手称快,你就坐在轮椅上赶紧把官司打了,你要是哪天没了,家产还能留给父母。要是司文文能不计前嫌不在意财产只关心你的健康,你就好好珍惜人家,别一天到晚算计她,夫妻做到你们这份儿上也真他妈够了。

李景亮情绪沉重地摇摇头说:她不会的,不会在意我的,我跟她已经这样了,人心没你想的那么善良。

我说:人啊,也没你想的那么险恶。试试看吧。

宫鹿说,司文文跟李景亮结婚之前,李景亮曾买了一份保险,保险上写的是如果李景亮生病或者意外离世,司文文能获得七十万的补偿。时过境迁,七十万对于两人早已不在话下,两人似乎也忘了当年那点真挚热烈。那晚上宫鹿住司文文家,问司文文什么打算,司文文说这就是老天帮助自己,李景亮要是死了,所有东西都是自己的了。当然,立遗嘱也不怕,毕竟有俩孩子,李景亮虽然心狠,对孩子却是真心的,他不可能想不到孩子以后的人生成长,司文文作为妈妈的重要性。

宫鹿说是啊,你已经稳操胜券了。司文文嘴里说着李景亮自作自受,还是拿出了那份保险,对着单子发呆了整晚。

我困得不行,回到家就躺下了,俊妃让我去洗澡,说我不讲卫生。我没理俊妃,趴在沙发上就睡着了。深夜醒来上厕所,发现俊妃也没有去卧室,就在沙发那头睡着了,客厅里还点着一盏微弱的灯光,我看到俊妃的脸,一张无比乖巧的模样,熟睡中却皱着眉头,跟我一样疲惫。我忽然涌起一股伤感和热切,我想跟过去划清界限。也许我该好好对俊妃,过俊妃想要的日子,也是正常人应该过的日子。今夜,我也不知为何,觉得自己该成个家了。我不打算把这个想法马上告诉俊妃,最近心里不定,身边事情烦乱,想在一些事情结束后,有仪式感地告诉她。想想也可笑,最后让我想回归家庭的原因,不是激烈的爱情,而是心酸感动。

下午我去超市买了一条鱼,一点鲜虾,又买了一点蔬菜,做了一桌简单晚餐,等俊妃下班。俊妃回来看见略感意外,我让俊妃坐下,俊妃忐忑不安,放下包坐在餐桌前,不知道我要说什么。

我说:你跟我在一起,受了很多委屈吧?

俊妃望着我,摇摇头。

我说:给我一段时间,这段时间我烦心事太多了,等手里的事处理完,我一定给你个答案。

俊妃忐忑地问:什么答案?

我说:在一起,或者不在一起,一定给你个肯定的答复。

俊妃眼圈红了:那万一你说不在一起,我怎么办?

我笑着说:不在一起你也得活下去,在一起,我们就一起活下去。俊妃,我不愿意你永远像跟班一样,生活在我身后。

俊妃说:我愿意不行吗?

我笑笑:吃东西吧,我今天就跟你表达一下我的想法,人生还长,任何一个决定都要深思熟虑。

俊妃不知道该说什么,也吃不下东西,我给俊妃剥了虾壳,硬塞到俊妃嘴里。吃完饭俊妃主动去洗碗,我抢过来说我洗,俊妃不让,说我做饭累了,她洗就行。晚上我跟俊妃坐在沙发上看电视,俊妃转过头小声地说:如果每天能跟你这么踏踏实实过,晚上一起看看电视,我就很满足了。

我说:我知道,你要的很简单,是我太作了,你没错。

俊妃捏着我的手说:我们能好好走下去吗?

我看着俊妃说:我会给你答复的,但不是今天。

晚上我们俩都睡得很早,这一晚上我睡得很安稳,几乎记不得这么多年里有几个晚上睡过那么平淡无梦的好觉。早晨醒来,俊妃去上班了,桌上依旧摆上早餐,牛奶热气未散,留有俊妃手中的温度。司文文打来电话,让我陪她一起去趟医院。

我说:我就不去了,你们两口子的事儿自己说清楚就好,我一个外人老掺和算什么?

司文文说:一起来吧,你和宫鹿见证了我们俩的全部过程,并且当着你们的面,我也想让他知道我到底是什么人。

李景亮在病房里休息。我看着司文文手里拿着一个文件袋,不知道她最后是什么打算,宫鹿与我对视一眼,也不知司文文把我们俩都叫上是何目的。

走进病房后,发现才短短几天时间,李景亮就消瘦了不少,双眼无力地看着我们。

司文文把手里的糕点放下,说:难受吗?

李景亮不解地说:还行吧,你们怎么都来了?

司文文说:是我叫来的。

李景亮说:你来就来,让人家跟你瞎跑什么,人家没自己的事儿啊?

我说:没事,今天我们俩都没事,来看看你。

司文文看了看李景亮,用平稳的语气说:今天呢,我把何一和宫鹿叫来,就是宽一下你的心,也让他们做个见证。

李景亮不解地看着司文文,问:你什么意思?

司文文叹口气,坐在椅子上对着李景亮,一字一句说:李景亮啊,咱们走到今天这一步,谁都没有站在对方的角度考虑问题,谁都没有认真想想对方的好。你现在是个重症病人,我呢,跟你夫妻一场,咱们俩孩子还没长大,我就退一步,我先换位思考。

司文文说完打开文件袋,拿出了一份保险,李景亮不解地盯着保险。

司文文说:我想了几天才来见你,何一已经跟我说你的所有情况,现在很清楚了,第一,我可以等你消失,所有的东西都是我的。第二,我可以等你康复,继续跟你耗。没想到你这一病吧,我突然觉得自己什么都想通了,李景亮,可能真就是老天惩罚你,我是你老婆,你有必要对我这样吗?

李景亮淡淡一笑,没有说话。

司文文眼圈红了:这两天我真的想通了,做人做到这个份儿上,天天为财产算计来算计去,真挺可悲的,今天他们俩来做个证,你听好啊,你的钱,我不要,一分都不要。

我和宫鹿看着司文文,李景亮也略带意外地盯着她。

李景亮惊讶地问:你一分不要?

司文文一笑,说:我唯一要的东西,就是这份保险。你还记得吗?

李景亮看着那份保险努力回忆,然后摇摇头。

司文文说:我知道你忘了。这是当年你结婚前给我买的,上面写了,你要是有什么事儿不在了,我能得七十万的补偿。这次你要是运气差真没了,我就拿这七十万养咱们的孩子,这钱我也会珍惜着花,其他的钱,不管你能不能好起来,都留给你自己家里人吧。

李景亮听到这里,神情出现一丝慌乱,低头不再看司文文。

司文文盯着李景亮,停顿一下说:李景亮,我跟你真的过够了,你快好起来吧,自己早日康复,身体好了再折腾,我什么都答应你,净身出户都行,别年纪轻轻地就走了,孩子没有爸,你甘心不甘心?如果老天要惩罚你,我先原谅你,希望老天到此为止,不要再伤害你了。

司文文说完转身离开,我和宫鹿站在原地,李景亮一脸不屑,冷冷地哼了一声,还没等我们反应过来,又哼了一声,接着连哼几声,忍不住抽泣起来,我看得出来李景亮想忍住,可抽泣的声音还是越来越大。

宫鹿也转身走出去,李景亮抬头看了我一眼,像个无助的孩子。我走出门,看到司文文在走廊角落里蹲着也在哭,宫鹿站在司文文旁边,我走过去,司文文哭了一小会儿克制住说:我真的犯贱。可怜这种人干什么?

我说:你不是犯贱,你是在救赎。

司文文说:这种人就该下地狱。

我说:他本来马上就要下地狱了,你又非要当天使。

司文文恨恨地说:老子这辈子可能栽他手里了。

宫鹿一笑说:还是真情换真情,目前来看,你应该是翻盘了,情感和财务都翻盘了,以后家里肯定你掌权。

司文文说:好啊!我掌权,等他好了看我怎么收拾他!

吃了晚饭后,宫鹿陪司文文晚上回去准备东西,司文文要搬来医院住,李景亮让我陪他说说话。

病房里,李景亮说:我想通了,什么都不重要了。

我说:人都被你伤害了。你以前确实挺王八蛋的。

李景亮说:所有的一切我都给她,真的,我现在一点儿不会舍不得。

我说:也该,今天司文文跟我宫鹿吃晚饭,她家说了一句什么话你知道吗?

李景亮看我。

我说:说了你别哭啊。

李景亮点点头。

我说:她说了,等你透析疗程结束,要是找不到合适的肾,她就去做检查,把自己的给你。孩子不能没有爸,既然嫁给你这个浑蛋,没离婚就摊上了这个事,就把自己老婆的义务尽到底,也算对得起你李家人。

李景亮听完沉默,还是哭出来,边哭边打自己耳光说:我真是个畜生,我真的不如死了算了。

我安慰李景亮说:干吗呀,现在不挺好吗?渡尽劫波夫妻在,仇人原来是真爱,都是天意,现在你醒悟了,多好,你肯定能好起来的。

稍晚些的时候,司文文和宫鹿来了,谢宇也来了,看到李景亮关心了几句,李景亮看着宫鹿说:不好意思啊,差点把你老公也带偏了。

宫鹿和谢宇笑得停不下来。

司文文说:行了,谢宇跟你不是一类人,没你那么坏,带不偏。

宫鹿说:我们俩有我们俩的问题,跟你们不一样,你就不用跟我道歉了。

司文文说:孩子都安排了,我跟家里说我们俩要去外地出差,这段时间不回去。我晚上就睡这儿,刚好,你有什么想法随时可以跟我说,我都没问题。

李景亮像个孩子一样着急说:我什么想法都没有,什么都是你的!

我们面面相觑,笑起来,司文文皱眉的脸上微微舒展了一丝笑容。

我说:现在别着急表现呀,你这转变太快司文文可能还不习惯。

李景亮看着我和宫鹿说:你们也回去休息吧,太辛苦你们了。

我跟宫鹿和谢宇下楼后,谢宇看着我说:去年在三亚他就说有时候喘不上气,我就该劝他检查一下。

我说:你少来,别当好人,自己不敢出面,让司文文来找我当证人,你说你亏心不亏心?

谢宇嘿嘿一笑:这种事儿我还真不好出面。

我说:得了,你们俩也好好的吧,其实最风平浪静的就是你们,瞎作什么呀。

宫鹿说:哼,在三亚谁知道你们干了什么?

我挥挥手说:走了,晚安。

谢宇也挥挥手:行,改日聚。

我站在路灯下,回头看了一眼,谢宇和宫鹿的影子被灯光拉得长长的,越来越近,重叠在了一起。

三六

世间的人都在自己人生轨迹里坎坷翻转,别人的故事都是生活里轻佻一笔玩笑,自己的生活若出现一丝波澜也会觉得艰难不堪。记得当年,我跟宫鹿邓伟还有大帮同学喝酒,大家风华正茂踌躇满志,觉得最可以放下的就是感情,谁会为了一段糟糕的感情而就此放纵自己,谁也没想到,最终让人生不堪的,偏偏是这些当年最不屑的情感。

在李景亮的病床前,司文文重新获得了爱情。李景亮自己悟出了一个道理:虽然自己身边莺莺燕燕无数,只有司文文能承担自己人生的悲剧。

能承担你人生悲剧的人,就是你人生的底牌。

李景亮情况还算乐观,另外,邓伟最终离婚了。在一个降温的天气,邓伟和琴琴没有法院内的博弈,只有一纸协议和客套的三言两语。领证当天,两人散伙饭也没吃,邓伟来到饭馆里跟我碰面,窗外小雨阴寒,我和宫鹿邓伟一起碰杯,我问邓伟:你们最后一句话说的什么呀?

邓伟想了想说:我对她笑了一下,祝她好运,我就走了。

我说:没别的?

邓伟说:没有,以前吵架,每次我都摔门而去,这次真的要走了,关门声却最小。

我们三人沉默片刻,宫鹿问:孩子呢?两个孩子呢。

邓伟说:以后她养呗,我给钱。

我问:你也舍得?

邓伟说:什么舍得舍不得,分家了,孩子还是我孩子,我还是他俩爸爸,再说,还在一个城市,想见就见,没那么严重。

我说:你现在也轻松了,虽然失去了一些东西,但也摆脱了一些东西。

邓伟说:婚姻就是这样,哎,我为家勤恳拼搏,却落得个这结局。

我说:我不敢结婚,就是怕以后离婚。

邓伟说:这事谁都预料不了。但是,我人生算多了一课,兴趣不是最好的老师,耻辱才是。这件事,我彻底学会了婚姻。

宫鹿说:结婚是为了过得更好,离婚也是,不婚也是。你还在前进,别想多了。

邓伟说:想起我结婚那天,前一晚上我爸妈就跟我私下里谈话,说他们家里有一些根深蒂固的想法,让我以后婚姻里多留点心,这么一看,父母看问题还真准。

我说:当时你妈还跟我聊过呢,说琴琴这人并不坏,就是父母干涉她太多,但是既然你喜欢,她就不给你们阻碍,反正跟谁都可能出现问题。

邓伟说:是啊,都希望人生无悔,人生真无悔,那该多无趣。

我跟邓伟再碰一杯,邓伟说:以后片子,还拍吗?

我说:你有活儿就干。

邓伟说:现在,我处境比较难,那个人上去了,开始给我小鞋穿。可能我会调部门,以后还能有机会。现在我正在找关系。

我替邓伟难过,一个男人婚姻事业同时陷入低谷,这种滋味只有自己知道,可自古以来福无双至祸不单行,谁不是呢?面对邓伟,宫鹿淡淡地说了句:我也快了。

我略微惊讶地看着宫鹿问:不是现在一切都好了吗?

宫鹿说:一切都好,但是感情过了,有了这个想法,收不回去了,邓伟能懂。

很久没联系小龙,我去了一趟影视公司,一个陌生的小伙坐在电脑前修剪着片子,问我是谁。我问小龙去哪儿了,小伙说带团队去外地拍广告了。

我忽然发现这个自己一手创建的小天地也不属于自己了,曾经小龙让我全心投入这里,多买些器材,多招两个员工,公司要有公司的样子。在我心里,这无非就是兴趣爱好延伸的地方,没有考虑到小龙的感受。而今,小龙有了新的伙伴,有了新的想法,也有了新的未来。小伙问我找小龙做什么,需要不需要给他打个电话,我说不用,就是一个老朋友来看看他,没在就算了。

我从影视公司出来,开车直接上了高速,没有目的地向前开去,等出了市收费站我才想起来今天俊妃给我煲了汤,让我早点回去,可我不想回去,想一直往前开,一直开到路的尽头。如果我今天回去,一定会告诉俊妃,从现在起,我会活成她想要的样子,我们随时可以结婚。可是现在,我只想继续往前走,等到掉头往回,人生就重新开始。

沿着这条路,想不完的事情,车窗外风景更迭,不知过了几个小时,已经靠近省的边界。我记起来,前方再有一个半小时的路程就到城边县了,我把车停在服务区,给俊妃发了一个定位,然后发信息说我出来放放风,暂不联系。

发完信息后我想起了一个人,我打电话给明洋,明洋接了我电话,听说我要去找他,很是高兴,说晚上备好酒等我来聊天。夜幕降临了,我开车来到那条古街,整洁寂静,有几户人家还亮着灯。

明洋早备好酒菜,明洋老婆笑嘻嘻说我好不容易来一趟,她也得陪着喝点,两人还给我整理好了床铺。我说不用,喝完就去外面住旅馆,两人不肯,说我是贵客,一定要住家里。

我喝着明洋存的老酒,跟明洋和他老婆说起我身边的一大堆糟心事,听我说完后明洋摇摇头说:我觉得吧,过日子就三个字,别多想。东西想多了,就找不着南北了。我就什么都不多想,她也一样,啥都好好的。

我笑了,重复着明洋的话:东西想多了,就找不着南北。千言万语都不如你这句简单的话来得实在。

明洋老婆说：你们懂的道理比我们多多了，可能就是因为我们知道得少，反而没那么多矛盾。

我说：我马上也是要结婚的人了，真的，我以前一直都怕，特别怕，怕没自由，被另外一个人捆着，现在，我觉得是时候走上这条路了。

明洋老婆说：看你说得，这怎么能叫没自由呢，你有了家，就有落脚的地方了，一直有自由是最累的，我和明洋都自由的时候，奔波从来没停过。我为他留下来，他不想往外跑，我也不想再回去，日子才安宁。

明洋说：就是，咱们俩没欲望，小地方，小房子，我们连吵架都不知道怎么吵，哎，我就喜欢这样的生活。

我环视着明洋的家，陈旧而温馨，像是我儿时睡过的老房，有着老人一般的宽厚安详的感觉。我十分尽兴，直至深夜，都不知自己何时喝醉，怎样上床。

第二天醒来时，我望着天花板想了好久才回忆起自己身在何处，正准备起床，突然胸口疼痛，胸腔骨头似胀裂一般让我喘不过气来。过了一阵，疼痛慢慢平息，我挣扎起来，明洋和老婆做好了午饭，明洋说我昨晚喝得太多，中午让老婆熬了粥，暖暖胃。我在明洋家里吃了午饭，想着自己打扰他们那么长时间，实在过意不去，准备离开，明洋看我头疼，坚持要我再住一天，说这样开车回去太危险。

下午明洋又陪我去了那条老街,也去了那座寺庙,本地居民虔诚祈祷,模样与往日无异。大城市里的应酬局、散伙饭、开工酒、红白喜事、谢师宴,人间应酬全然与此地无关。我顿感时间原来只在浮躁处流逝,从来于安闲处慢淌。

我忍不住说:这里真好啊。

明洋点点头,停顿了一下说:还是穷。

我说:也不穷,不愁吃不愁穿。

明洋说:周边有些贫困户生活只能刚刚解决温饱,这是这个省最穷的地方,我工作之前就听说这里穷,来了以后亲眼看到真正贫困的样子,那超乎了我的想象。

我问:是每天饿肚子那种?

明洋摇摇头说:我刚来的时候,协助负责医疗卫生宣传工作,这个县城只有一个医院。那天晚上我跟院长沟通完工作,刚走到医院门口,就看见一个农民大爷冲进来,紧紧握着手指头,鲜血直流,怀里抱着酒瓶子,里面泡着半截手指。医生看了那个大爷的情况说,现在手术还来得及,以后影响不大。农民大爷问要多少钱,医生说三千块。大爷听了就愣住了,然后问要是我不要了,你都给我截掉多少钱。医生说三百块。大爷听了就说,那给我截掉,我不要了。当时我在场,听见了倒吸了一口凉气。原来贫穷可以轻易剥夺一个人正常生活的权利。

我被明洋的话震撼了,问:那医生就给他截掉了?

明洋摇摇头,欣慰地说:全院医生凑钱,让大爷把手术做了,大爷出院的时候,在大门口跪着,磕了很久的头,才哭着离开。那个时候,我才决定留在这个地方,无论走到哪里,我只能做些基层工作,这辈子就这么定了,但是在这里,我觉得自己还能发挥更大的作用,活得稍微有点价值。

晚上回到家,明洋老婆煲了一锅菌汤,对我说这是本地特色的菌类,对身体特别好,还有醒酒的功效,明天我的胃肯定很舒服。晚上我们没有再喝酒,吃完饭聊了聊家常,我就回房间休息。关上灯,看到窗外这个县城早早安静下来,窗外飘来清新花香。我想,若能顺利活到老年,定来此地度过最后时光。

早饭过后,明洋把我送上车,说如果下次来,再跟我好好喝一个,给我存好一瓶酒,我来就打开。我觉得自己不会再来这里,就没有回明洋的话。

一路回去,我开车的时候忽然神情恍惚,时间概念荡然无存,只觉得刚离开片刻,我抬头看着前方的路好像就在市内不远处,那个城边县在遥远的地方,近日从未去过。明洋,又好似是我高中的同学而已。

我打电话问宫鹿,认识不认识明洋,宫鹿说废话,当时你跟邓伟、明洋关系都好,邓伟喜欢打球打架,你跟明洋就干下流事,还去偷看女厕所,被发现了死不承认,教务主任都来调查过。

我大呼不可能,怎么会发生这样的事,我明明去年才认识明洋,在城边县。宫鹿说你傻吧,明洋怎么可能去城边县,人家现在事业顺利,老婆家条件也好,现在人家在西安过得可好了,那才真叫婚姻幸福。

我认真跟宫鹿说,明洋这个人,真是去年我拍片才认识的。宫鹿说我有病,毕业散伙那天我跟明洋喝得烂醉,两人在所有人面前下跪结拜,后来明洋考去了西安,就没怎么跟大家联系了。

我惶恐不安,打电话给小龙,问小龙记不记得咱们在城边县拍片,有明洋这个人,小龙早就忘得一干二净,说那时候是有个地方负责人接待,但是完全不记得他名字,连样子都忘记了。我不寒而栗,那我这两日去了哪里?

一路疾驰,大约一小时就开到家,回到家后,我想洗个澡,把这事告诉俊妃,一开门看见我爸妈铁着脸坐在屋里。

我问:你们俩怎么来了?

我妈暴跳如雷骂道:你怎么不死外面去,你回来干什么?!

我说:我出差去了,怎么了!

我妈吼:出差了多久!那天俊妃给你煲汤等你回来,你留个信息,一周都不见人。俊妃找到我哭着说她没办法跟你过下去了!你个混账!你怎么对人家的人家都跟我说了,你怎么那么冷血?!我养你三十多年,养了条狼!连点人性都没有!

我爸劝住了我妈,我看着我妈暴怒的脸,拿起手机,微信里提示俊妃已经把我删除，我着急打电话给俊妃，传出已经停机的提示音。

我猛然想起，那天陪曾晓枫去整形医院，咨询医生胡晓艺跟我说的那个女顾客失踪的事情，我瞪大眼睛，没想到这无法解释的经历，在我身上发生了。

我再次回顾那两天的场景，明洋和他老婆，我们一起喝酒，醉后对我的照顾，一切如此清晰，就在二十四小时以前而已啊。

我看着我妈问：俊妃什么时候去找的你？

我妈大骂一声：滚！

三七

最近我总是疑神疑鬼，俊妃走了，我开始痛苦，若是痛苦，我该去找回俊妃，但是我更恐惧的是，自己难道不是正常人？我想先弄清楚这个问题，去整形医院找到胡晓艺，要到了他讲述的故事里的那个女顾客的联系方式，我无法跟胡晓艺解释为什么要这个女孩的电话，就谎称我朋友也有类似经历，我想问问她。

我跟那个女孩见面了，她叫凌栗。一袭灰色长裙，长发扎在脑后，面庞白净，自带雅致，坐在咖啡厅里显得与众不同，我走进来一眼就认出是她。我们在桌前对视，凌栗眼睛里仿佛盖了一层灰色雾霭。还未说话，我就已经感受到凌栗看待人生的态度，一切不信,波澜不惊。

我把我的情况跟凌栗说完,凌栗微微一笑,说:我很清楚你的这种感觉。

我问:我想弄明白怎么回事,你知道吗?

凌栗一脸老练地问:你有没有遇到过这样的事儿,比如,某天晚上你跟朋友吃完饭,你要穿城回家,你记忆里是刚从那边车库出来,但是其实你就在家附近的不远处,而中间的经历你都不记得。并且你一点没喝酒,神志清醒。

我仔细回忆,点点头:我刚买车的时候,好像有过。

凌栗说:看来你心里一直藏着一些问题。

我说:问题,我能有什么问题?

凌栗说:算是一种分裂吧,你的潜意识和你现在的生活个性相左,所以不断发生冲突矛盾,这种冲突是你自己平时感受不到的。像你这次的情况,就是矛盾太严重,对抗太激烈。

我说:扯淡,你意思是我精神分裂?

凌栗说:不是那种常规的分裂,是更深度的碰撞,有这种症状的话,说明你还算是个好人,至少有一部分是极度向善的。

我说:我想问怎么才能不要这个症状。

凌栗用说教的语气说:那得跟着你内心走,跟着好的一面走,不但不会再出现症状,反而会让你活得更惬意。

我认真看着凌栗说:跟着好的一面,就是找个贤惠的女孩结婚。我其实是恐婚的,我想要自由,但是我最近说服了自己,可以接受了。

凌栗一笑说:照你这情况,你还真得找个适合你的女孩,她不但能跟你生活,说不定还能救你的命呢。

我看着凌栗问:你今年多大?

凌栗说:二十八。

我说:我三十二,我比你大四岁,怎么感觉你像个七八十岁的老人一样,你不也就经历了一次这样的事儿吗?

凌栗故作神秘地说:对,可我发生了这件事后一直都在探究原因。

我笑笑说:所以呢,你现在顿悟了,你现在就是大师了?看透一切?

凌栗说:说不上大师,不过,我想要是你不跟着心走,还是不肯妥协,说不定以后你自己都不知道自己是谁了。

我笑着说:越来越玄乎,其实我没打算问你这么多,就想问问你有没有记起来你那两天去了哪里?

凌栗指了指自己胸口说:去了内心。人一辈子,有些地方,只有你自己清楚。

我懒得跟凌栗再往下说,觉得凌栗已经丧失了正常人的交流能力。我也没有加凌栗的微信,甚至电话都没有存,因为内心烦乱,我毫不顾及凌栗的感觉,起身先走了。

思来想去,我觉得自己怎么着也该主动一次,把一切想通了,我已经愿意投入跟俊妃的感情生活里。可是突如其来的抽风让我自己都不知道失踪时到了哪里,这事我该怎么跟俊妃解释清楚呢?要是俊妃愿意相信我,我一定能成为她要求之人。抽空我去了一趟医院,把宫鹿叫出来,宫鹿冷冷地看着我说:干吗你?

我说:帮我叫一下俊妃,我有话跟她说。

宫鹿说:现在想起人家来了,晚了。

我问:什么晚了?

宫鹿说:人家已经离职了。

我大吃一惊说:怎么可能?我就算失踪吧,从那天算起到今天,也才半个月。她就算办离职也不可能那么快走吧?

宫鹿说:何一,你是不是有病?人家在这里不容易,你伤了人家的心,我听人说她在宿舍里哭了三天,第四天直接走了,连辞职信都没写。

我点燃一根烟说:这样,你帮我打个电话,叫她回来。

宫鹿说:为什么你自己不打。

我说:我联系不上她。

宫鹿说:没人联系得上,我早就打过电话了。

我着急了,把烟一掐说:那她人不可能就这么消失了吧?

宫鹿说:你觉得人消失还需要仪式吗?

我问宫鹿:我该怎么办?

宫鹿摇摇头:我劝她别走,还真没遇到过这么倔的女孩,她连我都给一起删了。

我皱着眉看着宫鹿,不知道该说什么。

宫鹿说:该醒悟的时候不醒悟,不遇到点事儿你们不知道珍惜。李景亮现在天天跟司文文忏悔,说自己对不起司文文,还坦白以前追司文文的小鲜肉是自己安排的,说自己不是人,你现在也知道后悔了。

我知道无法解释,如果跟宫鹿说这段离奇的遭遇,宫鹿更会以为我在谎话连篇不知羞耻给自己开脱。我转身要走时,宫鹿说:邓伟跟你联系了吧,他要调到其他地方,说月底一起吃个饭。我不记得邓伟有没有跟我说过这个事,就跟着点点头。

晚上,我去吃火锅,自己烫着菜喝着啤酒,蔡经理走过来坐在我身边,给自己也倒上一杯酒,陪我一起喝。

蔡经理问:怎么,难过啊?

我说:难过什么?

蔡经理说:俊妃走了呗,她走之前来这儿吃了顿火锅,说以后再也不会来了。

我装作满不在乎说:那人要走还能留得住?我又不是找不到女人。

我说完,内心却感到悲伤疼痛,蔡经理把酒瓶一放说:大气!你还真是个男人!

晚上我回家睡觉,躺在床上第一次觉得空荡荡的,第一次感到孤独,像是我已经结婚了,然后离婚了。俊妃把家里打扫得干干净净,人走后,所有的物品像是失去了主人一样,散乱着。

我尝试去找俊妃,虽然我知道俊妃在贵州,但具体哪个地方却怎么都想不起来,我陷入了焦灼难安中。家里我妈也因为俊妃的离开心里怄气,一个晚上,我小舅从外面回来,跟我妈见面就吵起了架,把我妈气得头晕,她第二天在家躺了一整天。

蔡经理要请个年假,说自己忙碌这么久没回家里,心里惦记,我让蔡经理快去快回,又给他塞了两千块红包,说是给他孩子的一点心意,蔡经理怎么都不收,说没必要。

我依然在想办法联系俊妃,换了几个电话打,都回应停机,用了别人的号码加俊妃微信,那个微信号像是死了一样,没有任何回音。

蔡经理回去后不知为何也联系不上了,说好七天年假,到了第七天服务员跟我汇报说蔡经理没有回来,第八天也没有任何音讯,我不知道怎么回事,打电话给蔡经理,电话接通一直无人接听,我心想这真是见鬼了。

更见鬼的事还在后头,过了一个月,一家没有听过名字的火锅店发来一个起诉函,上面说我的店长期盗用他们店专利配方,要求我们立刻停止营业,弃用现在的配料,并且还要求赔偿。我看到这封起诉函莫名其妙,但是里面复印件里确实有对方申请的配料专利。我拿着这封起诉函找到了这家店里,进门就看见这家店是新装修不久,一个穿着整洁的服务生礼貌地问我有何贵干,我说我要找你们老板,服务生看着问:你是何一吧?

我说:你为什么认识我?

服务生看着我说:我们老板在等你来找他。

我愣住,下意识问:你们老板,是蔡勇?

服务生说:是的,蔡总一直在等你。

我拿着服务生给的地址,在一栋楼的顶层找到蔡经理,蔡经理一改往日疲倦神色,西装革履精神抖擞看着我。

我走近问:蔡经理,这是你开的店?

蔡经理说:是啊,感觉怎么样?风格还行吧?

我一笑:你请个年假,人就失踪了,现在成了这家火锅店的老板,你是在跟我开玩笑吗?

蔡经理说:人嘛,总得考虑下自己,老给人打工没意思,在你那儿算是我练手,练得差不多了,也该自己出山了,那新配料我研究了好多年,终于在你那儿成功了。

我火冒三丈说:蔡勇,你真卑鄙啊,你要开店你走啊,我又不会拦着你,我对你够意思吧?现在反过来还告起我来了。

蔡勇说:对,我就是这么个人,不但如此,我还断了你们的供应渠道,这边渠道商跟我熟,他们都不会再跟你们家合作了。

我说:断个供货渠道我再找,多大点儿事儿,你那配方怎么证明我用了你的,我们家是老店。

蔡经理说:我新开的这家店,买了更早的营业执照,再说我有证据啊,这配方专利我早就申请了,一告一个准。你们换个配方营业也行,就是不知道会不会有人买你们的账,我劝你们,先停业吧。

我说:你真是个垃圾,自己要开店,把我们往死里整!我之前那么信任你!

蔡经理说:我就是给你个教训,仅此而已,让你好好反省反省。

我说:我做了什么,你要给我教训?

蔡经理说:你做了件错事,伤害了俊妃。用你的无耻冷漠。

我咬牙切齿说:跟你有什么关系,犯得着你这样?

蔡经理说:何一啊,你活该,俊妃跟你过了这么长时间,你居然不知道她全名叫蔡俊妃吗?

我猛然一惊:你们,是一家人?

蔡经理露出了笑容说:你好好想想,一开始,我就劝你不要跟她在一起,后来你跟俊妃在一起,我无数次劝你好好对俊妃,直到最后连她都走了,你还是那么无所谓。我告诉你,我跟俊妃从小相依为命,我一手把她带大,她一直想把这个事告诉你,渴望你去年春节能来一趟家里,她想把真相告诉你。只要我妹妹跟你在一起了,我心甘情愿给你们干一辈子,可你这个浑蛋,一次又一次伤害她!

蔡勇说着话,我身体不自觉发抖。

蔡勇说:每次你在我面前那副对她无所谓的样子,我都恨不得痛打你一顿。俊妃每次都让我不要冲动,说她相信你会改变的。你再怎么可恶,俊妃都不会让我伤害你,所以,我早就做了两手准备,这是给你的惩罚。

我看着蔡经理,在我面前带着怒气,双手紧握拳头。

我问:她人呢?现在在哪里?

蔡经理放低声音说:在家里,回贵州后自己闷在家里好几天,不吃不喝,人瘦了一圈。

我说:我想去找她。

蔡经理无奈地笑说:你有什么资格找她?你算什么东西?她真是傻,因为你这种垃圾去做傻事!

我心里一颤问:她怎么了?

蔡经理说:找了个我们那的混混,这个混混追了她好多年,回去后没经我允许主动找上门,她跟那人把证领了,何一,你说你缺德不缺德!

我无比惊讶,瞪大眼睛看着蔡勇说:蔡经理,对不起,我确实对不起俊妃,但是事情不是你想的那样。

蔡经理说:滚蛋吧,什么都别说。我先处理了你,再回去好好跟她谈谈,让她赶紧跟那浑蛋离了,谁也别想伤害她!

我还想辩解,蔡经理狠狠地看着说:什么都不要说了,等我整死你家,快滚!

我连还嘴的底气都没有,慢慢转过身,慢慢离开了。

我回到家把,有气无力地把这事儿一说,我妈因为家庭纠纷,身体本来虚弱,听完后一下子哭起来,全身发抖,我爸把我妈扶到床上,从来不发脾气的他让我赶紧走,吼着说:快走吧,都是你惹出来的事!

我回到家,一下子倒在床上,身心俱疲,昏昏沉沉地闭上了眼睛。

三八

我醒来以后,大脑一片混沌,也不知道睡了多久,看样子好像过了几天,也不知道之前发生的事情到底是真是假,我伸手打开床头衣柜,看到里面没有一件俊妃的衣服,至少俊妃离开是千真万确的事实。

我开始相信凌栗说的话,我想找她再问问这个事情的因果,发现连个她的联系方式都没有。我没办法再睡着,也没力气起床,猛然记得,今天刚好是邓伟请吃离别宴的日子,我本来一动也不想动,想着邓伟要调走了,以后见面也难,撑起身体米蓬头垢面出了门。

我在路边拦了个出租车,中途路过我们家的火锅店,我让司机停车,走到门口,一个服务员出来丢垃圾,看到我像是看见一个陌生人,话也懒得跟我说,我没有跟进门,直接来到了邓伟设宴的地方。

这家馆子我们经常光顾,每一次都欢畅无比。只有这一次,心情无比沉重,我一个人来到包房里,看着房间内冷冰冰的碗碟,心如死灰,难过得想哭,只能抓着椅子,沉重地喘气。

宫鹿走进来,神采奕奕,看着我惊叫:你怎么把自己搞得那么狼狈?早上起来没洗脸?

我疲惫一笑,没有理会。

宫鹿说:没事,人生嘛,谁不遇到点挫折,以后会更好的,相信我。

我有气无力地问:司文文今天还在医院陪李景亮呢?

宫鹿说:医院?在医院干吗,人家两口子去英国度假了。

我诧异,心想李景亮这个重症患者,怎么会有闲情跑英国去,难道是没救了?

我喝了口水又问:邓伟什么时候来?

宫鹿说:跟琴琴买东西呢,一会儿就到。

我抬头不解地看着宫鹿问:他跟琴琴又碰面了?

宫鹿说:什么话,人家两口子天天在一起,什么叫又碰面了?

我更加莫名其妙:你什么意思,不是已经离婚了吗?

宫鹿白我一眼说:你别诅咒人家,你离个婚就那么想别人也分开?

我冒出了冷汗,一脸蒙地说:你说什么?我离婚?

宫鹿说:哎,你别吓我啊,你不是都想通了吗?干吗神经兮兮的?

我看着宫鹿,颤抖着问:我跟谁离婚了?

宫鹿疑惑地看着我说:何一,没毛病吧你,今天你自己组织的离婚宴,现在是闹哪一出?

我一个哆嗦,胸腔剧烈疼痛起来,意识一下子模糊,身体一沉,倒在了地上,我眼睛慢慢闭上,隐隐感到宫鹿焦急地叫着我名字,按压着我胸口,我渐渐坠入一片灰色雾霭之中。

睁开眼睛,我醒了,大脑仍旧混沌昏沉,我努力从那片灰色雾霭般的意识里挣扎出来,等稍微清醒一点,发现我躺在医院里,一个熟悉的人站在我旁边,是邓伟。我轻轻哼了一声,邓伟见我看着他,立马放下手机凑到跟前。

邓伟一脸不可思议:我的天,不会吧,之前不都看得挺开的,你怎么了这是?

我有气无力地问邓伟:你能不能,告诉我,我到底跟谁离了?

邓伟一笑说:不用想这些了,我跟你说,我最近拍广告片认识了两个模特,一个可爱一个性感,回头就介绍给你。

我听邓伟说完,眉头一皱,想说话,胸口仍旧疼痛呼吸困难,还没来得及发声,宫鹿跟一个医生进来,宫鹿让邓伟先出去。邓伟出门后,宫鹿对我说:这是我们医院的内科专家,负责给你治疗,你别担心。

医生看了看我,又看了看检验报告说:奇怪,你这个年龄怎么会有高血压和糖尿病,我还得给你做进一步检查,你先休息。

我听着医生的话,心里生出了恐惧。宫鹿帮我擦了擦脸上的汗水,安慰我要放轻松,等所有检查做完再说。这时,一个熟悉的声音在门口叫:宫鹿姐,科室那边有病人找你,挺急。

这声音我太熟悉不过。宫鹿回了一句:哦,好的,我马上来。

隔着门,我听到那人离开。我用尽全身力气问:跟你说话的人是谁?

宫鹿说:你又不认识,我过去一下,接完病人就来。

我再次用力问:说话的那人是谁!

宫鹿无奈地说:本性难改,你都成这样了,还打听人家女孩是谁,她是我们科室新来的姑娘。

我瞪大眼睛看着宫鹿,听见她用平淡的声音告诉我:

她姓蔡,名叫蔡俊妃。

致读者：

写完这部小说的时候，我的上一个故事《整形术》刚好出版。

很感谢责任编辑张星航，一边在为我忙活《整形术》的时候，一边给我提议写一个婚姻题材的故事。在他的建议下，这半年里我收集了很多身边朋友的婚姻经历，有的轻松，有的无比沉重，有很多让人想不到的悲剧喜剧，每个人在婚姻里都有共同的感受和各自的体会。

以我这样一个还没结婚的人的肤浅生活阅历来写这部小说一定会有些稚嫩，但也许也能映照出社会的部分现象，这部书开始我取名《丧偶》，后来在出版社建议商量下改为现在的名字。

不晓得这部《亲密的关系》何时能顺利面世，比起《整形术》，它更加现实深刻，更加有人情世故的冲击力。里面很多语言都来自我生活里的汲取，再加工。特定的环境里，一句简单的话也可以有无比锋利的杀伤力，这个环境，可能只有婚姻。

除此之外，父母长辈们的言行，也会成为很多人的精神压力。这个社会就是如此，无论是朋友、父母还是伴侣，他们都希望我们变成他们想要的样子，努力改变着我们的生活，却忽略了每个人对生活都有自己的渴望自己的辛酸,这也是人生的一种无奈罢。

希望这本书依然是一本让人有兴趣读完的小说,感谢读这本小说的每一个朋友,在繁忙的日子里,我们能抽出点时间在文字里一起感受人生。

张苏逸

2020年10月25日重庆

也要感谢身边很多亲爱的朋友,
没有你们糟糕的婚姻,我也无法写完本书。

——张苏逸